U0710539

游戏 笔墨

如何欣赏中国古典小说

周 游

著

中华书局

图书在版编目(CIP)数据

笔墨游戏:如何欣赏中国古典小说/周游著. —北京:中华书局,2022.10
ISBN 978-7-101-15813-7

Ⅰ.笔⋯ Ⅱ.周⋯ Ⅲ.古典小说–文学欣赏–中国
Ⅳ.I207.41

中国版本图书馆 CIP 数据核字(2022)第 117270 号

书　　名	笔墨游戏——如何欣赏中国古典小说
著　　者	周　游
责任编辑	傅　可　周　璐
责任印制	管　斌
出版发行	中华书局
	(北京市丰台区太平桥西里 38 号　100073)
	http://www.zhbc.com.cn
	E-mail:zhbc@zhbc.com.cn
印　　刷	三河市宏达印刷有限公司
版　　次	2022 年 10 月第 1 版
	2022 年 10 月第 1 次印刷
规　　格	开本/920×1250 毫米　1/32
	印张 10¾　字数 230 千字
印　　数	1-6000 册
国际书号	ISBN 978-7-101-15813-7
定　　价	56.00 元

目 录

出场：

大风起于青萍之末

任何小说都有人物，不管是人或非人，有形还是无形，故事展开的第一步，就是人物的出场。不管怎么介绍时代背景、生活环境，不管怎么烘托气氛、提设悬念，都是为了人物的登场。人物登场，好戏才正式开始。

细水入海式

中国古典小说，尤其是长篇小说，几乎无一例外都是群像故事，阵仗浩大，动辄数十甚至数百个人物，令人目不暇接。自然，其中也分主要人物和过场人物。细读他们不同的出场方式，琢磨其中的隐藏信息，能领悟到作者的深刻匠心。

有些作品一上来就介绍主角家乡何处、姓甚名谁、门阀关系、社会身份乃至性格轮廓，信息直接不假，但多少流于俗套寡淡——这种出场方式受到史传叙事的影响，比如《史记》中典型的人物出场："荆轲者，卫人也。其先乃齐人，徙于卫，卫人谓之庆卿。而之燕，燕人谓之荆卿。"而作为小说人物，真正的好出场，一定是精心营运的，比如《红楼梦》开篇石头神话后，进入俗世叙事，从甄士隐、贾雨村起手，借着贾雨村串到冷子兴，演说两府人物概况，着重提及主人公贾宝玉，再由贾雨村递到林如海，终于将林黛玉送入贾府，行云流水般展开荣国府正文。再如《水浒传》，不算作为楔子的洪太尉误走妖魔部分，故事从高俅起手，渐入王进，由王进逃难，引出一百单八将第一个好汉九纹龙史进，徐徐铺开宏阔画卷。这等叙事手段，都是从次要人物入手，耐心地铺垫、延展，最终主角登场，可谓大风起于青萍之末，也可谓细水入海。

《儒林外史》第一回用王冕做楔子、立典范，点出"一代文人有厄"的谶语，作为儒林世界的第一个重要角色，周进是如何出场的呢？第二回开头，吴敬梓用的就是细水入海式笔法，开篇先定空间，山东兖州府汶上县薛家集观音庵，然后定时间，大明成化末年正月初八，再定人物，七八个人，第一个登场的是申祥甫，开口便发作和尚：

> "和尚，你新年新岁，也该把菩萨面前香烛点勤些！阿弥陀佛！受了十方的钱钞，也要消受。"又叫："诸位都来看看，这琉璃灯内，只得半琉璃油！"[①]

之后，借申祥甫骂和尚引出荀老爹，众人正商议庙会份子钱，忽然打断，引出第三位有名有姓的人物——申祥甫的亲家夏总甲。夏总甲开口便炫耀自己如何在衙门里吃香、年下如何忙于应酬，热闹至极：

> 俺如今倒不如你们务农的快活了！想这新年大节，老爷衙门里，三班六房，那一位不送帖子来，我怎好不去贺节？每日骑着

---

①本书引用《儒林外史》原文及点评，皆根据《儒林外史汇校汇评》，上海古籍出版社2010年版。

这个驴，上县下乡，跑得昏头晕脑。打紧又被这瞎眼的亡人在路上打个前失，把我跌了下来，跌的腰胯生疼！

申祥甫、荀老爹等阿谀奉承一番，又了结庙会份子之事，缓缓递入"请教书先生"的话头儿，夏总甲推荐了一人："咱衙门里户总科提控顾老相公家请的一位先生，姓周，官名叫作周进，年纪六十多岁，前任老爷取过他个头名，却还不曾中过学……你们若要先生，俺替你把周先生请来。"儒林第一位人物周进，借夏总甲之口出场，之后真龙现身，在迎师宴上闹出种种笑话。周进的出场，是申祥甫、荀老爹、夏总甲汇聚出来的。周进是儒林的入口，周进现，儒林大开，酸腐老童生的形象一立，儒林整体气质也就定了调。

这种出场方式需要作者周密而耐心的布局，虽慢，却大有深意——不要以为夏总甲诸人的作用只是以小溪小河引出大海，看申祥甫开口、夏总甲开口，一个说的是香火钱，一个说的是衙门权势，商议的两件事：庙会份子是利益，请先生教孩子是功名。一通下来，总不离"功名富贵"四个字。在周进出场前，观音庵诸人已经点染出当下的世风时俗，儒林世界的根基与底色，就此晕染开来。

卧闲草堂本在此回回末总评曰："'功名富贵'四字，是此书之大主脑，作者不惜千变万化以写之。起首不写王侯将相，却先写一夏总甲。夫总甲是何功名，是何富贵？而彼意气扬扬，欣然自得，颇有'官到尚书吏到都'的景象。"周进的出场，先由俗人、俗语、俗事渲染一番，夏总甲出，节奏一断，庙会份子事一出，节奏再一断，文笔如千里游龙，蜿蜒夭矫，终于引出儒林宿将。夏总甲出场前，其亲家申祥甫先出，区区总甲亲戚，便气焰腾腾如此，其实都是为夏总甲画像。一波接一波，断续跌宕，出手便不凡。这等笔法在书中不止一处，足以证明吴敬梓小说大师的功力。

浓墨重彩式

《红楼梦》中王熙凤的出场，可谓最著名、最生动的人物出场之一，"先闻其声后见其人"，已有许多学人分析过，此处我们着重要说的是凤姐儿出场的穿着：

> 项上戴着赤金盘螭璎珞圈，裙边系着豆绿宫绦双衡比目玫瑰佩，身上穿着缕金百蝶穿花大红洋缎窄裉袄，外罩五彩刻丝石青银鼠褂，下着翡翠撒花洋绉裙。[①]

这段炫彩缤纷、辉煌璀璨的服饰描写，不可看作古典小说里常见的套词儿堆砌，草草掠过。细细品读，从颈饰、裙边配饰到上身的袄

[①] 本书引用《红楼梦》原文依据《脂砚斋评石头记》，上海三联书店 2011 年版。

子与褂子、下身洋绉裙，顺序分明，极富层次感，那些佶屈聱牙的佩物名目，组成了一幅喷光夺目的视觉奇景。璎珞圈、玫瑰佩，突出王熙凤的贵妇身份，缕金百蝶穿花、五彩刻丝、翡翠撒花，突出凤姐儿的"性情与审美"，她是爱热闹、喜风流、好浮夸之人，身上穿得如此缤纷耀目，实在是她内心性格的投射。经过一系列视觉描摹后，再借贾母之口，烘托凤姐儿"泼皮破落户""辣子"的性格，也折射出贾母对其的喜爱——解释了凤姐儿特殊身份的权力来源乃是贾母。如此，王熙凤的出场变得极为丰满：她还没跟黛玉说一句话，黛玉（也是读者视角）便对她的所有重要信息有了初步了解。最后众姊妹说出凤姐的家族身份，"琏二嫂子"，以完成凤姐的整体形象，堪称完美出场。

历代评论家说《红楼梦》不落窠臼，便体现在无数这种细节上。若按俗套的写法，让凤姐与三春姐妹一起露面，由作者的全知视角来介绍她的家族身份，再写她的衣着相貌，再让贾母点明她的性格，信息也不会漏掉，但阅读效果要大打折扣。读者随初入贾府的黛玉一起，先用耳朵听，再用眼睛看，然后靠贾母提点、众姊妹补缀，真有身临其境之感，而凤姐之大方、之风流、之金贵，如银瓶泄水，一注而下，毫无任何滞涩的匠气。曹雪芹的苦心孤诣，在此尽展无疑。

同样是在这一回，宝玉的出场则又是一副全新笔墨。我们稍做梳理：黛玉进贾府，先见贾母、王夫人、邢夫人等长辈，然后是李纨；拜见后，贾母命人"请姑娘们来，今日远客才来，可以不必上学去了"。于是黛玉见到了三春姐妹——三春姐妹的出场无甚新奇，是压住节奏，为稍后的凤姐出场做暖场。至此，是一小结。而全书主人公贾宝玉，此时还未出场。

黛玉见过诸女眷，作者加入一个横云断岭的小变奏，黛玉随邢夫人去拜贾赦，贾赦说连日身上不好，见了伤心，容日后相见——这是极妙之笔，试想，若安排贾赦此时出场，与黛玉见面，无非又是一通与贾母类似的感慨，有重复之嫌，索性托词不见，一笔带过。我们随黛玉又来到王夫人房中，用王夫人的几句话，略过贾政——不然一一见面，近乎流水账了——为宝玉出场做重要铺垫："你舅舅今日斋戒去了，再见罢。只是有一句话嘱咐你，你三个姊妹到都极好，以后一处念书认字学针线，或是偶一顽笑，都有尽让的。但我不放心的最是一件，我有一个孽根祸胎，是这家里的混世魔王，今日因庙里还愿去了，尚未回来，晚间你看见便知。你只以后不用采他，你这些姊妹都不敢沾惹他的。"

王夫人这几句话，直接给宝玉画了像，先说他与自己的关系，是孽根祸胎（脂砚斋此处评说"四字是血泪盈面"），再说宝玉在家中的行藏，是混世魔王。"庙里还愿去了"这一句看似简单，脂砚斋此处评点"是富贵公子"，羚羊挂角地点出了宝玉的慧根，去庙里还愿，所以黛玉初来时没有遇到。而后接以黛玉事先掌握的信息，母亲曾跟她提过这个表兄，"顽劣异常，极恶读书，最喜在内帷厮混"，三句话精当无比，给宝玉立了一则传神小传。我们要明白，黛玉回忆母亲的介绍，其实是作者在向看官（我们）介绍——接上了前文冷子兴演说荣国府对宝玉的评价——依然在耐心地为宝玉出场做准备。

与王夫人话家常后，再次横云断岭，加入晚饭一节，极写贾府规矩之严肃、众人之恭谨，以及黛玉之处处新鲜、处处不适应，这是她后来"寄人篱下"素常伤心的肇端。饭后，宝玉终于要出场了。曹公依然用"不见其人先闻其声"的手法，只是与凤姐大笑不同，是"只听院外一阵脚步响"。

宝玉出场，用"脚步响"预兆，非常有趣。第三十七回，众人集海棠诗社各起雅号，宝钗讥讽宝玉："你的号早有了，无事忙，恰当的狠。"宝玉作为富贵闲人，却整日里不知忙个什么，从来都是莽莽撞撞，颠颠颓颓，他操心关切的，不是经济学问，而是那一片情痴情种的漫漫心事。黛玉终于要见到宝玉了，先听见一阵"脚步响"，是木石前盟在此生此世瓜葛纠缠的前奏。脚步响后，丫鬟进来笑道："宝玉来了！"丫鬟为何笑着说？又为何直呼贾府贵公子的大名？这些都是细微的小伏笔，之后看宝玉如何对待女子，便知丫鬟为何笑；为何下人直呼姓名，后来在第五十二回，通过晴雯之口解释了，乃是"好养大"之意。黛玉心里正紧张地想着宝玉的种种丑闻，"忽见丫鬟话未报完，已进来了一个轻年公子。"

云雾缭绕半日，真龙终于现身。与凤姐出场的描写顺序相似，也是从服饰开始写，数句浓墨重彩的细节描绘，如凤姐一般，也打造出一团令读者眼花缭乱的金贵奇观图景。接着以相貌刻画，再用关键句点出性情："虽怒时而若笑，即嗔视而有情。"宝玉有情，是全书关键的文眼之一。最后再回到服饰描写，因为要出场一位同样重要的"角色"，真正的宝玉——项上金螭璎珞，又有一根五色丝绦系着一块美玉。为什么是五色丝绦？要知道女娲补天所用的石头便是"五色石"（此传说久远，《淮南子》便有记载），而贾宝玉的前世正是女娲补天剩下的那块无用顽石。五色丝绦系着这块宝玉，正是"前世因缘"的一种暗示。

贾宝玉的出场，便是"真宝玉"的出场，两者性命一体。刚见到宝玉，黛玉的反应出乎我们意料——黛玉一见，便吃一大惊，心下想道："好生奇怪，到像在那里见过的一般，何等眼熟到如此！"读者的情绪随着黛玉同时高涨起来，但曹公以惊人的耐心再次按住话头，让宝玉先去见王夫人，等回来时，已经换了衣服，再来一段服饰与容貌描写，这一回，宝玉变得亲切家常多了，"天然一段风骚，全在眉梢。平生万种情思，悉堆眼角"，曹公还嫌不足，又用《西江月》二词为宝玉画像。这两首词极尽讽刺之能事，"纵然生得好皮囊，腹内原来草莽。潦倒不通世务，愚顽怕读文章""天下无能第一，古今不肖无双。寄言纨绔与膏粱，莫效此儿形状"云云，与前文写他衣着如何尊贵、容貌如何风流，全然是两副笔墨，如此，大热之后接以大冷，一正一反，一积极一消极，来定格宝玉的登场——外貌与内心兼顾，让读者对宝玉为人有了大概掌握。

宝玉的出场还未完结，曹公写他见到黛玉，流水无痕地转变了视角，让读者从黛玉身上移开，进入宝玉的视角反观黛玉，让黛玉再次出场，也是正式的出场——"两湾似蹙非蹙罥烟眉，一双似喜非喜含情目，态生两靥之愁，娇袭一身之病"等共十句，脂砚斋评说："此十句定评，直抵一赋。"要注意的是，宝玉眼中的黛玉，全是容貌描写，与之前黛玉看凤姐、看宝玉很不相同。脂砚斋在这里有妙评："不写衣裙妆饰，正是宝玉眼中不屑之物，故不曾看见。"黛玉之举止容貌，亦是宝玉眼中看心中评。而在宝玉看之前，曹雪芹并未细写黛玉的容貌，偏偏要等宝玉出场了，要他来看，原因很简单：两人有前世夙缘，绛珠仙草自然要等神瑛侍者出场了，才露出真容。所谓女为悦己者容，放在这里说很合适。

　　紧接着，宝玉第一句话便笑道："这个妹妹我曾见过的。"正呼应了黛玉见他时的内心台词："好生奇怪，到像在那里见过的一般，何等眼熟到如此！"果然是金风玉露一相逢，便胜却人间无数。两人的登场，至此才宣告结束。

琵琶遮面式

　　红楼世界中另一位女主角薛宝钗的出场，与上述诸人都不同，宝钗出场分为假出场和真出场。假出场是紧接黛玉出场后的第四回《薄命女偏逢薄命郎　葫芦僧乱判葫芦案》，写薛蟠为英莲纵奴打死冯渊的"葫芦案"，这节故事是薛蟠的出场，以案写人，薛大呆子的风采，读者已初步领教。宝钗的出场夹在薛蟠的出场中，平淡无奇："还有一女，比薛蟠小两岁，乳名宝钗，生得肌骨莹润，举止娴雅。当日有他父亲在日，酷爱此女，令其读书识字，较之乃兄，竟高过十倍。"

　　之后，宝钗随母兄来到都中荣国府，一直处于"隐身"的状态，甚至没有一句台词，也未彰显其独特之处。"忽家人传报，姨太太带了哥儿姐儿合家进京，正在门外下车。喜的王夫人忙带了媳妇女儿人等接出大厅，将薛姨妈等接了进来。"接进来后，老姊妹叙旧谈心，又见贾母，薛蟠又见贾政，贾琏又引着他见了贾赦、贾珍等，忙忙乱乱，全然未提宝钗，更未提她与宝玉、黛玉等人的见面情形。只是在下一段搬入梨香院后，才用直叙法写她"日与黛玉、迎春姊妹等一处，或看书着棋，或做针黹，到也十分乐业"。依然不写她容貌性情等，倒是继续写薛蟠的出场，与贾家子侄沆瀣一气，"引诱的薛蟠比当日还坏了一倍"。此回中，宝钗的出场是"琵琶遮面"式的假出场，是顺带在薛蟠出场中的副出场。

宝钗的"真出场"要分三次。第一次是第五回，用的对比烘托法，"年岁虽大不多，然品格端方，容貌丰美，人多谓黛玉之所不及。而且宝钗行为豁达，随分从时，不比黛玉孤高自许，目下无尘，故比黛玉大得下人之心。"将宝钗性情为人对比黛玉，侧写她的简略形象，但依然云雾缥缈。

第二次真出场直接到了第七回，周瑞家的来到梨香院找王夫人回刘姥姥的事情，顺便问候了宝钗。宝钗在书中第一次有了大篇幅的对白，说自己从小的怪病，说冷香丸的炮制法。再用薛姨妈的话"宝丫头古怪着呢，他从来不爱这些花儿粉儿的"来侧面点染性情，至此，宝钗形象才渐渐生动起来。

宝钗第三次的真出场在第八回，也是出场的完成。宝玉往梨香院看望生病的宝钗，先和薛姨妈亲热客套，进了里间屋，才带领读者第一次细看宝钗服饰与容貌："头上挽着漆黑油光的鬏儿，蜜合色棉袄，玫瑰紫二色金银鼠比肩褂，葱黄绫绵裙，一色半新不旧，看来不觉奢华。唇不点而红，眉不画而翠，脸若银盆，眼如水杏。"

写宝钗的衣着长相，与写凤姐、宝玉之璀璨夺目全然不同，素雅中不失富贵，寡淡里也有颜色，十分贴合宝钗性情——再联想大观园建成后，贾母带众人去蘅芜苑游览，极表宝钗性情之素淡。此处，曹公还加了四句短评："罕言寡语，人谓藏愚；安分随时，自云守拙。"进一步点明宝钗为人处世的态度和性情特点。

等宝玉（读者）看完宝钗，宝钗又带着读者反观宝玉，写了他当时的穿着，着重写了"系着五色蝴蝶鸾绦，项上挂着长命锁，记名符，另外有那一块落草时衔下来的宝玉"——金玉良缘之大戏，此时帷幕轻启，锣鼓暗响。曹公借宝钗之眼，完成那块"宝玉"的最终登场，介绍上面的铭文，"莫失莫忘，仙寿恒昌"，又接着写宝钗的金璎珞，两句吉谶"不离不弃，芳龄永继"。至此，宝钗的出场才终于完成。

精彩的人物出场，一定是与人物性格息息相关的，在出场的细节中，蕴含人物的种种信息。更高妙的是曹雪芹这般，不仅蕴含了人物的身份信息，还蕴含了其命运信息，蕴含了戏剧冲突。

欲扬先抑式

《金瓶梅》中西门庆的出场，最是平常：

> 话说大宋徽宗皇帝政和年间，山东省东平府清河县中，有
> 一个风流子弟，生得状貌魁梧，性情潇洒，饶有几贯家资，年纪
> 二十六七。这人复姓西门，单讳一个庆字。他父亲西门达，原走
> 川广贩卖药材，就在这清河县前开着一个大大的生药铺。现在门
> 面五间到底七进的房子，家中呼奴使婢，骡马成群，虽算不得十
> 分富贵，却也是清河县中一个殷实的人家。①

这段出场，与大多数古典小说人物的出场方式并无二致，一上来

---

① 本书引用《金瓶梅》原文，除特别说明是词话本，余外皆为张竹坡批评绣像本。本
书据《张竹坡批评第一奇书金瓶梅》，齐鲁书社1991年第2版。

就提及时空背景、人物基本的身份信息。人物出场并不只是向读者展示其门阀来历、样貌妍媸，还有更重要的一点：性格为人。兰陵笑笑生说西门庆"性情潇洒"，可谓极简，这个人物依然是空的，真正的出场，是他开始说话、行事。《金瓶梅》第一回，《西门庆热结十兄弟》，与众人吃喝行乐，渐渐勾勒出西门大官人的整体形象。热结十兄弟，才是西门庆的完整出场。西门庆与应伯爵吃酒，撞着谢希大，同来街上看打虎英雄，由此引出武松——《金瓶梅》中武松的出场，是为了引出书中最重要的女性人物潘金莲，而金莲的出场极富层次感：武松引出武大，武大引出张大户，由张大户才引出金莲。如风吹串铃，一个响，接着都响，次序鲜明，最终有了西门庆与潘金莲的通奸杀夫大戏。

重要人物的出场并非都是敲锣打鼓、张灯结彩的，比如《金瓶梅》里的陈敬济①，出场平淡无奇。在第十七回《宇给事劾倒杨提督　李瓶儿许嫁蒋竹山》中小荷露角——陈敬济因为父亲被官司连累，带着西门大姐投奔丈人，没什么性格、相貌点缀，之后时不时重新登场，直到与潘金莲在葡萄架下勾搭，才真正立住了形象。他的出场方式好比打水漂，靠一点一点前后相续的方式，在读者心中打出无数涟漪，循序渐进地让人物承担起更重要的正戏：比如西门庆死后，他与丈母月娘的争执、通奸金莲、欺凌大姐儿等。

要说重要人物的低调出场，大概无过于《水浒传》之武松，不仅低调，还十分凄凉，谈不上任何英雄气概。金圣叹贯华堂批评本②第

---

①词话本作"陈经济"。
②本书涉及金批本《水浒传》原文，皆依据《金圣叹批评本水浒传》，齐鲁书社1991年第1版。

二十一回《阎婆大闹郓城县　朱仝义释宋公明》末尾，宋江在柴进庄上夜饮，出来躲酒，撞见一人：

> 那廊下有一个大汉，因害疟疾，当不住那寒冷，把一锨火在那里向。宋江仰着脸，只顾踏将去，正跐在火锨柄上，把那火锨里炭火都掀在那汉脸上。那汉吃了一惊，惊出一身汗来。

这个落魄窘迫的汉子，便是大名鼎鼎、被金圣叹誉为一百单八将最上上人物的天人武松。大家可以试想那个情景：屋里头，炉焚兽炭，香袅龙涎，柴进陪着宋江山珍海味，外面冷冷清清，廊下一个病汉子，可怜巴巴地围着一锨炭火取暖——武松出场，直是一幅英雄末路图。不过武二身体虽病，脾气却不减，抓住宋江就要打，后来经柴进解劝，才知道对方是"郓城宋押司"，纳头便拜。此回在这里结束，而武松的名字，要到下一回开篇才透露。

武松出场可谓极卑极贱，见到宋江，一见如故，柴进也改变了态度，对武松重新热络起来。至此，武松的性格和其他好汉差不多，都是性情暴烈豪爽，说打就打，说拜就拜，但他的出场还未结束，他对宋江自述来历："小弟在清河县，因酒后醉了，与本处机密相争，一时间怒起，只一拳，打得那厮昏沉。小弟只道他死了，因此一径地逃来。"用具体事件来为自己画像，让读者对武松有了初步的了解。武松的出场到此就结束了。从这一回开始，叙事视角也从宋江转入武松正传（著名的"武十回"），彪炳文史的景阳冈打虎一节，就是武松告别宋江后发生的事。景阳冈打虎，是武松扬名立万的开始，是武松一生得意之事。景阳冈喝酒，极表武松粗豪，月下打虎，极表武松神威。看前一回他的出场，卑到无可再卑，直与寒冬街头乞丐一般，而紧接着，却写他震天撼地的神勇行为，前后形成巨大的反差，武松的形象顿时发出万丈光芒。他的出场，可谓欲扬先抑的极致，也是梁山一百单八将中最富戏剧性的出场之一。

这种欲扬先抑式出场，在其他古典作品中也有例子。《三国演义》中刘、关、张三兄弟的出场，也是无甚派头。第一回《宴桃园豪杰三结义　斩黄巾英雄首立功》中，张角进犯幽州，太守刘焉出榜招募义兵，引出刘备："那人不甚好读书，性宽和，寡言语，喜怒不形于色。素有大志，专好结交天下豪杰。生得身长七尺五寸，①两耳垂肩，双手过膝，目能自顾其耳，面如冠玉，唇若涂脂，中山靖王刘胜之后，汉景帝阁下玄孙，姓刘名备，字玄德。"——刘备的出场还算隆重，而其两位兄弟的出场可谓"寒酸"了。

刘备看榜文，慨然长叹，迅速引出张飞——"随后一人厉声言曰：'大丈夫不与国家出力，何故长叹？'玄德回视其人，身长八尺，豹头环眼，燕颔虎须，声若巨雷，势如奔马。"两人一见如故，来到村店喝酒，再引出关羽——"正饮间，见一大汉推着一辆车子，到店门首歇了，入店坐下，便唤酒保：'快斟酒来吃，我待赶入城去投军。'玄德看其人：身长九尺，髯长二尺，面如重枣，唇若涂脂，丹凤眼，卧蚕眉，相貌堂堂，威风凛凛。"张飞、关羽的出场都由刘备引出，只知是典型的英雄气概，作者又通过见面后的对话，来点染两人脾性。张飞说大丈夫当为国家出力，愿意捐家产招募乡勇，关羽也自我介绍

①在《三国》小说早期版本中，刘备身长"七尺五寸"，而毛批本中改成了"八尺"。

说"因本处势豪倚势凌人，被吾杀了"。如此，完成了三兄弟的出场。可除了刘备，读者还不能将张飞与关羽的性格特点分清楚，两人各自对调，似乎也无不可。张飞如何暴躁，关羽如何骄矜，都需之后的情节来描补。比如到第十四回时，作者借刘备之口直接说明张飞脾性："你一者酒后刚强，鞭挞士卒；二则作事轻易，不从人谏。"

同样在第一回中，曹操也以非常迅捷的节奏登场了。刘、关、张三兄弟旗开得胜投靠卢植后，卢植派他们去颍川帮助皇甫嵩、朱儁——叙述视角随即发生改变，不待刘、关、张到来，直接跳到皇甫嵩、朱儁，火攻张梁、张宝黄巾军。随着张梁、张宝败走，引出了曹操：

> 为首闪出一将，身长七尺，细眼长髯，官拜骑都尉，沛国谯郡人也：姓曹，名操，字孟德。操父曹嵩，本姓夏侯氏，因为中常侍曹腾之养子，故冒姓曹。曹嵩生操，小字阿瞒，一名吉利。操幼时好游猎，喜歌舞，有权谋，多机变。①

读者此时应该看出来了，叙述视角从限定又变为全知，由作者直接说曹操的身世和性格特点，和刘备的出场方式如出一辙。只是一正一奸的区分初露端倪，刘备是性宽和，结交天下豪杰，曹阿瞒则是好游猎、喜歌舞，权谋机变。作者对曹操的出场花了更多心思，紧接上

---

① 《毛宗岗评本三国演义》，上海古籍出版社 1989 年第 1 版。毛纶、毛宗岗父子对《三国志演义》进行了"增删式的批评"，毛氏改定本也成为如今最流行的三国版本。曹操出场一节，现存最接近罗贯中原作面貌的嘉靖本，写作"为首闪出一个好英雄"，毛本改为"为首闪出一将"，而且删去了介绍曹操家世显赫的内容，如此刻意地"尊刘抑曹"，在毛本中比比皆是。关于两个版本的比对，详见刘敬圻《明清小说补论》，生活·读书·新知三联书店 2004 年版。

面的介绍，又用倒叙讲述了曹操算计叔父的少年往事，突出其"有权谋，多机变"的性格，而后用南阳何颙、汝南许劭的赞许，侧面烘托曹操的才干，"安天下者，必此人也"。如此皴染，再加上简要的曹操仕途履历，三国最强悍的奸雄形象瞬间圆满。

　　曹操的出场，算得上是完美出场。这种由直接介绍的正面描写辅以旁人评价的侧面烘托的出场方式，堪称古典小说的经典技法，上文贾宝玉的出场也是如此，只是节奏更加多变，更加细腻。在刘、关、张的外貌描写中，身高是有次序分差的：刘备七尺五寸，张飞八尺，关羽足足九尺（美髯也有二尺）。这种身长的等级，便是武艺的等级——刘备次于张飞，张飞次于关羽。而曹操，则是身长七尺，比刘备还要矮五寸。这五寸，便不是武艺差距，更不是权谋差距了——论武艺和权谋，曹操远超刘备应无异议——未尝不可以解读为"仁义"的差距。这是作者极细的小心思，十足有趣。

一波三折式

　　刘、关、张与曹操悉数出场，叙事节奏明快，不重细节，只突出梗概，这是由《三国演义》庞杂的故事线索和宏阔的时代背景所决定的，若像《红楼梦》一样细细雕琢，与本书的整体节奏就会发生脱节。作为全书的灵魂人物，诸葛亮的出场，则是所有人物里最为精彩、最富有节奏感的——正是家喻户晓的三顾茅庐。

　　诸葛亮的出场，是典型的"千呼万唤始出来"式出场，先在第三十六回《玄德用计袭樊城　元直走马荐诸葛》中，徐庶跟刘备说："此间有一奇士，只在襄阳城外二十里隆中。"接以各种赞词，说诸葛亮"有经天纬地之才，盖天下一人也"，又介绍诸葛亮的家世等基本信息，喜得刘备抓耳挠腮，恍然大悟诸葛亮便是水镜先生所说的"伏龙"，等不及要见。妙的是，作者并没有立刻写刘备去找诸葛亮，而是将叙述视角放在徐庶身上，"恐孔明不肯出山辅之，遂乘马直至卧龙冈下，入草庐见孔明"，让徐庶带领读者先刘备一步见到了诸葛——真龙现身了，但这次是明显的"假出场"。徐庶一说，孔明立刻怫然作色，徐庶碰了个钉子，羞惭而退。

作者胸有成竹，不慌不忙，在第三十七回《司马徽再荐名士　刘玄德三顾草庐》开篇，继续跟随徐庶视角，来到许昌，说其母自缢一节，将徐庶部分暂时停顿，然后才回归刘备视角。随之又有小波澜，司马徽突然来访，刘备误以为是孔明来了，立刻出迎，接着让司马徽继续从侧面烘托诸葛亮，满口赞语，说管仲、乐毅都不足和他比，只有兴周八百年的姜子牙、旺汉四百年的张子房可以匹配。

至此，诸葛亮的形象已经高到天际，刘备的期待也达到巅峰，读者迫不及待地想见识见识这个诸葛亮到底何等风采——上一回末尾的假出场，根本无法满足读者了。作者行文顿挫，真有风雨欲来风满楼之感。刘、关、张正式上路去拜访诸葛亮，未见真龙，先用一篇长诗写真龙所居，十足有世外仙境之感，写景是为了写人，山不在高有仙则名，水不在深有龙则灵，都是为了给诸葛亮的形象添光加彩。第一次拜访，童子说出门了，不遇而返，路上遇到一人，"容貌轩昂，丰姿俊爽"，刘备再次误认为卧龙，却原来是孔明的朋友崔州平，说了一通"隐者之言"，回到新野。

第二次拜访，张飞有点不乐意了："量一村夫，何必哥哥自去，可使人唤来便了。"刘备坚持前往。这次视觉景观也变了，下起大雪，山如玉簇，林似银妆，扑面而来冷清明亮之感——正是暗喻诸葛品格。张飞继续发牢骚，想回新野避风雪，又被刘备教训。路过路旁的酒店，听见两人对坐唱歌，歌词旨意高远，非同凡响。刘备又误以为其中有卧龙，一问才知，都是卧龙的朋友，一个是颍川石广元，一位是汝南孟公威。聊了几句，继续赶路。来到草庐，见堂上人，第四次误认为是卧龙，谁知是卧龙的弟弟诸葛均，说诸葛亮外出闲游去了。张飞烦躁不已，一个劲儿地催刘备回去。刘备留下了一封信，拜辞离开。刚出门，又遇到一位骑驴先生踏雪而来，刘备第五次错认为卧龙，这人原来是孔明的岳父黄承彦。前后五次错认，足见刘备求才若渴之心，也是作者故意排兵布将，连施迷魂阵，用来迷惑读者，同时将诸葛亮"卧龙"之神秘、之淡泊、之清傲，烘托得淋漓尽致。真是千回百转，神龙游荡云雾之间，见首不见尾，急煞刘备，也急煞读者。何谓游戏笔墨？这便是游戏笔墨。

《三国》叙事写人，节奏多明快简洁。英勇俊秀、出类拔萃如赵子龙，在第七回里出场，干净利落，决不拖泥带水，其他大小人物也都大体保持着这样的节奏，唯独在第三十七回，叙事变得极慢极耐心，作者将这份"殊荣"给予了诸葛亮，足见这位人物在书中的核心地位，必须郑重其事地反复渲染，让他的出场成为全书一个关键的转折点。

第三次造访，在时间上做了停顿，"光阴荏苒，又早新春"，已经隔了数月，刘备准备第三次去卧龙冈，这次关羽也表达了不满，"想诸葛亮有虚名而无实学，故避而不敢见"，张飞更是嚷着要用绳子把诸葛亮绑过来，两人的抱怨都是在衬托刘备的求贤之心。来到草庐时，诸葛亮正在睡觉，刘备恭敬等待，作者继续让张飞发泄愤怒，继续衬出刘备之敬心。终于，诸葛亮醒了——卧龙正式出场，与刘备定三分隆中决策，出山相助，一举改变了天下局势，形成全书的大转折。

一次假出场，三顾茅庐，五次错认——纵观古典小说主要人物的出场，几乎都不如诸葛亮"煞有介事"，诸葛出场"千呼万唤始出来，犹抱琵琶半遮面"的节奏把控与气韵营造，是作者的天才手笔。而这种极尽曲折之能事的出场，也有作者的深意，毛宗岗眼光独到："孔明虽未得一遇，而见孔明之居则极其幽秀，见孔明之童则极其古淡，见孔明之友则极其高超，见孔明之弟则极其旷逸，见孔明之丈人则极其清韵，见孔明之题咏则极其俊妙：不待接席言欢，而孔明之为孔明，于此领略过半矣。"

在清末著名谴责小说《老残游记》[1]中，也写了一位人物的精妙出场，颇得三顾茅庐之神韵。《老残游记》第二回《历山山下古帝遗踪　明湖湖边美人绝调》，老残来到济南明湖居，慕名来听梨花大鼓。在本回前文中，老残在街上闲逛——从鹊华桥往南，缓缓向小布政使司街走去，一抬头，见那墙上贴了一张黄纸，有一尺长七八寸的光景，居中写着"说鼓书"三个大字，旁边一行小字是"二十四日明湖居"。然后，老残从旁人口中得知，"明儿白妞说书，我们可以不必做生意，来听书罢。"接着又听铺子里柜台上的人说，"前次白妞说书是你告假的，明儿的书，应该我告假了。"不仅如此，"一路行来，街谈巷议，大半都是这话。"这让老残十分好奇，"白妞是何许人？说的是何等样书？为甚一纸招贴，便举国若狂如此？"

这是白妞通过他人评价的"假出场"。旁人接连议论，扰动了老残的耳目，让他不禁深深好奇，明湖居说书的白妞到底是何方神圣？引诱得读者也蠢动起来。老残回到旅店，询问茶房，茶房继续渲染："这说鼓书本是山东乡下的土调，用一面鼓，两片梨花简，名叫'梨

[1]本书引用《老残游记》，皆依据人民文学出版社 2000 年版。

花大鼓'，演说些前人的故事，本也没甚稀奇。自从王家出了这个白妞、黑妞姊妹两个，这白妞名字叫作王小玉，此人是天生的怪物！他十二三岁时就学会了这说书的本事……仗着他的喉咙，要多高有多高；他的中气，要多长有多长。他又把那南方的什么昆腔、小曲，种种的腔调，他都拿来装在这大鼓书的调儿里面。不过二三年工夫，创出这个调儿，竟至无论南北高下的人，听了他唱书，无不神魂颠倒……"茶房一通介绍极为详尽，让读者也禁不住"神魂颠倒"起来，这白妞有如此高超本事，我们禁不住好奇作者会如何写她。有趣的是，听了茶房的话，"老残听了，也不甚相信。"将旁人夸赞作为铺垫，垫到高耸入云了，作者却突然一冷一压，让老残不甚相信，这是故意为之，全为了之后的扬而先抑，为之后的热而先冷。

次日，老残来到明湖居准备领教白妞说书，先仔细铺排了戏园子里的纷杂场景，热热闹闹，一座难求。作者大笔一转，突然写戏台子上——"偌大的个戏台，空空洞洞，别无他物，看了不觉有些好笑。"这空空洞洞，不仅是写戏台之状，也是在形容老残的心境，依然是冷的，暗示并不相信茶房等人的吹嘘。白妞的出场气氛继续往下按压，读者也隐隐期待反弹的那一刻。作者以时间为线贯穿场景描写，老残六点钟起来，逛了一圈，回到旅店是九点钟，吃了饭赶到明湖居不过十点钟。到十一点钟，许多官员都来了，不到十二点钟，前面几张预定的空桌都坐满了，再写观众身份，三教九流都有，侧写白妞艺术受到阳春白雪下里巴人的共同喜爱。到了十二点半，从后台帘子里面出来了一个男人，几句相当见功力的白描："穿了一件蓝布长衫，长长的脸儿，一脸疙瘩，仿佛风干福橘皮似的，甚为丑陋"——这个男人的"丑陋"也是一种情绪上的"抑"，让观众心里打起鼓来：这样一个人，技艺能好么？白妞，能好么？看作者妙笔，在各种小细节里不断对观众的情绪进行把控，说这人弹了几下三弦儿，"人也不甚留意去听。"

忽而，行文开始有了力量，节奏昂起，这男人"弹了一枝大调，也不知道叫什么牌子。只是到后来，全用轮指，那抑扬顿挫，入耳动心，恍若有几十根弦、几百个指头在那里弹似的。这时台下叫好的声音不绝于耳，却也压不下那弦子去"。在连续的压抑后，作者让这位男子大放光彩，一扫之前的消极印象，赞叹他三弦的技艺，也暗中为白妞的出场做热身：先出来的都如此，压轴的可想而知。说观众的叫好声"压不下那弦子去"，其实是压不下读者的期待之情了。

作者再连上整体的时间纬线，"停了数分钟"，又出来了一位姑娘，继续白描："约有十六七岁，长长的鸭蛋脸儿，梳了一个抓髻，戴了一副银耳环，穿了一件蓝布外褂儿，一条蓝布裤子，都是黑布镶滚的"——读者此时正纳闷这到底是不是白妞，作者也无暇说，直接写她敲梨花简、打鼓锤，铺排她的技艺："忽羯鼓一声，歌喉遽发，字字清脆，声声宛转，如新莺出谷，乳燕归巢。每句七字，每段数十句，或缓或急，忽高忽低；其中转腔换调之处，百变不穷，觉一切歌曲强调俱出其下，以为观止矣。"一连串的形容比喻，将这位女子的唱书技艺夸赞得无以复加，读者都以为这必定是白妞了——想必台下的老残也如此想，但作者不写老残，转而写两个旁人，一个问这是否就是白妞，另一个却说："这人叫黑妞，是白妞的妹子。"读者心情立刻又压下去了，新期待与新怀疑重新涌起：黑妞都这样了，白妞还能如何好呢？作者写黑妞都这么用力了，等会儿白妞出场了还要怎么写？

看客继续以对比法夸赞白妞："他的调门儿都是白妞教的，若比白妞，还不晓得差多远呢！他的好处人说得出，白妞的好处人说不出；他的好处人学的到，白妞的好处人学不到。"就好比徐庶、司马徽，接连美誉诸葛亮，我们就好比刘备，急得抓耳挠腮，恨不得能钻到书里去，钻到明湖居，闯入后台把白妞请出来。行文跌宕起伏至此，可谓化笔。黑妞唱完后，作者没有再卖关子，直接让白妞出场了。先白描她的外表："年纪约十八九岁，装束与前一个毫无分别，瓜子脸儿，白净面皮，相貌不过中人以上之姿，只觉得秀而不媚，清而不寒。"——外貌无甚特别，半冷不热之间，继续吊着读者的期待。在白妞开唱前，先写她摆弄梨花简，"两片顽铁，到他手里，便有了五音十二律似的"，再着重写她的眼睛，"如秋水，如寒星，如宝珠，如白水银里头养着两丸黑水银"，如同舞狮点睛，整个人立刻有了神。个人的气场，全凭这对招子散发，"就这一眼，满园子里便鸦雀无声。"

白妞正式出场了，而作者真是逞才斗能，迎难而上，不弄玄虚，不走捷径，武松打虎一般直面挑战，看他如何写白妞唱书：

　　声音初不甚大，只觉入耳有说不出来的妙境：五脏六腑里，像熨斗熨过，无一处不伏贴；三万六千个毛孔，像吃了人参果，无一个毛孔不畅快。唱了十数句之后，渐渐的越唱越高，忽然拔了一个尖儿，像一线钢丝抛入天际……恍如由傲来峰西面攀登泰山的景象：初看傲来峰削壁千仞，以为上与天通；及至翻到傲来峰顶，才见扇子崖更在傲来峰上；及至翻到扇子崖，又见南天门

清 佚名《彩绘全本西游记·大闹天宫》

清 佚名《彩绘全本西游记·收伏沙悟净》

更在扇子崖上：愈翻愈险，愈翻愈奇。

波浪一般叠叠相继，犹如汉赋的气势，作者极力铺排渲染，连续用大段比喻来形容白妞唱书的绝妙境界，其中又有跌宕，先前写白妞唱高调儿，现在又写她的低调儿，还不忘连上时间线，"两三分钟之久"，再从低处上扬，"像放那东洋烟火，一个弹子上天，随化作千百道五色火光，纵横散乱。"然后便进入收尾，"忽听霍然一声，人弦俱寂"。白妞的出场与表演，至此结束。

回看这段情节，从老残在街上听人夸赞白妞技艺，到茶房具体详说，再到他慕名而来，苦苦等待，客人陆续来到，继而三弦男人出场，黑妞出场，最后才是白妞出场。整个的叙事手法与"三顾茅庐"有异曲同工之妙。白妞只是本书中的过场人物，但她出场的待遇，超过之后的任何角色。这段情节技法之妙，经得住反复咀嚼。

《儒林外史》中，娄三、娄四公子恭请酸儒杨执中一节，前后贯穿三章篇幅，极尽曲折之能事，也是三顾茅庐式的写法。最出色的古典小说，文有文法，句有句法，字有字法。出场不仅仅是某个人物的出场，也是作者的"一次又一次重新出场"，写外貌写服装写妆饰，不可草草读过，中间也许暗含了关键信息，而旁人介绍、情景烘托、节奏把控等种种复杂精妙的技法，无不彰显着作者的匠心。善读人物出场，是欣赏古典小说的开始。

视角：

作者幽灵的寄生

《封神演义》中，有一对国人皆知的著名角色：千里眼、顺风耳。两人本名高明、高觉，在效忠纣王的袁洪麾下效命，凭借千里眼、顺风耳的神技，对姜子牙排兵布阵了如指掌，让子牙一筹莫展。书中第九十回，玉鼎真人介绍了两人的来历：

> 此业障是棋盘山的桃精、柳鬼。桃、柳根盘三十里，采天地之灵气，受日月之精华，成气有年。今棋盘山中有轩辕庙，庙内有泥塑鬼使，名曰千里眼、顺风耳。二怪托其灵气，目能观看千里，耳能祥听千里。千里之外不能视听也。

杨戬听了玉鼎真人的指教，用计大败商兵，千里眼和顺风耳也毙于姜子牙的打神鞭下。我们要谈的不是这两个来也快去也速的难兄难弟，而是"千里眼"与"顺风耳"这两项神技的隐喻性。千里之内，无物不能看见，无声不能听见——这正是古典小说作者叙述视角的象征。

鬼火磷磷闪现

学者王德威在《被压抑的现代性》中有云：

　　古典白话小说最突出的两项特质——"说话"（说书人）与"历史论述"的框架——在晚清有剧烈的改变。说书传统创造出如茶肆酒楼等公开场合的"仿真语境"（simulated context）；借着虚拟这种场合，故事召唤符合说书人／叙述者与其预期听众共同拥护的真理或真实价值。历史论述也是中国古典白话小说的特点。作者借历史论述形成一种仿真的情境，把所描写的任何主题，不论是纯幻想或是实际经验，远在天边或近在眼前，都连锁到历史的环节，由此确立其在"历史"洪流中的有意义的地位。换言之，小说中的历史论述所达成的是拟真的效果（verisimilar effect）多于模仿的幻觉（mimetic illusion）。说书情境创造了一个社会空间，其中价值被圈定在已设定好的地理及社群范围中，而历史论述形成的是时间（temporality）或非时间（atemporality）的延续，由此叙事之流才得以被认知。虽然每一代作家对这两个手法都有革新，却从未扰乱其中隐含的拟真的基本法则。①

全知全能视角，或称上帝视角，是晚清之前古典小说最常见的叙述方式。作者高高在上，发挥千里眼、顺风耳的神技，铺展情节、指挥人物，随时转换叙述视角。特别的是，这些古典小说家几乎不约而同地在作品中袭用了说书人套语②，不管在写作题材与叙事技法上如何拓展创新，说书人视角一直保留着，作者借由这个传声器，不时出现，解释情节、臧否人物、说教道理，甚至对其他作者说三道四，或者加入一段自己的经历，营造一个"类书场"的情景③，总之五花八门、无奇不有。

比如《水浒传》血溅鸳鸯楼一节，武松报仇，闯入厨房，张都监的两个丫鬟吓呆了，说书人毫无征兆地冒出来："休道是两个丫鬟，便是说话的见了，也惊得口里半舌不展。"在清风山一节，宋江救了刘高妻子，要下山去会花荣，说书人再次现身："若是说话的同时生，

①[美]王德威著，宋伟杰译《被压抑的现代性——晚清小说新论》，北京大学出版社2005年版，第49页。
②陈平原先生认为古典作家之所以袭用说书人套语是因为"小说家没有成为被社会肯定的崇高职业，创作时向说书人认同，是没有选择的'选择'。"见《中国小说叙事模式的转变》，北京大学出版社2010年第2版，第257页。
③美国汉学家浦安迪认为不应过分夸大明清小说与宋元说书人活动的承继关系，明清小说尤其是四大奇书"已经化身成为一种新的文学体裁"，模拟说书人口吻"都是故意用来创出一系列特殊的美学效果的。"浦氏强调小说家使用说书人口吻似乎不是一个自然的承袭，而是有着叙事美学上的考量，奇书文体实则是"晚明士大夫文化的产物"。见《中国叙事学》，北京大学出版社2018年第2版，第126、214页。

并肩长，拦腰抱住，把臂拖回。便不使宋江要去投奔花知寨，险些儿死无葬身之地。"[1] 作者以这种形式在文本中浮现，是古典小说叙事的一大特色。这些小说的叙述视角是开放的，作者与读者随时在保持对话——当然，是作者单向度地跟读者聊天，也有的作者会自问自答：说话的你差了，如何如何，然后加以解释。比如晚清小说《荡寇志》第一回，作者余万春写宋时水浒事，却提及大炮火器等物，有违史实，他自我辩解道：

> 看官，那大炮、鸟枪一切火器是宋末元初始有，以前虽有硫磺焰硝，却不省得制火药。……今稗官笔墨游戏，只图纸上热闹，不妨捏造，不比秀才对策，定要认真。即如《三国演义》《水浒前传》亦借此物渲染，是书何必不然。[2]

再比如《儿女英雄传》第二十六回，作者文康自问自答：

> 喂！说书的，你先慢来，我要打你个岔。可惜这等花团锦簇的一回好书，这一段交代，交代的有些脱岔露空了……列公，不然。书里交代过的……[3]

---

[1] 这种预示下文危险情节的说书人话语在其他小说中也常出现，比如《醒世恒言》第三十三卷，文中也有："若是说话的同时生，并肩长，拦腰抱住，把臂拖回，也不见得受这般灾悔！却教刘官人死得不如《五代史》李存孝，《汉书》中彭越。""三言二拍"中还有多处几乎相同的说书人套语。

[2] 本书引用《荡寇志》原文，皆依据人民文学出版社1981年版。

[3] 本书引用《儿女英雄传》皆依据人民文学出版社2014年版。

　　如果要追溯这种视角成为写作惯例的过程，须涉及中国小说与史传传统的关系，这个论题过于庞杂，此不赘述①。弃繁说简，我们看古典小说，经常会看到这样的套词套句：且说、闲话休提言归正传、说书的没有两张嘴、一支笔写不得两家事、此处按下不表、这是后事不提、花开两朵另表一枝等等。这种套词的大量出现反映出一个现象：中国古代小说家多是以说书人的口吻在叙述。我们有必要概述一下其中的演化逻辑：从唐朝僧人的俗讲活动开始，到五代、宋、元时期，市民经济发达，城市生活区与商业区的界限逐渐消失，勾栏瓦舍等娱乐场所大量涌现，"说话"作为一种世俗娱乐活动大受欢迎②，为说书人写作故事底本的"书会才人"群体猬起，他们承担了故事整理编辑者、创作者等多重身份，再加上世代书商、文人的增删润色，诞生了许多现在看到的古典小说——多是历史演义类作品，属于集体创作。渐渐地，有着良好文化修养的文人出于各种动机，开始下场创作小说，他们一改之前说书话本粗朴稚嫩的面貌，文采斐然，叙事严密，但在叙述视角方面，却自觉或不自觉地沿袭了"说书人"口吻——在宋元话本的基础上，于是有明清大量的拟话本小说，这些文人在案头写作，面对着一群虚拟的观众（听众）。小说家让自己保持全知全能的叙事视角，时不时跳出，或者解释情节，或者发表道德议论，与虚拟的书

---

①浦安迪认为这种说书人"叙中夹评"的传统可以上溯到先秦的史籍叙事。见《中国叙事学》第一章第四节《叙述人的口吻》，北京大学出版社 2018 年第 2 版。
②宋代笔记《醉翁谈录》《梦粱录》《都城纪胜》《东京梦华录》等，都有大量说书活动的记载。其实早在中晚唐就有相关记录，如元稹《酬翰林白学士代书一百韵》自注中就提及"一枝花话"，乃是说《李娃传》故事，《酉阳杂俎》续集卷四中亦提及"市人小说"。只是到宋代尤其是南宋时期，说书艺术才高度发达起来。

场观众直接对话。比如"三言"名篇《十五贯戏言成巧祸》[①]，作者突然跳出来解释情节上的可疑之处：

> 看官听说，这段公事，果然是小娘子与那崔宁谋财害命的时节，他两人须连夜逃走他方，怎的又去邻舍人家借宿一宵？明早又走到爹娘家去，却被人捉住了？这段冤枉，仔细可以推详出来。谁想问官糊涂，只图了事，不想捶楚之下，何求不得。冥冥之中，积了阴骘，远在儿孙近在身。他两个冤魂，也须放你不过。所以做官的，切不可率意断狱，任情用刑，也要求个公平明允。道不得个死者不可复生，断者不可复续，可胜叹哉！[②]

在《乔彦杰一妾破家》中，说书人也不时跳出来感叹"人物不应如此如此，不然事情会有转机云云"。冯梦龙增补的《平妖传》第七回中，也有这种用法，自我解释行文安排：

> 说话的，忘了一桩要紧关目了，那胡媚儿还不知下落，缘何不见提起？看官且莫心慌。只有一张口，没有两副舌头，怎好那边说一句，这边说一句？如今且丢起胡媚儿这段关目，索性把遇蛋而明四个字表白起来。[③]

在第二十回中，冯氏还担心读者较真他情节失真，用自问自答的

---

①本篇小说的故事底本是著名的宋话本《错斩崔宁》。
②本书引用《醒世恒言》原文，皆依据凤凰出版社 2005 年版。
③本书引用《平妖传》原文，皆依据上海古籍出版社 1996 年版。

方式加以解释：

> 说话的，有一句话问你：这书第十三回上，说圣姑姑和蛋子
> 和尚、左黜三人炼法，三年方就，何等烦难，今日胡永儿变钱变
> 米，怎地容易，可不前后相背了？看官有所不知，当初炼神炼鬼，
> 都是生手做事。今日是圣姑姑设法来度他女儿，阴空中暗暗佐助。
> 若初次见得烦难时，永儿又不肯学了。

文人写小说袭用说书人视角，一方面是承继"说话"的传统，可以更加顺畅地写作（新一代的读者从书场听众转化为书籍看官也更加顺畅）；另一方面是说书人视角成功地在作者与小说人物、读者之间形成多层的距离和空间，小说家可以迅速而随时地从文本情景中抽离出来，更加客观冷静地发表观点——通常是些道德劝诫以及人生哲理的感悟。说书人的全知全能视角便是上帝视角，掌握着全书所有人物及所有情节的信息，释放多少信息给读者，全由作者把控。如何向读者提供信息，是考验作者的大功课。最常见的是开口见喉咙，一上来就告诉读者什么时代、什么地点、什么人家，然后再介绍主角的家世背景、性格概貌、当下状态等等，"三言二拍"近两百篇小说，大多都是这种方式。

在一些需要营造悬疑氛围的情景中，作者也会灵活使用限定视角，比如经典的林冲风雪山神庙一段，林冲躲在山神庙大门后，听到外面数人在商量谋害自己。此时，作者视角就是林冲视角，读者也不知道外面的人是谁，直到林冲听出了声音，是仇家陆虞候等人，至此，

信息才全部展露。《警世通言》第十四卷《一窟鬼癞道人除怪》有一段类似情节，王七三官人与吴教授也躲在一座山神庙的大门背后，听外面的鬼怪说话，恐怖气氛十足。[1] 此外，《水浒传》黄泥岗智取生辰纲一段，也全是限定视角叙事，智取全程，晁盖等七人的身份并未显露。[2] 这种第三人称限定视角在古典小说中并不少见，但通常是局部情节的局部使用。[3]

在唐传奇中也存在第一人称视角作品，比如《古镜记》《游仙窟》《薛伟》《谢小娥传》[4] 等，还有明代色情小说《痴婆子传》也是第一人称倒叙，都算是限定视角，读者与叙述者保持信息的同步，不存在差异。只是这些作品多是文言短制，在晚清之前的长篇古典小说中，除了部分情节，大体上依然是全知全能视角。陈平原认为："作为故事的记录者与新世界的观察者而出现的'我'，在中国古代文言小说中并不罕见。中国古代小说缺的是由'我'讲述'我'自己的故事，而这正是第一人称叙事的关键及魅力所在。"[5]

古典小说的作者（说书人）不时冒出来与读者进行沟通，犹如荒坟鬼火，燐燐而现。

---

① "听那外边时，只听得一个人声唤过去，道：'打杀我也！'一个人道：'打脊魍魉，你这厮许了我人情，又不还我，怎的不打你？'王七三官人低低说与吴教授道：'你听得外面过去的，便是那狱子和墓堆里跳出来的人。'两个在里面颤做一团。"

② 但在之前的情节中，晁盖等人已经开始筹算行动了，所以读者在这里能轻易地猜到这些信息，悬疑效果大打折扣。

③ 杨义先生认为，传奇小说多用历史叙事的全知视角，志怪小说则多用限知视角。《中国叙事学》，人民出版社1997年版，第214页。

④ 《谢小娥传》属于比较特殊的第一人称叙事，是作者遇到故事主人公，由其倒叙主要情节，严格说来依然算是第三人称叙事。这种叙事方法在唐传奇以及后世志怪小说中非常常见。

⑤ 陈平原《中国小说叙事模式的转变》，北京大学出版社2010年版，第69页。

幽灵悄然附身

　　叙事视角，便是作者的幽灵。作者的幽灵穿梭在字里行间，附着在哪个人物身上，这人物便承担叙事之重任。在长篇小说中，这种视角深入进去，必然要流转起来，因为描摹群像不方便凭借限定的单独视角去写，一是太过僵硬呆板，二是不合情理——毕竟某个单独视角不可能知晓所有人的行为与心思，这是基本的写作认知——对应到说书人，便是"说书的没有两张嘴，一张嘴说不得两家事"。

　　视角切换有硬有软，硬的切换很容易识别，直接"另起一头"便是，《水浒传》第十三回《急先锋东郭争功　青面兽北京斗武》便有一处典型的视角硬切换：

　　　　不说梁中书收买礼物玩器，选人上京去庆贺蔡太师生辰，且说山东济州郓城县新到任一个知县，姓时名文彬，当日升厅公座。①

这处叙述视角转换，是《水浒传》首回以来的第一次大转换，张天师祈禳瘟疫后——金圣叹将这段情节提为楔子，故事从高俅讲起，至王进，带出史进，史进再至其他好汉等等，都是如串珠一般单线连缀，这个好汉退场，他引出的其他好汉接力，如此人物迭出，不断推进情节，如细水涓涓，不曾断裂。而到此处，发生了第一道叙事的裂痕。视角大转，从梁中书派杨志押送生辰纲，直接转入郓城县时文彬，而后引出朱仝、雷横，再然后是赤发鬼刘唐、托塔天王晁盖、智多星吴用、阮氏三雄等，最终接上杨志押送生辰纲这条线——黄泥岗智取一节。这便是金圣叹所谓的"横云断山"法②，虽然切得硬、绕得远，不过视角经过多重转化，最终榫卯合一。

在第二十四回《王婆贪贿说风情　郓哥不忿闹茶肆》中，也有一处视角硬切：

> 断章句，话分两头。且说本县有个小的，年方十五六岁，本身姓乔，因为做军在郓州生养的，就取名叫做郓哥。家中止有一个老爹。那小厮生的乖觉，自来只靠县前这许多酒店里卖些时新果品，如常得西门庆赍发他些盘缠。

还有第四十九回《解珍解宝双越狱　孙立孙新大劫牢》，更是大

---

① 本书引用百回本《水浒传》原文，皆依据人民文学出版社 1997 年版。
② 毛宗岗评三国也常提及此法，"横云断岭、横桥锁溪"等。有些小说家会说"打个大宽转，又起一宗话头"，冯梦龙在《三遂平妖传》中转移叙述视角便按此法。

手笔的横云断山：

> 看官牢记这段话头，原来和宋公明初打祝家庄时，一同事发。却难这边说一句，那边说一回，因此权记下这两打祝家庄的话头，却先说那一回来投入伙的人乘机会的话，下来接着关目。原来山东海边有个州郡，唤做登州。登州城外有一座山，山上多有豺狼虎豹出来伤人。因此登州知府拘集猎户，当厅委了杖限文书，捕捉登州山上大虫……且说登州山下有一家猎户，弟兄两个，哥哥唤做解珍，兄弟唤做解宝。

这种视角上的乾坤大挪移，属于从外部另开生面，接连上文线索，形成节奏上的跌宕，并引出新人物出场，这是古代作家常用的创作手法。因为这种视角切换过于突然、僵硬，也会对读者的阅读节奏造成一定影响，所以有作者在进行视角变化时试图弱化切换的痕迹，比如《红楼梦》第六回，本回开头是著名的"贾宝玉初试云雨情"，而后转入刘姥姥部分，曹雪芹尝试不显山不露水地平滑切换：

> 按荣府一宅中合算起来，人口虽不多，从上至下，也有三四百丁。事虽不多，一天也有一二十件，竟如乱麻一般，并没个头绪可作纲领。正寻思从那一件事，自那一个人写起方妙，恰好忽从千里之外，芥豆之微，小小一个人家，因与荣府略有些瓜葛。

如此引出刘姥姥 [①]，读者跟随她重新回到荣国府。作者的幽灵跃跃欲试，不断在寻找新宿体，如何让作为一个生命有机体的小说鲜活灵动起来，全凭作者的幽灵如何择选宿体。是从角色的外部附着，还是从内部寄生？是要他行动，还是说话，抑或是心里打算盘？全凭作者裁断。通常，当需要引出新场景时，平常的写法依然是上帝视角，直接进行介绍，但高明的作者幽灵会牢牢寄生在某个角色身上，跟随这一限定视角，进入某个全新世界。比如《金瓶梅》第五十五回，西门庆来到东京庆贺蔡京寿诞，跟随翟管家进入太师府：

> 西门庆和翟谦进了几重门，门上都是武官把守，一些儿也不混乱。见了翟谦，一个个都欠身，问："管家从何处来？"翟管家答道："舍亲打山东来拜寿老爷的。"说罢，又走过几座门，转几个弯，无非是画栋雕梁，金张甲第。隐隐听见鼓乐之声，如在天上一般。西门庆又问道："这里民居隔绝，那里来的鼓乐喧嚷？"翟管家道："这是老爷叫的女乐，一班二十四人，都晓得天魔舞、霓裳舞、观音舞。但凡老爷早膳、中饭、夜宴，都是奏的。如今想是早膳了。"西门庆听言未了，又鼻子里觉得异香馥馥，乐声愈发近了。翟管家道："这里与老爷书房相近了，脚步儿放松些。"

雕梁画栋，是西门庆所见；鼓乐之声，是西门庆所听；异香馥

[①] 在清代评点家张新之看来，刘姥姥出场并非随意起话头，而有着易经八卦的深意，其说玄奥，兹不赘述。详见《古典文学研究资料汇编·红楼梦卷》，中华书局 1963 年版，第 158 页。

馥，是西门庆所闻。这一段看似无甚奥秘的文字，内中深藏匠心，以西门庆视觉、听觉、嗅觉交织勾画出太师府之豪奢，西门庆看，也是读者在看；他听，也是读者在听；他闻，也是读者在闻——虽然此书五十三回至五十七回，学界多认为是他人伪作①，非兰陵笑笑生手笔，但公正地说，这处情节处理得着实不凡。就好比《红楼梦》第三回，林黛玉进入贾府，也是读者第一次真正进入贾府，以林黛玉的限定视角，看建筑、看人物、看服饰、看样貌、看摆设、看规矩，引出贾府上下一众人物，不仅是林黛玉了解，读者也跟随其了解。这种视角限定法，对体现人物性格、烘托场景氛围，极是有效。

《金瓶梅》中还有一处从上帝视角到限定视角的隐秘转换，非常具有代表性。第二回《俏潘娘帘下勾情　老王婆茶坊说技》，西门庆在街上行走，偶然被潘金莲用叉竿打到，两人首次相见。这段情节对应的是百回本《水浒传》第二十四回《王婆贪贿说风情　郓哥不忿闹茶肆》，原文如此：

> 那人立住了脚，正待要发作，回过脸来看时，是个生的妖娆的妇人。

兰陵笑笑生是如何改编这一情节的呢？在原文基础上，他增加了两次视角转换，在潘金莲用叉竿不小心打到西门庆后，他先将全知全

①首倡此说者，见沈德符《万历野获编》卷二十五"金瓶梅"条："然原本实少五十三回至五十七回，遍觅不得，有陋儒补以入刻，无论肤浅鄙俚，时作吴语，即前后血脉亦绝不贯串，一见知其赝作矣"，中华书局 1959 年版，第 652 页。后世学者多支持此说，但也有质疑意见。

能视角转入金莲的限定视角，让她看西门庆：

> 把眼看那人：也有二十五六年纪，生得十分浮浪。头上戴着
> 缨子帽儿，金玲珑簪儿金井玉栏杆圈儿；长腰才，身穿绿罗褶儿；
> 脚下细结底陈桥鞋儿，清水布袜儿；手里摇着洒金川扇儿。越显
> 出张生般庞儿，潘安的貌儿。

紧接着，又将视角挪移到西门庆，由他来看金莲：

> 但见他黑鬒鬒赛鸦鸽的鬓儿，翠弯弯的新月的眉儿，清冷
> 冷杏子眼儿，香喷喷樱桃口儿，直隆隆琼瑶鼻儿，粉浓浓红艳腮
> 儿，娇滴滴银盆脸儿，轻嬝嬝花朵身儿，玉纤纤葱枝手儿，一捻
> 捻杨柳腰儿，软浓浓粉白肚儿，窄星星尖趫脚儿，肉奶奶胸儿，
> 白生生腿儿，更有一件紧揪揪、白鲜鲜、黑裀裀，正不知是什么
> 东西。

潘金莲眼中，全看西门庆行头样貌，一派富贵风流气象，谈不上
多么出奇。但西门庆看回去，则是一次非常大胆而且具有神奇色彩的
叙事实验，西门庆看潘金莲的目光简直具有穿透性，他先从脸看起，
鬓角、眉毛、眼睛、嘴巴、鼻子、两腮，而后是身段、手、腰肢。到
此，都还算是正常的观看，但随即，看到的内容悄悄发生了变化——
软浓浓粉白肚儿，试想，金莲再放荡，也不可能当街裸体，西门庆看
她，如何会看到软浓浓粉白肚儿？接下来，脚先不说，又是肉奶奶胸

儿、白生生腿儿，西门庆透过金莲的衣服直接瞧见了酥胸和玉腿，最高潮来了，他还看见了金莲那件"紧揪揪、白鲜鲜、黑裀裀，正不知是什么东西"。

兰陵笑笑生枉顾现实情境与物理定律，让西门庆的目光具有了 X 光效果，对潘金莲进行深度扫描，用眼神直接扒去了她的衣服，肆无忌惮地对她的肉体进行暴力意淫。这段描写之大胆新颖，观看者与所看对象关系之巧妙，在古典小说中十足罕见——有趣的是，在丁耀亢写的《续金瓶梅》第三十一回，有一段和尚看女人的描写，也是类似的手法：

> 又有那光头标致沙弥，涎眼好淫的贼秃，见了妇女入寺来，恨不得有百十个眼睛，穿透那酥胸玉乳，直通到一点灵犀。

这些特殊视角，是作者的幽灵在表演幻术，千里眼已不够用，还需加上超自然的人眼透视。百回本《水浒传》第四十九回，也有一段隐藏在限定视角内的全知视角。铁叫子乐和初见母大虫顾大嫂，正坐在酒店里，先写其外表，是乐和所见："眉粗眼大，胖面肥腰。插一头异样钗环，露两臂时兴钏镯。红裙六幅，浑如五月榴花；翠领数层，染就三春杨柳。"而后悄然变化了视角："有时怒起，提井栏便打老公头；忽地心焦，拿石碓敲翻庄客腿。"平时打老公、敲庄客，是动作，是顾大嫂性格为人，绝不是乐和眼中所见，当属作者的全知视角。不过，古典小说中的人物赞语多采取这种视角融合的手法，将眼见外貌与非眼见的性格特点一同介绍，并非有意进行视角切换，已成为写作的惯例。

超自然的视角转换毕竟罕见，正常的限定视角也可以完美体现观看者的心性品格。比如《儒林外史》第十四回后半段，是文学史上的名篇——"马二先生逛西湖"一节。作者吴敬梓之幽灵附着在马二先生身上，限定了视角，文字所写，读者所见，全部都是马二所见：

> 马二先生独自一个，带了几个钱，步出钱塘门，在茶亭里吃了几碗茶，到西湖沿上牌楼跟前坐下。见那一船一船乡下妇女来烧香的，都梳着挑鬢头，也有穿蓝的，也有穿青绿衣裳的，年纪小的都穿些红绸单裙子；也有模样生的好些的，都是一个大团白脸，两个大高颧骨，也有许多疤、麻、疥、癞的。一顿饭时，就来了有五六船……马二先生看了一遍，不在意里，起来又走了里把多路。望着湖沿上接连着几个酒店，挂着透肥的羊肉，柜台上盘子里盛着滚热的蹄子、海参、糟鸭、鲜鱼，锅里煮着馄饨，蒸笼上蒸着极大的馒头。马二先生没有钱买了吃，喉咙里咽唾沫，只得走进一个面店，十六个钱吃了一碗面。

这段文字中也存在幽微的视角切换，凡是说马二先生如何如何的，都是上帝视角，但是一涉及人物景色描写，则全然是马二的限定视角。马先生目光所及处，无非两样：女人与食物。腐儒如马先生，真应了"食色性也"的圣训。而且马先生眼中的女人，也带着自己的主观色彩，好看的，不过是大团白脸、大高颧骨，比照下文提及的各色食物，大概女人即食物，食物即女人，对马先生来说二者一也。马二先生游西湖这段，最能体现限定视角的魅力。[①]

　　这里要说明的是，在清代评点家黄小田（黄评）、张文虎（天一评、天二评）看来，马二先生逛西湖这段文字，并非是马先生视角，马先生不看女人、不闻香气，其实全为作者视角（"记者之词"）。此论值得商榷，涉及作家与笔下人物双重视角的暧昧层面，似乎没有谁对谁错的分差，且存拙论，方便读者理解马二先生多重立体的性格特点。

　　长篇小说人物众多、空间多元、情节线索复杂，全知视角不可能照顾到每个人的笔墨，这里发生着情节，彼处也发生着情节，作者全知全能，不代表笔下人物全知全能，这就会产生问题：若想交织不同的情节线索，必须让人物掌握超出自己所见所听的信息，但每个人物又只能在限定视角内行动。如何解决这个问题呢？大部分作家只能"说话的没有两张嘴"，话分两头甚至多头，采用插叙、追叙、倒叙之法，借其他人物之口"说了一向经历"，来弥补多元时空的信息不平衡。而有的作家会使用聪明的小伎俩，比如在乾隆时的小说《绿野仙踪》第十一回中，主人公冷于冰在修行访道途中降服了两位小鬼，起名为超尘和逐电，平时收在自己的葫芦中，若需要打探消息、与朋友沟通甚至护送女眷，则派出二鬼，千百里道路迅速往返。

　　超尘和逐电是千里眼与顺风耳的全新变体，二鬼自由往来，可以让冷于冰与其他人物随时保持信息的同步，他经历了什么，可以迅速

[①] 海外学者商伟认为《儒林外史》"是传统小说中最具革命性的作品。它最低限度地使用了说书人的全知视角，不仅重塑了白话小说的叙述模式，而且也表明旧的叙述模式所代表的旧秩序和旧观念的无效……因此，我们在《儒林外史》中看不到传统说书人／叙述者对于叙事清晰而确定的把控，而是任由人物和事件自然进入我们的视界（比如第二十八回龙三的入场），呈现出相当的不确定性以及质疑和审视的态度"。见邹颖《美国的明清小说研究》，南京大学出版社2016年版，第272页。

告诉其他人物，其他人物经历了什么，也可以让二鬼告知冷于冰——二鬼是缝缀不同时空内情节的针线，成功突破了限定视角的局限。小说作者李百川是全知全能，冷于冰借助于二鬼，也保持了全知全能，如此一来，复杂的多线叙事变得省手许多，也让读者便捷地把握众多人物随时变化的情况——后来冷于冰得到《天罡总枢》，道行愈发精深，可以"事事前知"，已经不用超尘、逐电了，真正成了全知上帝。

　　当然，这样的伎俩只能用在有神魔色彩的小说中，若纯然写实的作品，不能突破基本的物理规则，出现千里眼和顺风耳、超尘与逐电这样的神通人物。

自由穿梭的蝙蝠

西门庆进蔡府、林黛玉进贾府、马二逛西湖，虽极精彩，尚属于人间高手笔墨，有的限定视角流转起来，行文布局之妙，近乎神仙鬼魅的手笔——依然用刘姥姥初进荣国府的情节作为例证，内容横跨第六回《贾宝玉初试云雨情　刘姥姥一进荣国府》和第七回《送宫花周瑞叹英莲　谈肆业秦钟结宝玉》。这跨章的一大部分，是周瑞媳妇的视角呈现，行文绵密，摇曳多姿，转换巧妙，犹如黑夜中的蝙蝠，自由穿梭于深宅大院，充满新奇的变奏，非曹雪芹这种绝顶天才不能为。

刘姥姥带着板儿要去荣国府"打秋风"，女婿狗儿建议"先去找陪房周瑞"，视角跟随刘姥姥一路来到荣府，先问家仆，后问小童，终于见到了周瑞媳妇"周瑞家的"。从这时起，叙述视角分为两段：刘姥姥眼中的荣国府（重点是凤姐住处），周瑞家的各种回话。两人先在周瑞家叙旧，然后去凤姐宅院的"倒厅"，在此处，刘姥姥等消息，叙述转入周瑞家的视角，周瑞家的先找平儿——平儿在书中第一次登场。两人沟通后，平儿让刘姥姥和板儿进堂屋，接下来是刘姥姥的"眼中场景"，各种富丽自不必说。接着转入刘姥姥的"耳中场景"：

> 刘姥姥屏声侧耳默候。只听远远有人笑声，约有一二十妇人，衣裙窸窣，渐入堂屋，往那边屋内去了。又见两三个妇人，都捧着大漆捧盒，进这东边来等候。听见那边说了一声"摆饭"，渐渐人才都散出，只有伺候端菜的几个人。半日鸦雀不闻之后，忽见两个人抬了一张炕桌来，放在这边炕上。

之后，周瑞家的带刘姥姥正式见了凤姐，通过刘姥姥的视角描绘了一番凤姐的穿着打扮，一通对话后，两人身份、性格毕现。刘姥姥正要诉苦时，突然打断，插入一小段贾蓉借"玻璃炕屏"的情节，接着刘姥姥才诉苦衷，打秋风成功。再一转，让刘姥姥和板儿去吃饭。这时回到周瑞家的视角，和凤姐说了这门亲戚的由来，然后周瑞家的送别刘姥姥。刘姥姥一进荣国府自此终了。

送走刘姥姥，作者幽灵继续附着在周瑞家的身上。第七回开头，周瑞家的去找王夫人禀明刘姥姥之事，王夫人不在上房，转入薛姨妈住的梨香院。在院门，遇到金钏儿和英莲在玩耍，见到王夫人和薛姨妈正在说话，不好打扰，周瑞家的便来里间看望宝钗。此处由宝钗介绍"冷香丸"的新奇的炮制过程，醒人眼目，一段奇绝文字。然后王夫人来叫，周瑞家的进去回复了事情，刘姥姥一节余波完结，薛姨妈派下新差事：送堆纱花。迎、探、惜三春每人两枝，黛玉两枝，凤姐四枝。视角跟着周瑞家的游走，开启了一段节奏上佳、安插巧妙的"送花记"。

我们看作者是如何编排这一段的：接下送花的差事，周瑞家的先没送花，而是向金钏打听香菱（英莲），再问香菱往事，香菱说不记得了。感叹一番，周瑞家的才正式开始送花之旅。先来王夫人正房后面三间小抱厦——此处插一笔介绍贾母将三春挪到这边居住，带出让李纨照管的小细节（照应以后大观园事务），先遇到迎春、探春的丫头司棋、待书，迎春、探春正在下棋，送了花，再来找惜春。惜春正在和水月庵的小姑子智能儿一起嬉笑，开了个谶语般的玩笑："我这里正和能儿说，我明儿也剃了头同他作姑子去呢，可巧又送了花儿来。若剃了头，把这花可带在那里！"此处送花的节奏做一停顿，周瑞家的和智能儿闲话"月例银子"的事。

继续送花。"穿夹道从李纨后窗下过"，来到凤姐宅院，在堂屋前遇到丫头丰儿，让她往东屋里去，看见"奶子正拍着大姐儿睡觉"，然后又是"耳中场景"：只听那边一阵笑声，却有贾琏的声音。接着房门响处，平儿拿着大铜盆出来，叫丰儿舀水进去。——这一小段看似闲笔，脂砚斋却指出，此处暗指凤姐风月事，大有意味。周瑞家的和平儿交割堆纱花，平儿先拿四枝过去给凤姐看，又拿两枝回来，让周瑞家的去送小蓉大奶奶即秦可卿。周瑞家的继续奔走，过了穿堂，送花差事再一停顿：她遇到女儿，得知女婿冷子兴打官司的事。结了这段，来找黛玉，黛玉在宝玉房中，一齐来见二人。宝玉先看了花，黛玉"只就宝玉手中看了一看"，发牢骚"别人不挑剩下的，也不给我"。周瑞家的默然无语。宝玉问起宝钗，周瑞家的说宝钗身上不好，宝玉让丫头去问安，撒谎自己"从学里回来，也着了些凉"。

周瑞家的送花差事至此完功，之后稍做转折，便进入凤姐视角，按下不提。着重分析"刘姥姥一进荣国府和周瑞家的送花记"这一部分，揣摩中国古典小说最上乘水准的写作，是如何游龙走凤跌宕起伏的：先用周瑞家的和刘姥姥两人视角，进一步渲染荣国府的规矩制度和荣华富贵（之前是用冷子兴演说、黛玉初进贾府递进表现），这一部分刘姥姥负责主要的叙述视角，用视觉、听觉两种角度去推进叙事。完结刘姥姥一段，视角紧贴在周瑞家的身上，开启送花记。送三组人物：三春、凤姐、黛玉。看行文变化：迎春、探春在下棋（映照性格），惜春和尼姑玩耍（映照性格），凤姐在和贾琏"行秘事"（风月大关节），黛玉在和宝玉解九连环（此戏意味深），给迎春、探春，皆欢喜，给惜春，开玩笑，给凤姐，发生了停顿，要分两枝给秦可卿，之后给黛玉，再惹嫌隙。三组人物，其实是四次送花（惜春单独一节），每次都不同，中间再穿插香菱、智能儿、平儿、自家女儿数段插叙，让送花之事停顿数次，节奏瞬间波折起来。更高明的是，有进就有停，有停就有新人物、新线索出现，绝不作任何废笔。见王夫人，不得空，便补出宝钗冷香丸一段，送花前，再补香菱现状，照应前文线索，然后是凤姐风月、女婿官司、宝玉问候等小细节，连"穿夹道从李纨后窗下过"这种细处也连带了一笔——李纨寡妇，并不簪花，偏要送花时照应两笔：一笔是李纨照管三春，一笔是从她窗下过，暗暗点戳其"虚名儿与后人钦敬"的命运。

天才运笔，没有一处不灵动，视角流转时，其他人物也在动作——周瑞家的来送花时，迎探下棋，惜春玩笑，凤姐风月，宝玉、黛玉游戏，没有一个人物是呆呆地等着事件发生的，清水出芙蓉般的自然流畅，每个人都是活泛的（包括情思之涌动），没有一处是停滞的——正如真实生活中的人。更令人惊叹的是，连叙事视角都有对应：周瑞家的听"凤姐和贾琏秘事，平儿让丰儿舀水等等"，对应刘姥姥的听。这一部分，两次用"听"叙事，一次是突出刘姥姥紧张，一次是突出周瑞家的好奇，各有风味。这等笔力，真可谓惊天地泣鬼神。周瑞家的作为一根线，串起了多少场景，串出了多少信息，令人抚卷赞叹。脂砚斋就批云："一人不落，一事不忽，伏下多少后文，岂真为送花哉？"

　　曹雪芹的幽灵，附在了周瑞家的身上，引领读者好一番秘境寻幽。这种限定视角的流转，古典小说中常用，《水浒传》《儒林外史》这类群像小说都是用不断转换的限定视角来引出新人物，但刘姥姥和周瑞家的这一节，更加精细微妙，春风化雨无痕。正如金圣叹所说："莫心苦于作书之人，真是将三寸肚肠，直曲折到鬼神犹曲折不到之处，而后成文。"[1]

---

[1]《贯华堂第六才子书西厢记》卷五"寺警"批语。

幽灵现身说法

上帝视角是作者的幽灵，拥有千里眼、顺风耳的神技，视角可以随意流转，想寄生于何人便寄生于何人，但在某些情况下就会产生问题：比如想在某处情节设置悬念，收束信息，而此时又不是限定视角——作者明明知道，但就是不说，这就会引发读者的不满：说话的，你这是故弄玄虚。在这种关头，有的古典小说家就会玩花样：书中的说书人视角，理论上是作者本人的化身，但在某些时候，作者又会与这位说书人割席，形成间离效果。《红楼梦》第十五回《王凤姐弄权铁槛寺　秦鲸卿得趣馒头庵》，宝玉撞破秦钟和馒头庵的智能儿偷情：

　　宝玉拉了秦钟出来道："你可还和我强？"秦钟笑道："好人，你只别嚷的众人知道，你要怎样我都依。"宝玉笑道："这会子也不用说，等一会睡下，再细细的算账。"一时宽衣安歇的时节，凤姐在里间，秦钟、宝玉在外间，满地下皆是家下婆子打铺坐更。凤姐因怕通灵玉失落，便等宝玉睡下，命人拿来塞在自己枕边。宝玉不知与秦钟算何账目，未见真切，未曾记得，此系疑案，不敢纂创，一宿无话。

细心的读者已发现，这段文字暗含视角变化，"宝玉不知与秦钟算何账目"这句话之前，是平常叙述，而从这句起，作者现身说法了——《红楼梦》首回就交代了，整部书是那块蠢憨顽石记录下来的。在许多古典小说中，都存在作者的化身，普遍情况是，书中的说书人便是作者，在某些时候跳出来，叫一声看官，便开始发表议论，与读者进行对话。在《红楼梦》中，承担说书人功能的，是这块无材可去补苍天的石头。在第十八回元妃省亲时，这块石头便跳出来感慨：

只见园中香烟缭绕，花彩缤纷，处处灯花相映，时时细乐声喧。说不尽这太平气象，富贵风流。此时自己回想当初在大荒山中，青埂峰下，那等凄凉寂寞，若不亏癞僧、跛道二人携来到此，又安能得见这般世面。本该作一篇《灯月赋》《省亲颂》，以志今日之事，但又恐入了别书的俗套。按此时之景，即作一赋一赞，也不能形容得尽其妙，即不作赋赞其豪华富丽，观者诸公亦可想而知矣。所以到是省了这工夫纸墨，且说正紧的为是。

在下一段中又有"诸公不知，待蠢物将原委说明，大家方知"等句，可见在正常的叙述中，曹雪芹与石头（说书人，书中自称蠢物）是一体的，但在某些特殊时刻比如宝玉和秦钟的"算账"，曹雪芹不想明写，于是乎便"赖皮"起来，把责任推给石头，自己脱卸个干净——"未见真切，未曾记得，此系疑案，不敢纂创"，是谁未见真切？是谁未曾记得？当然不是曹公，他是作者，这些人物情节都是他创造的，他怎可能不知？但他不想写，宝玉与秦钟密账，关乎同性风月，这等秘事不便写，或者说没必要写。故而只能推给石头，是石头未见真切，记得不清楚。利用视角转换，如此隐去尴尬秘事，算是一次调皮——这份调皮也只能用在此处，曹雪芹删去秦可卿淫丧天香楼的情节，若也用此法敷衍，那便失于轻浮了，哪当得起脂砚斋所谓"菩萨心"的评价？

隐去算账的细节，脂砚斋如此点评："忽又作如此评断，似自相矛盾，却是最妙之文。若不如此隐去，则又有何妙文可写哉。这方是世人意料不到之大奇笔。若通部中万万件细微之事俱备，《石头记》真亦太觉死板矣。故特用此二三件隐事，借石之未见真切，淡淡隐去，越觉得云烟渺茫之中，无限丘壑在焉。"——脂砚斋不愧是曹雪芹知音，我们以为的"调皮"，彼能看出更多丘壑。

无独有偶，在明代万历年间的小说《牛郎织女》[①]中，也有类似于"曹雪芹借说书人视角巧妙隐去风月笔墨"的手法，在第十回，牛郎的仙体真身金童历经辛苦，终于和天孙织女合卺，作者写道：

> 这里金童、天孙二仙遂成夫妇，锦帐恩情，天长地久，说不

①这本小说本存有万历刻本，因为种种原因，原刊本已经遗失，现仅存无名氏根据明刊本修改加工过的石印本。见《古本平话小说集》，人民文学出版社 1984 年版。

尽你恩我爱的言语。自此情投意合，誓同生死。即如在下凭这一枝羊毫，亦难著述清楚，况夫妇之情密，他人岂能皆知？何况天宫仙女、金童，岂可斜批胡论？此是作书人之交代。

作者隐去牛郎织女的风月笔墨，用的手段与后来的曹公仿佛，此处只是更加冠冕堂皇，自动承认了这个神话故事的真实性，所以难著述清楚，至于私密情话，他作为作者也不能尽知；还摆出了更加肃穆的理由，彼为天仙，不敢用风月笔墨亵渎。说书人视角，有时候成为作者避免尴尬、脱卸文责、制造幽默的法宝，善用者能翻新出种种新奇的阅读效果。比如在《儿女英雄传》中，也有这种关乎作者本体的视角变幻，在第二十九回，十三妹何玉凤看丈夫安龙媒的诗作：

> 何小姐看了这首诗，脸上登时就有个颇颇不然的样子，倒像兜的添了一桩甚么心事一般。才待开口，立刻就用着他那番"虚心克己"的工夫了，忙转念道："且慢！这话不是今日说的，且等闲来合我妹子仔细计较一番，再作道理。"

> 且住！说书的，这位姑娘好容易才安顿了，他心里又神谋魔道的想起甚么来了？列位，这句话说书的可不得知道。何也呢？他在那里把个脸儿望着橘子看诗，他那脸上的神气连张金凤还看不见，他心里的事情我说书的怎么猜的着？你我左右闲在此，大家闲口弄闲舌，何不猜他一番？

本书作者文康，在书中也伪装成说书人，时常从情节里跳出来向读者发表长篇大段的规劝、感言、学问心得乃至议论时事，在第三十四回，他甚至借说书人之口对《红楼梦》大发厥词：

> 只是世人略常而务怪，厌故而喜新，未免觉得与其看燕北闲人这部腐烂喷饭的《儿女英雄传》小说，何如看曹雪芹那部香艳谈情的《红楼梦》大文？那可就为曹雪芹所欺了！曹雪芹作那部书，不知合假托的那贾府有甚的牢不可解的怨毒，所以才把他家不曾留得一个完人，道着一句好话；燕北闲人作这部书，心里是空洞无物，却教他从那里讲出那些忍心害理的话来？

文康与书中这位说书人，好比曹雪芹与石头，在平常的叙述中也是浑然一体的，文康之作者视角，便是说书人视角。但与曹雪芹不同的是，文康经常故意与说书人分道扬镳，造成一种"这本书的作者本不知，说书人拿来评书罢了"的奇特效果，比如在第十二回末尾，他写道：

> 列公听这回书，不觉得像是把上几回的事又写了一番，有些烦絮拖沓么？却是不然。在我说书的，不过是照本演说；在作书的，却别有一段苦心孤诣。这野史稗官虽不可与正史同日而语，其中伏应虚实的结构也不可少。不然都照宋子京修史一般，大书一句了事，虽正史也成了笑柄了。至于听书的又那能逐位都从开宗明义听起？非这番找足前文，不成文章片段。并不是他消磨工

夫，浪费笔墨。

所以，何小姐读诗的心思，文康让说书人推卸责任：我是说书的，不是写书的，何小姐彼时彼景的神气与心思，我可无从得知。对比石头说宝玉和秦钟算账一节，文康要"赖皮"多了，而且他用起这种手段来乐此不疲，早在第二十一回中就出现过：

> 安老爷、安太太这个当儿倒计议了许多紧要正事。他夫妻怎的计议，又是些甚么话，甚么事，说书的不曾在旁，无从交代。

曹雪芹与文康的这种视角变化，可谓是自觉退到千里之外——退到千里眼、顺风耳的神技失效处。本章开头便引用了玉鼎真人的话，千里眼、顺风耳也有局限，"千里之外不能视听也"。这种魔术式的作者本体的变幻，可以将全知全能视角快速压缩，隐去某些情节，有意或无意地增加了悬疑效果，让情节更加有趣。说起来，《儿女英雄传》真是一部很独特的作品，文康灵活使用说书人视角，在作者、说书人、人物、读者之间随意变幻，花样繁多，已经颇有现代主义叙事的意味。书中第九回开始部分，十三妹突然说要离开，众人不解，十三妹解释缘由：

> 十三妹道："一则，看看你二人的心思；二则，试试你二人的胆量；三则，我们今日这桩公案情节过繁，话白过多，万一日后有人编起书来，这回书找不着个结扣，回头儿太长。因此我方

清 佚名《彩绘全本西游记·真假美猴王》

清　佚名《彩绘全本西游记·功成行满见真如》

才说完了话，便站起来要走，作个收场，好让那作书的借此歇歇笔墨，说书的借此润润喉咙。你们听听，有理无理？"

第二十回，邓九公也突然跳出文本，与作者、读者进行对话：

邓九公道："明日人来的必多，我已就告诉宰了两只羊、两口猪，够吃的了，姑奶奶放心罢。倒是这杠怎么样，不就卸了他罢？"安老爷道："这又碍不着，何必再卸。就这样，下船时岂不省事！"邓九公道："老弟，你有所不知。我也知道不用卸，只是我不说这句，书里可又漏了一个缝子！"

让书中人物直接评点情节，甚至对读者讲话，非此两处，在第十六回，邓九公说："路上的这段情节他并不曾提着一字。再不想就是老弟合贤侄父子。这不但是这桩事里的一个好机缘，还要算这回书里的一个好穿插呢！"也是在本回，姨奶奶说了个笑话，大家捧腹，邓九公说："狠好，就是这么着。你只别来搅，耽误人家听书。"——听书的，便是看官，便是我们这些读者。用现代戏剧的术语来说，这属于打破第四堵墙的间离效果。

在本书第十七回中，文康就明说了："便是这十三妹，难道是个傀儡人儿，也由着说书的一双手，爱怎样耍就怎样耍不成？"——笔下人物如此活泼跳脱，文康借着说书人的化身更是天马行空，常常自我点评写作章法、寓意，此处是我埋的伏笔，诸位勿急，等到了某处，又提醒读者，我在前文留下了线头儿，现在才连上，如何？文某所言不虚罢？如此种种，难以尽列。

《儿女英雄传》创作于晚清[1]，一直到民国时期，西方小说尤其是侦探类小说[2]与西方科学一起，经时贤翻译，大量涌入国内，对本土作者冲击巨大，侦探小说限定视角的深度运用，对许多本土作家如刘鹗、吴趼人等人的创作都有影响。刘鹗的《老残游记》，全是以限定视角带领读者跟随老残，或探案寻真[3]，或体验风情，基本放弃了千里眼、顺风耳的神技，而吴趼人的《二十年目睹之怪现状》更是从头至尾用第一人称视角叙事[4]，与以往的古典小说大为迥异。自此，中国小说的叙事视角越发多元化，叙事样态也更加丰富，作者的幽灵，也更加灵动多变。

---

[1] 本书定稿于道光年间，初印于光绪四年，现存北京隆福寺聚珍堂大活字排印本。在原本中，有雍正甲寅和乾隆甲寅二序，明显是后人伪托，有可能就是作者文康自制。古典小说中不乏这种作者虚构创作年代的把戏，或是为了增加作品神秘性以自抬身价，或是文中有讥刺笔墨，所以避开现世以求自保。

[2] "在约一千一百部的清末小说里，翻译侦探小说及具侦探小说要素的作品占了三分之一左右。"中村忠行《清末侦探小说史稿（三）》，《清末小说研究》第 4 期，日本清末小说研究会，1980 年。

[3] 本书第十八回中还出现了"福尔摩斯"的名字。

[4] 严格来说，小说开篇云作者是从他人手中购买了小说原稿，故用"九死一生"的第一视角来叙事。

错位：

盛世无饥馁

在历史演义小说《说岳全传》第六十回，有一处转折情节：

　　且说岳爷在路行了两三日，已到平江，忽见对面来了锦衣卫指挥冯忠、冯孝，带领校尉二十名。

　　冯忠、冯孝带来了圣旨，斥责岳飞按兵不动、克减军粮、纵兵抢夺，圣旨最后说："着锦衣卫扭解来京，候旨定夺。"精忠报国、所向披靡的岳飞，就此踏上了死亡之路。而这段情节有一处硌牙的地方，便是"锦衣卫"。锦衣卫乃明朝特有的设置，据《明太祖实录》载，锦衣卫于明洪武十五年从亲军都尉府与仪鸾司改置而来，而岳飞是宋朝人，彼时根本没有锦衣卫一说。

　　这种时代的错位，蕴含着许多可供挖掘的信息。

说话的隐喻

《说岳全传》中锦衣卫的细节，蕴含些许信息：岳飞故事是历代说书人口口相传、连第编纂，属于典型的集体创作产物，《说岳全传》的作者钱彩是清代人，书中情节并非都是其原创，而是在众多无名作者的基础上创作而成的（古典小说中的历史演义类作品多属于这种情况）。而"锦衣卫"这个历史讹误，如果不是钱彩造成的，那定然是明代的说书艺人或案头文人根据身处的政治环境增加的细节。

或许是这位说书人史学素养有限，犯下了这个小错误——在历史演义作品中，这类有违史实的错误并不少见。说书人都是拜师学艺，重点打磨的是嘴皮子和肢体表演的功夫，不比案头文人有着较扎实的文史功底。[①] 比如《说唐全传》第十四回，隋炀帝杨广登基，"大赦天下，

---

① 案头文人也有学识浅陋或行文粗心的，再加上说书人、文人集体编订，难免会有矛盾与疏漏处。明代小说中涉及前代故事的，经常可以找到"史实错误"，抓（转下页）

改元大业元年，自称炀帝。"这个错误就非常低级，炀帝是杨广驾崩后的谥号，"炀"这个字眼有着非常强烈的贬义色彩，杨广登基怎么可能自称炀帝呢？在《水浒传》中也有类似错误，如第二回中说"立帝号曰英宗"，英宗乃皇帝驾崩后的庙号。这些很可能是说书人的错误，后来编纂成书的文人也未更正。

又或许——我们可以更大胆地穿凿附会：明代南京城的某个说书艺人，在讲岳飞抗金的故事时，说到岳飞被诬陷处，涕泗横流，义愤填膺，托古想到了当下，某忠臣正是被锦衣卫陷害致死的，这忠臣，或许是这位说书人的朋友、亲戚，又或者，这说书人以前就是官场上的，经历人生剧变后沦落为说唱杂耍、跑马卖解的江湖艺人。说书人一肚子愤懑，却不敢对台下的听众直接抨击锦衣卫这一呼风唤雨、权势熏天的吃人组织，于是忽然涌出个念头，把锦衣卫的恶行融入岳飞故事中，让他们成为秦桧陷害武穆的帮凶，如此借他人酒杯浇自己心中块垒，期望听众中的有心人可以领会自己的真实寓意。——好罢，这属于虚构想象了，但谁又能说这不可能呢？①

《水浒后传》第十三回中，蔡京要处置神医安道全，"飞马递到掌东厂太监胡公公处"——蔡京身处的宋朝，竟然冒出东厂，这明显是明朝的时代痕迹。本书作者陈忱生于明末，殁于康熙初年，感慨于

（接上页）人定罪时，动辄就是锦衣卫、镇抚司、东厂云云，并不一定是故意错位。我们这章讨论的"错位"，特指那些有意错位以寄深意的作品。

① 明代也有文字狱，永乐皇帝曾下圣谕，凡有亵渎帝王圣贤的词曲驾头杂剧，五日内上交官府烧毁，"敢有收藏的，全家杀了"，见《元明清三代禁毁小说戏曲史料》第一编，上海古籍出版社1981年版，第14页。冯梦龙在《三遂平妖传》第二回中借袁公之口说："往时常恨着世路狭窄，每每在一封柬帖、一篇文字上，坐人罪过。"显然是在影射晚明的环境。

国变时事，"我知古宋遗民之心矣"①，而惮于文字狱又不敢直写胸怀，所以作此书来寄托深意。

从宋朝锦衣卫、东厂这种历史错位的讹误，我们注意到一个奇怪现象：四大名著，加上《金瓶梅》和《儒林外史》，这六部公认的最优秀的古典长篇小说，故事背景都不是作者所处的时代——至少表面上并不承认。直接架空时代如《红楼梦》；创作于明代的《西游记》故事背景是唐朝；《水浒传》和《金瓶梅》讲的都是宋朝故事；《三国演义》写的是汉末；作于乾隆年间的《儒林外史》，故事背景是明朝。于是，我们细读古典小说的文本，便成了"折戟沉沙铁未销，自将磨洗认前朝"的考古历程。我们当然知道，《红楼梦》展现的都是清代的风俗习惯，《三国演义》涉及平民阶层的生活细节不多，先搁置不论。故事背景放在唐朝的《西游记》，神魔乱舞之间也有对当下时代的指涉，祭赛国之锦衣卫、朱紫国之司礼监、灭法国之东城兵马司、唐太宗之大学士翰林院中书科，皆同明制。② 托名李贽的叶昼在评点中常常揭开这些隐笔，一会儿说暗指时下惧内之风，一会儿说暗指万历托病数十年不视朝云云，只是并不那么露骨。如《水浒传》，也多有明代的社会文化色彩，而《金瓶梅》不管从人物语言、服装饮食还是节庆风俗，基本都是明朝化的，除了涉及朝廷官制方面大略遵循了宋代史实，此外都是作者所处的当下的印记——可这些作者，就是不想将

---

① 雁宕山樵《水浒后传序》："嗟乎！我知古宋遗民之心矣。穷愁潦倒，满腹牢骚，胸中块磊，无酒可浇，故借此残局而著成之也。"，雁宕山樵是本书作者陈忱的号，见《中国历代小说序跋选注》，长江文艺出版社 1982 年版，第 152 页。
② 鲁迅先生在《中国小说史略》第十七篇《明之神魔小说（中）》里便有提及，中国文联出版社《鲁迅全集》第十七卷，2013 年版，第 124 页。

故事背景明言放在当下，一定要形成时空的错位，这其中的原因，非常值得探讨。

像《水浒传》属于无可奈何，因为根据的素材便是宋江造反等史实，又有许多话本、元杂剧等沉淀，只能按原本时代去敷演；《三国演义》《西游记》小说成书，也属于这种情况，历史文本积累到一定程度，成书便不可能移植到当下背景。但《金瓶梅》不同，本书虽然从《水浒传》的情节衍生而来，不过若把西门庆、潘金莲更名换姓，斩去与《水浒传》之关联（本书开始数回从《水浒》袭来，也有兰陵笑笑生的细节改编，但绝大部分内容与《水浒》关涉不深，属于独创生发），把故事背景全然改为明朝当下，凭兰陵笑笑生之高才妙手，似乎也不会对小说本意有太大影响。但兰陵笑笑生决不会这么写，因为，这有伤雅道。要说明的是，我们并不赞成"作者作此书是为了发泄私愤攻击敌人"[1]的观点，此书之所以必须错开兰陵笑笑生所处的时代，一方面是因为有不少风月笔墨，若明说是当下事，定会引发各种风波，写宋代都有人怀疑攻讦敌人，若明言当下，试想该会引起多大的波澜；另一方面，是因为这本书属于"寓言小说"，书中的历史背景只是作为文本的时空支撑，为方便敷演，所以借《水浒》情节发芽开花，属于顺手借用。

---

① 持此论者多认为兰陵笑笑生便是著名文士王世贞，世贞因父王忬"伪画致祸"被严嵩、严世蕃父子所害，又知世蕃酷爱读小说，故撰《金瓶梅》，在书页涂抹毒药，以此毒杀世蕃。还有一说是严世蕃爱修脚，故贿赂修脚工，趁世蕃读小说时在其脚上下毒云云。这类充满野史色彩的传闻多是清人虚构，基本不可信。以上诸论，参考自《金瓶梅资料汇编》，南开大学出版社 2012 年版。鲁迅在《中国小说史略》中也介绍了这种说法："世贞造作此书，乃置毒于纸，以杀其仇严世蕃"，中国文联出版社《鲁迅全集》第十七卷，2013 年版。

在此书第三十三回，潘金莲有一段话："你还捣鬼？南京沈万三，北京枯柳弯——人的名儿，树的影儿。"金莲说的沈万三，是明初著名人物，乃南京巨富，民间有许多关于他的传说。这个人名在此处出现，在宋朝山东东平府清河县西门家的第五妾潘金莲口中出现，实属时代错误，与本章开篇的"锦衣卫"是同一种情形。①这个细节，很能说明此书超越时空的寓意，宋朝，不过是个幌子。清代评点家张竹坡在此处夹批："非宋事可见，寓言。"

书里写宋朝山东东平府清河县西门庆的故事，指向古往今来所有时空之人情世故，当然，肯定会偏重于作者所处时代的直接经验，但最根本的寓意，还是教读者穿破具体时空，看到书中蕴含的"色空"大道，以此为戒，以达觉悟之境。本书第一回有首诗："二八佳人体似酥，腰间仗剑斩愚夫。虽然并无人头落，暗里教君骨髓枯。"第七十九回西门庆纵欲亡身，这首诗再次出现，寓意明显，正是教人节欲省身。②《金瓶梅》洋洋洒洒百万言，无非是"酒色财气"四字，西门庆如何以酒交游，如何纵欲，如何渔色，如何逞气，而一朝身死，千里长棚也要散，美姜娇娃都是别人受用，万贯家财也带不去阴间（看西门庆临死前如何对女婿陈敬济交代生意账目），正所谓"三寸气在千般用，一旦无常万事休"。从这个角度来说，放在宋朝、唐朝甚至未来的某个时代，书中的根本寓意都将成立。

张竹坡专门讨论过本书的寓意："其假捏一人，幻造一事，虽为

---

① 孙述宇先生在《金瓶梅：平凡人的宗教剧》中就说："不符史实的情形，不外是拿了作者当代明朝的事实来叙述书中宋朝的故事。清人常常据此来嘲笑作者浅陋，又因而断定此书不会是博雅的王世贞的手笔。"上海古籍出版社2011年版，第6页。
② 在丁耀亢《续金瓶梅》第二十回开头，这首诗再次出现，标明是吕洞宾所作。

风影之谈，亦必依山点石，借海扬波。故《金瓶》一部，有名人物不下百数，为之寻端竟委，大半皆属寓言。"[1] 若想将小说寓言化，必须要将时空抽离当下，让故事时空与作书的当下间隔开来，尽量不让人落在实处，将寓言当成实事。为达到这种效果，兰陵笑笑生对书中的时间进行了"二度错位"——书中之年号、干支、年份，有几处明显的前后矛盾处，张竹坡认为这是作者故意为之。[2] 目的何在呢？就是为了提醒读者，此书乃"捣鬼胡诌"也（本书最后，韩爱姐遇到二叔韩二捣鬼，一起去湖州寻找父母，人名地名之寓意，与《红楼梦》"假语村言"如出一辙），捣鬼胡诌，是不让人落于实处，要此书飞翔起来，直达文学的青空，其寓意的本旨方可亘古闪耀。

秋水堂在论及书中情节的时间"错位"时，与张竹坡意见一致——也许作者只是随意写来，也许作者是有意借此醒读者：这是虚构的小说家言而已。后文官哥儿生日数次错乱颠倒，政和、宣和纠缠不清，也可以说正是为了造成虚幻的效果。秋水堂在他处更明确地论及这种时间错位：盖故意把人物、年纪、生辰、年代写得模糊混乱，以突出这部书的"寓言"与虚构性质也。[3]

有读者会说，凭什么相信是兰陵笑笑生故意为之呢？难道不是他粗心大意？尔等评点者一味吹捧罢了。我们无法向兰陵笑笑生当面提问——便是穿越时空问了，想必他也不会老实回答。但如果细读《金

---

①张竹坡《〈金瓶梅〉寓意说》，见《张竹坡批评第一奇书金瓶梅》，齐鲁书社1991年版，第13页。

②《张竹坡批评第一奇书金瓶梅·读法》第三十七条："此皆作者故为参差之处……故特特错乱其年谱，大约三五年间，其繁华如此……此为神妙之笔。"齐鲁书社1991年第2版，第37页。

③见田晓菲《秋水堂论金瓶梅》第三十回评，广西师范大学出版社2019年版。

瓶梅》，便知此书线索针脚之细密，前后情节伏笔照应之严丝合缝，简直令人叹为观止。① 对笑笑生来说，把区区年号年份处理清楚，再容易也不过，出现这等纰漏，只可能是他故意为之——不像一些演义类作品，在集体创作的过程中可能有疏漏，比如《水浒传》里也有不少时空方面前后矛盾之处，便不能一概深究其"寓意"了，需要具体分析——我们的信心来自作品本身的高超水准，并非是牵强附会地过分解读。②

① 清初学者刘廷玑在《在园杂志》卷二中评《金瓶梅》："结构铺张，针线缜密，一字不漏，又岂寻常笔墨可到者哉！"见《金瓶梅资料汇编》，中华书局1987年版，第253页。
② 钱锺书先生在《管锥编·全宋文卷三四》中，列举了大量古代典籍、小说、戏曲中的时代错乱处，并指出"时代错乱，亦有明知故为，以文为戏，弄笔增趣者。"并以汤显祖《牡丹亭》第三三折柳梦梅与石道姑的对话为例，道姑说："《大明律》开棺见尸，不分首从皆斩哩！你宋书生是看不着《大明律》。"详见《管锥编》，生活·读书·新知三联书店2008年第2版，第2036页。我们本章讨论的"错位"现象，主要是从故意错位的目的与象征的角度来分析，以文为戏的时代错位，不在讨论范围内。

对时代的幽微回应

　　古代作小说者，许多都是托古讽今，借时代之错位抒发当下之孤愤。蒲松龄的名篇《罗刹海市》，有学者认为其中描写的大罗刹国，女子穿男衣是旗人风俗，有"讥刺满人、非刺时政"的意味，所以《聊斋》才没有被收入《四库全书》。[①] 还有索隐派学者，认为《聊斋》中有数篇作品提及妖怪死后，化为"清水数斗""皮内尽清水"等，是在隐喻清政府乃妖怪魔鬼，是邪恶可怕的入侵者。[②]《林四娘》一篇，小说末尾的诗歌甚至直接流露出对明朝的深深眷恋。[③]

　　《儒林外史》写明朝成化至万历年间的一群可笑可叹的儒林酸士，

①易宗夔《新世说》，山西古籍出版社 1997 年版，第 79 页

②朱纪敦《聊斋名篇索隐》，中州古籍出版社 1993 年版，第 14—15 页。

③林四娘的诗云："静锁深宫十七年，谁将故国问青天？闲看殿宇封乔木，泣望君王化杜鹃。海国波涛斜夕照，汉家箫鼓静烽烟。红颜力弱难为厉，惠质心悲只问禅。日诵菩提千百句，闲看贝叶两三篇。高唱梨园歌代哭，请君独听亦潸然。"

放在乾隆年间一样可以找到无数真身——何况不少学者已详细考证，书中大部分人物都有现实原型。[1] 书中第二十六回曾提及"福建汀漳道"这一官名，评点家张文虎在这里迁住了，说这是清朝官制，与故事的明朝背景不符，是作者的疏忽。平步青则点明个中深意："此等皆稗官家故谬其辞，使人知为非明事。"他还进一步延伸说："亦如《西游记》演唐事，托名元人，而有銮仪卫明代官制；《红楼梦》演国朝事，而有兰台寺大夫、九省总制节度使、锦衣卫也。"

这种错位现象，正应了那两句唐诗："欲得周郎顾，时时误拂弦"，作者时不时故意露出马脚，就是期待有心的读者在此停步，领略品味其中的深意。

作小说时将时代错开当下，还有一个很重要的原因，便是避祸自保。在中国，文字狱的历史源远流长，稍有不慎，一字一句也可能招来杀身之祸，到清代康雍乾时期，尤其乾隆一朝，文字狱达到中国封建史的最巅峰。明清鼎革之际清军的血腥罪行，华夷之辨的儒家传统观念，让向来被视为"蛮夷"的清朝统治者神经紧张，在文章字句上深文周纳，动辄对读书人施加刀剑斧钺。

《红楼梦》开篇凡例云，"不欲著迹于方向也"。曹雪芹不欲著迹于方向，是不欲将小说落于某个具体的实在时空，置自己于危险境地。首回中，空空道人在大荒山无稽崖青埂峰下见到石头上的本书故事，质疑"无朝代年纪可考"，石头答说："若云无朝代可考，今我师

---

① 鲁迅《中国小说史略》第二十三篇《清之讽刺小说》中就提到过一些原型人物。见中国文联出版社《鲁迅全集》2013年版。学者李汉秋编著的《儒林外史研究资料集成》第二编《人物原型》，对小说中大部分人物都进行了原型考证。上海古籍出版社2017年版。

竟假借汉、唐等年纪添缀，又何难也。但我想历代野史皆蹈一辙，莫如我不借此套者反到别致新奇，不过只取其事体情理罢了，又何必拘拘于朝代年纪哉！"曹雪芹在此处明言本书的寓言性质，不必限定于某个具体时代，只取其事体情理罢了，事体情理为寓言，寓言者，内在有着永恒的精神诉求，可超乎时空所限。那书中到底有无具体的时间与空间描述呢？有的，但耍了花招。秦可卿葬礼的水陆道场榜文标注了空间：四大部洲至中之地，奉天永建太平之国。宝玉的《芙蓉女儿诔》标明了时间：太平不易之元，蓉桂竞芳之月，无可奈何之日。

即便这样架空时空，曹雪芹似乎还是有着很强烈的不安全感，在字里行间不时赞美这个虚构的、不切实际的朝代，"神瑛侍者凡心偶炽，乘此昌明太平朝世，意欲下凡造历幻缘"云云，点明如今乃是昌明太平朝世，所以才有了神瑛侍者下凡的后事，而且很早就暗示了"真事隐去、假语村言"，要读者不必较真。全书中，对朝廷大加颂扬的地方有许多——尤其是元春省亲前后，从字句表面几乎看不出反讽之意。"谀词"最热烈者，当属第七十八回，贾政与众清客讨论姽婳将军林四娘的忠烈事迹，清客说："本朝系千古未有之旷典隆恩，实历代所不及处，可谓圣朝无阙事，唐朝人预先竟说了，竟应在本朝。如今年代，方不虚此一句。"

贾府清客如单聘人、卜固修、詹光等，本就是吮痈舐痔、粉饰吹嘘之辈，说出这样的奉承话不足为奇，而单论此处情节，这几句褒词似乎并无反讽之意。耐人寻味的是，曹雪芹不仅让这些在世俗经济中摸爬滚打多年的老禄蠹们如此说，让宝玉竟也承担了颂圣之义务。比如在第六十三回《寿怡红群芳开夜宴　死金丹独艳理亲丧》中，借贾宝玉之口，褒美盛世：

> 宝玉听了，喜出意外，忙笑道："这却狠好，我亦常见官员人等多有跟从外国献俘之种，图其不畏风霜，鞍马便捷。既这等，再起个番名，叫作耶律雄奴。雄奴二音又于匈奴相通，都是犬戎名姓，况且这两种人自尧舜时便为中华之患，晋唐诸朝深受其害。幸得咱们有福，生在当今之世，大舜之正裔，圣虞之功德，仁孝赫赫格天，同天地日月，亿兆不朽，所以凡历朝中跳梁猖獗之小丑，到了如今，竟不用一干一戈，皆天使其拱手俯头，缘远来降，我们正该作践他们，为君父生色。"

这段歌功颂德、对朝廷大拍马屁的话，出自顽劣不肖、最恨官场经济的贾宝玉之口，岂非令人讶异？贾宝玉虽然叛逆，虽然最恨"禄蠹"，虽然叫嚣"四书之外无书"，但毕竟还有"四书"[①]，他的精神格局还有一处根基，为纲常伦理所构筑。贾宝玉再如何超迈时代，也不能完全超脱于所处的俗世。曹雪芹让宝玉说这段话，是表达一种姿态，这话说出来，贾宝玉会稍容于俗世，曹公自己也会避免许多危险的麻烦。

元春回家省亲时，命诸姊妹并宝玉写诗应酬，迎春、探春、惜春、

[①]学者刘敬圻在《贾宝玉文化归属的还原考察》一文中统计过，宝玉对"四书"的推崇，在书中第 3、19、36、73 诸回中被反复皴染过。宝玉对孔孟的尊崇、对朝廷的颂扬，或许有其真诚所在，甚至也可能是作者曹雪芹的真实想法，这是我们要补充说明的。见刘敬圻《明清小说补论》，生活·读书·新知三联书店 2004 年版，第 73 页。

李纨的且不论，看薛宝钗所作："芳园筑向帝城西，华日祥云笼罩奇。高柳喜迁莺出谷，修篁时待凤来仪。文风已著宸游夕，孝化应隆归省时。睿藻仙才盈彩笔，自惭何敢再为辞。"此诗气象端庄，雍容平和，分明是宝钗为人，而此中奉承之意，对老成世故的宝钗来说，也不算奇。而这样的题材，清高孤傲的林黛玉会如何写呢？且看：

> 名园筑何处，仙境别红尘。
> 借得山川秀，添来景物新。
> 香融金谷酒，花媚玉堂人。
> 何幸邀恩宠，宫车往过频。

这首诗清新别致，处理这等正大题材，颇有四两拨千斤之感，其中自然也满是颂圣之意，黛玉毕竟是大家闺秀，有自律克制的功夫，在这种场合知道要说什么话，不可能再用"花谢花飞花满天，红消香断有谁怜"之情思来写诗。之后，黛玉看宝玉写诗大费精神，耐不住满腹才华涌动（"未得展其抱负，自是不快"），主动代劳，为他写了一首《杏帘在望》，诗云：

> 杏帘招客饮，在望有山庄。
> 菱荇鹅儿水，桑榆燕子梁。
> 一畦春韭绿，十里稻花香。
> 盛世无饥馁，何须耕织忙。

　　这首诗，相比"名园筑何处"，更是灵动雅致，而美化盛世之意也愈发浓烈，最后两句"盛世无饥馁，何须耕织忙"，不知刘姥姥听了会做何感想？不知黑山村老庄头乌进孝听了又会作如何感想？诸君还记得乌进孝来宁国府进贡时是如何对贾珍诉说民间苦难吗？

　　曹雪芹为彰显颂圣之意，不惜让书中最叛逆的两位主角，宝玉和黛玉，亲自下场又说又写，这自然与宝玉和黛玉的家族身份有关，他们必须如此，但另一方面也印证了曹公作此书的些许复杂心绪。曹雪芹大半生主要生活在乾隆一朝，彼时文字狱之严酷，远远超出我们想象。据统计，康熙、雍正两朝发生的文字狱大约三十起，而乾隆朝的文字狱竟约有一百三十起，偏重于打压下层知识分子及稍解文义的平民，并且对民间最重要的娱乐形式"戏曲"也严加管控，不允许戏台上出现历代帝王、孔孟圣贤及忠臣烈士。《清世宗实录》解释了缘由："历代帝王后妃及先圣先贤、忠臣烈士之神像，皆官民所当敬奉瞻仰者，皆搬做杂剧用以为戏，则不敬甚矣。"[1]钱穆先生曾云："清儒自有明遗老外，即鲜谈政治。何者？朝廷以雷霆万钧之力，严压横摧于上，出口差分寸，即得奇祸，习于积威，遂莫敢谈。"[2]曹雪芹身为旗人包衣，家族从昌盛到没落，至他写作《红楼梦》时，家庭已穷困潦倒，属于标准的下层文人，身处乾隆朝前所未有的思想钳控之下，写的又是簪缨贵族的没落故事，他不可能明知故犯种种危险的律条。贾宝玉、林黛玉所说的话，所写的诗，自然是符合其身份的表达，但也

---

[1]王利器辑录《元明清三代禁毁小说戏曲史料》第一编，上海古籍出版社1981年版，第34页。其实清代的这类规定袭自明朝，明律专设《禁止搬做杂剧律令》，明确规定不许装扮历代帝王后妃、忠臣烈士、先圣先贤神像。见此书第11页。
[2]钱穆《中国近三百年学术史》第十一章《龚定庵》，九州出版社2011年版，第586页。

可理解为一种避祸的手段。

本书凡例中，脂砚斋有云："此书不敢干涉朝廷，凡有不得不用朝政者，只略用一笔带出，盖实不敢以写儿女之笔墨，唐突朝廷之上也，又不得谓其不备。"——按照脂砚斋的说法，曹雪芹不大涉及朝廷，是不敢以"儿女笔墨唐突朝政"，这话细究也有一份深意，好比证人上堂受审，指认一从犯，而要审判者忽略主犯。所以，即便在高鹗的续书中，也秉承了这一架空原则——抄检宁国府的是锦衣军，"有锦衣府堂官赵老爷"，这个从明朝锦衣卫虚化出来的虚构机构，是对清廷抄家之风的规避。①

有些读者或许会纳罕，曹雪芹何其伟大，难道写书因为顾忌灾祸而只能谄媚吗？当然不是，慧黠如曹雪芹，虽不会直接以身犯险，但一定会在书中施展高妙手段，揭露时代之黑暗腐朽——但我们必须强调，所谓批判时代、揭露黑暗，绝非是本书主旨，如此看《红楼梦》，会南辕北辙，会严重拉低本书旨趣。凡例中也明说了，本书"原为记述当日闺友闺情，并非怨世骂时之书矣。虽一时有涉于世态，然亦不得不叙者，但非其本旨耳。阅者切记之"。在首回中，曹雪芹借空空道人强调："因见上面虽有些指奸责佞、贬恶诛邪之语，亦非伤时骂世之旨；及至君仁臣良、父慈子孝，凡伦常所关之处，皆是称功颂德，眷眷无穷，实非别书之可比。"当然，脂砚斋与曹雪芹的反复辩解，与上文说不敢干涉朝廷一样，是一种巧妙的、言不由衷的回护，不过

---

① 鲁迅《且介亭杂文》之《买〈小学大全〉记》中说："乾隆时代的一定办法，是凡以文字获罪者，一面拿办，一面就查抄，这并非着重他的家产，乃在查看藏书和另外的文字，如果别有'狂吠'，便可以一并治罪。"人民文学出版社 1973 年版，第 40 页。

也确实在点醒读者，不要被书中伤时讽世的现实层面盖住了眼睛，误以为本书只是一段愤世嫉俗的心思。揭露与批判只是顺手起落，好比一个人出海寻宝，旅途中遇到狂风暴雨、大鲸猛鲨，风暴、鲸鲨只是自然客观之所经历，绝非是志在寻求的"宝物"。

那么，曹雪芹又是如何自觉或不自觉地显露时代之马脚、下批评之药石的呢？在一些小细节上，比如首回中明明说了不限朝代年纪，可还是出现了不少明朝的人物如唐伯虎、仇十洲等，从现实逻辑上来说，整个故事必定发生在唐、仇的年代或后世——虽说架空，但总有个时空的限定。有些显露的"马脚"，需要一些历史知识才能察觉。比如此书第十六回，提及太祖南巡往事，正是暗指康熙下江南的史实。第二十六回《蘅芜苑设言传蜜意　潇湘馆春困发幽情》中，有一段轻轻过场的情节，宝玉百无聊赖，出去乱逛：

> 只见那边山坡上两只小鹿箭是的跑了来，宝玉不解是何意，正是纳闷，只见贾兰在后面拿着一张小弓追下来，一见宝玉在前面，便站住了，笑道："二叔叔在家里呢？我只当出门去了。"宝玉道："你又淘气了，好好的射他作什么？"贾兰笑道："这会子不念书，闲着作什么？所以来演习演习骑射。"

嘱咐贾兰要小心，宝玉便去潇湘馆腻歪黛玉去了。贾兰射鹿这段情节很不起眼，乍看，似乎只是为了给园子生活增添一些乐趣，就好像丫鬟们在下雨天把禽鸟都缝了翅膀放在院子里水中玩耍一般。殊不知，这段情节正体现了清朝旗人的一项正经传统——骑射。十七世纪中叶，明清鼎革，满人入主中国后，极其重视维护自己的民族传统，反复强调"保持淳朴"，严防被汉族"追求享乐"的生活习俗同化，要求旗人子弟在读书之余，必须勤学骑射技艺，认为这是立国之本，连亲王、贝勒也不例外，直到年满六十才能免去骑射练习。

史料记载，乾隆三十一年五月，因为十一阿哥永瑆私自取了个"镜泉"的别号，乾隆大发雷霆，责备说："我国家世敦淳朴之风，所重在乎习国书[①]，学骑射……至于饰号美观，何裨实济，岂可效书愚陋习，流于虚漫而不加察乎？"这个例子很有趣，也很典型。康熙、乾隆二帝极其重视每年围猎的传统，原因也正在于此——骑射是清朝事业的根本。所以儿子附庸风雅，学汉人起别号，才惹怒了乾隆。[②]

而《红楼梦》第二十六回，神武将军冯唐之子冯紫英脸上挂了伤，说前日打围时，"在铁网山叫兔鹘捎了一翅膀"，这个细节便印证了旗人围猎的风俗。在第七十五回《开夜宴异兆发悲音　赏中秋新词得佳谶》中，有一段更具体的习射情节：

原来贾珍近因居丧，每不得游玩旷朗，又不得观优闻乐作遣。无聊之际，便生了个破闷之法。日间以习射为由，请了各世家弟兄及诸富贵亲友来较射。因说："白白的只管乱射，终无裨益。不但不能长进，而且坏了式样，必须立个罚约，赌个利物，大家才有勉力之心。"因此，天香楼下箭道内立了鹄子，皆约定每日

---

①指满文。
②关于乾隆重视维护满人风俗、严防被汉族同化的论述，详见美国汉学家欧立德著《乾隆帝》第四章《满洲成功之困境》，社会科学文献出版社 2014 年版。

早饭后来射鹄子。贾珍不便出名，便命贾蓉作局家。这些来的皆系世袭公子，人人家道丰富，且都在少年，正是斗鸡走狗、问柳评花的一干游荡纨绔。因此，大家议定，每日轮流作晚饭之主，每日来射，不便独扰贾蓉一人之意。于是天天宰猪割羊，屠鹅戮鸭，好似临潼斗宝一般，都要卖弄自己家的好厨役、好烹炮。不到半月工夫，贾赦、贾政听见这般，不知就里，反说："这才是正理，文既误矣，武事当亦该习，况在武荫之属。"两处遂也命贾环、贾琮、宝玉、贾兰等四人于饭后过来，跟着贾珍习射一回，方许回去。贾珍志不在此，再过一日，便渐次以歇臂养力为由，晚间或抹抹骨牌，赌个酒东而已，至后渐次至钱。如今三四月的光景，竟一日一日赌胜于射了，公然斗叶掷骰，放头开局，夜赌起来。家下人借此各有些益，巴不得如此，所以竟成了势了。外人皆不知一字。

这段情节与贾兰射鹿相呼应，贾珍以习射为幌子聚赌狂欢，正是对乾隆时期贵族（旗人）堕落的影射[1]，讽刺的是，他还骗过了贾赦、贾政，让宝玉等人也来习学。读者要注意贾珍组织习射的地点，是在天香楼。天香楼是何等地方？是秦可卿香消玉殒之处，是她与贾珍偷情之处。虽然第九回中的原文已删去（脂砚斋第九回回末透露"因命芹溪删去"），但依然留下些许蛛丝马迹。贾珍在天香楼以习射为名而行堕落之事，正应了当年他与儿媳的丑事。荒淫荒淫，二字真正齐全，

---

[1]乾隆、嘉庆、道光诸帝三令五申严禁旗人进出戏园、演唱戏文、登台演戏，但根本无法阻止旗人群体的迅速堕落，《品花宝鉴》便是明证。

果然是"造衅开端实在宁"。宁荣二府之堕落朽烂，在书中展露尽矣，批判力度十足，曹雪芹即便不敢直论朝政时风，但笔下还是有些春秋笔法的。①

---

①即便曹公小心如此，《红楼梦》在清朝依然是官方禁书，但不妨碍本书在民间的盛行，或者说，正因为盛行，才被官方列为禁书。在清末，这种禁令已经形同虚设，据《骨董锁记》卷六记载，慈禧太后就极爱《红楼梦》，经常自比于贾太君。

巧妙的讽刺

上述所论"时代错位"的马脚，是曹雪芹无意间形诸笔端，还是他装作无意间，故意掀起绫罗绸缎的长袍露出跳蚤、臭虫给有心的读者思量呢？我们不好断定，只是《红楼梦》的"错位"写作方法，给了我们观看此书的新视角。表面颂扬，不代表作者是真心认同所在的当下，便是不敢直接讥讽，也会用其他隐秘巧妙的方式加以贬抑。古圣贤著书立言，讲究发愤而作，"旨微而语婉"的春秋笔法便成了常用的表达暗器。

《说岳全传》作为以说书为底本的文人修润作品，据学者考证，成书于清朝康熙至乾隆年间，岳飞是历代公认的忠臣良将，但他抗金的事迹却随着意识形态的变化遇到了些许尴尬。[①] 金人算是清朝女真

---

①鲁迅《且介亭杂文》之《买〈小学大全〉记》中说："清的康熙，雍正和乾隆三个，尤其是后两个皇帝，对于'文艺政策'或说得较大一点的'文化统制'，却（转下页）

人的先祖，乾隆四十五年，乾隆下圣谕，对涉及明末、南宋与金朝的戏曲作品加以审查修改："如明季国初之事，有关涉本朝字句，自当一体查饬。至南宋与金朝关涉词曲，外间剧本，往往有扮演过当，以致失实者；流传久远，无识之徒，或至转以剧本为真，殊有关系，亦当一体查饬。"[①]事实上，虽然《说岳全传》小心翼翼地避免太过直白，依然因为涉金问题，赫然列于乾隆四十七年的四库馆刊本抽毁书目中[②]，成为禁书。

《说岳全传》全书的核心观念是佛教的轮回报应之宿命论，岳飞、秦桧、金兀术等人都是前生有怨今生报应（书中多有相关情节，比如金兀术走投无路将死时，总会强调宿命论，借由某种神迹将其解救，必须要他完成报应的使命），而且以金兀术为代表的"北夷"，在个人形象上多有可取之处（比如对中华文化制度的歆羡崇拜之情），并不是一味丑化，通过这种写作方法，有效地抑制了强烈的家国仇恨情绪，可惜到底无效，依然被禁毁。同以宋朝为背景的小说，明清之际的小说家丁耀亢写《续金瓶梅》，以极为露骨的笔法写金人南侵，暗喻满族人南下的史实，书中也出现了锦衣卫，国贼张邦昌就是被锦衣卫拿获的，第二十八回甚至出现"蓝旗营"这种典型的清朝军制，类似暗示，书中还有多处，用意昭然，简直不是曲笔，而是直笔抨击了，自

（接上页）真尽了很大的努力的。……于汉人的著作，无不加以取舍，所取的书，凡有涉及金元之处者，又大抵加以修改，作为定本。"人民文学出版社1973年版，第44页。

①王利器辑录《元明清三代禁毁小说戏曲史料》第一编，上海古籍出版社1982年版，第49页。

②同上书，第51页。

然，这部作品也逃不过被禁的命运①。

从乾隆朝的思想政策来看，《说岳全传》的创作方法是经过慎重斟酌的。当时清朝已为中国之主，所以就连书中昏庸无道的宋朝皇帝也不能剧烈批评（上文提到，乾隆不准在文学作品中诋毁任何帝王），但作者并未彻底收敛锋芒，而是和曹雪芹一样，用春秋隐笔来讽刺。在本书开篇，作者如此写道：

> 这徽宗乃是上界长眉大仙降世，酷好神仙，自称为"道君皇帝"。其时天下太平已久，真个是：马放南山，刀枪入库；五谷丰登，万民乐业。

这段话乍看上去无甚稀奇，是古典小说中常见的俗套之语，但若结合接下来的情节细细体会，便知这几句的反讽意味。接下来数回，不断出现强盗匪徒，不断出现奸佞乱臣，与"太平"二字全然不相干。我们推测，《说岳全传》这等笔法大概学自《水浒传》，《水浒》开头写高俅因蹴鞠妙技得到端王赏识，端王便是后来的徽宗道君皇帝。书中写他登基后"一向无事"，这四个字看似平常，金圣叹却看出了隐秘的信息：

①丁耀亢因此书惨遭文字狱，后遇赦归隐。康熙年间，有文人删去《续金瓶梅》中涉及金人的笔墨，重新编为《隔帘花影》。晚清学者平步青认为《隔帘花影》乃吴伟业所编，"意在刺新朝，而泄黍离之恨"，后来门人为避祸，删去这些隐笔。见《霞外攟屑》卷九。孙楷第先生认为平步青"此言无稽，不可信。"见《中国通俗小说书目（外二种）》，中华书局2012年版，第89页。

一向无事者，无所事于天下也。忽一日与高俅道者，天下从此有事也。

古代作者之"狡猾"，全在这种幽微处，写人物、写世道，表面上为了自保而不吝夸赞，但下笔用词、安排情节时却神不知鬼不觉地融入真实的想法。这种写法在《金瓶梅》中也有，在第七十一回《李瓶儿阖家托梦　提刑官引奏朝仪》，西门庆去东京面圣，看作者如何写徽宗——没错，又是这个倒霉皇帝：

这皇帝生得尧眉舜目，禹背汤肩，才俊过人，口工诗韵，善写墨君竹，能挥薛稷书，通三教之书，晓九流之典。

行文到此，还是一片庄重肃雅的套话，把宋徽宗类比尧舜禹汤，给读者呈现出一代仁君的气象，但紧接着，作者又加了几句：

朝欢暮乐，依稀似剑阁孟商王；爱色贪花，仿佛如金陵陈后主。①

剑阁孟商王，指的是五代时的后蜀国君孟昶，此君在位时沉迷声色，不理朝政，最后亡国降宋。陈后主即陈叔宝，名气较孟昶大得多，

---

① 《大宋宣和遗事》中形容徽宗"朝欢暮乐，依稀似剑阁孟蜀王；论爱色贪杯，仿佛如金陵陈后主"，用字基本相同。《新刊大宋宣和遗事》，上海古典文学出版社1954年版，第10页。

是南陈有名的荒淫昏君。兰陵笑笑生前面将徽宗形容得正大光明，不啻圣贤，转而又将其比作孟昶、陈叔宝，这种反差带来的讽刺力道，犹如往徽宗脸上挥了二十记老拳。张竹坡在此处就评点说："先后不伦，用笔刻甚。"刻薄归刻薄，但写作的目的达到了。

现在学界对《金瓶梅》成书于嘉靖、万历抑或其他年代尚无定论，我们暂且认为兰陵笑笑生是嘉靖时人，嘉靖帝初登基时还算勤政，之后沉迷飞丹炼药，数十年不上朝——兰陵笑笑生讽刺宋徽宗，真实的矛头指向谁，不难推断。张竹坡便持此观点，在第九十八回中夹评，将倒台的蔡京父子暗合于嘉靖权臣严嵩、严世蕃父子，认为此书当成书于严世蕃败事之后。[①] 即使兰陵笑笑生生活在嘉靖之前，那也经历过明帝中最荒唐的武宗朱厚照之统治——总之，我们有理由相信，兰陵笑笑生对宋徽宗的讽刺，绝不是简单的文字游戏。全书最后，金人大举南下，引发靖康之难，徽钦二宗北狩，北宋亡国，与西门一家从盛到灭保持了同奏。兰陵笑笑生前文的讽刺，就此直指亡国之忧患。试问嘉靖知否？万历知否？天启、崇祯又知否？

兰陵笑笑生或因为所本《水浒》的时代限定，或因为"寓言"写作的深心设计，或因为避免时人穿凿牵连及朝廷降祸，最终选择了明朝与宋朝的时代错位。曹雪芹亦然，甚至更进一步地试图洗刷书中"讥刺时事"的痕迹。而到了清初的张竹坡，作为评点家，也努力出脱自己，甚至不惜设下重誓，在《第一奇书凡例》中说："作《金瓶梅》者，

---

①张竹坡的这种观点明显袭自沈德符，沈在《万历野获编》之《金瓶梅》条中，认为本书"为嘉靖间大名士手笔，指斥时事，如蔡京父子则指分宜，林灵素则指陶仲文，朱勔则指陆炳，其他各有所属云"。

或有所指，予则并无寓讽。设有此心，天地君亲其共恹之。"——如果我们探究一下张竹坡的生平，了解他如何汲汲于仕途，大概便能理解他为何如此小心翼翼。

现在，我们回过头再看看前文虚构的明代说书人讲"锦衣卫"的小故事，似乎并非荒唐无稽。古典小说的时代错位，要么是所本历史故事之原有时空的固有限定，要么是作者寄托寓意之写作手段，要么是作者迫于生活环境、时局政策的无奈之举。古典小说的蓬勃期是明清两朝，而明清是皇权最为集中、对人民思想控制最为严厉的时期，残酷的时局环境，使小说家不得不"错位"。当然有不少小说，把时空背景放在当下，宋朝说话门类中就有"新话"，专说本朝故事[1]，但这类故事多意在道德劝诫，笔锋收敛，不会轻易议论朝政，至于以激烈言辞抨击本朝的，多是朝代末世[2]，海内沸腾，朝廷自顾不暇，思想管控松懈，任由文人去骂了。

明末盛行一时的魏忠贤小说系列[3]，其中陆云龙所著的《魏忠贤小说斥奸书》，刊刻于崇祯元年，距魏忠贤倒台只有不到一年的时间，根据政闻邸报参考了大量一手资料[4]，可谓实打实的时政小说了；还有云龙胞弟陆人龙创作的《辽海丹忠录》，也是以写实手法记录当下政局与军事形势的长篇小说。人龙创作的《型世言》四十篇故事，据

①见胡士莹《话本小说概论》第四章《说话的家数》，商务印书馆2011年版。这类新话多讲"铁骑儿"，即国朝抗金事。
②当然也有例外，根据孙楷第先生考证，明朝人就著有演明武宗荒淫事迹的《豹房秘史》。见《中国通俗小说书目（外二种）》，中华书局2012年版，第52页。
③据《中国通俗小说书目（外二种）》统计，以魏忠贤事迹为题材的小说有《魏忠贤小说斥奸书》《皇明中兴圣烈传》《警世阴阳梦》等，都有明末刊本。其中最著名的莫过于《梼杌闲评》，也存有坊刊小本。
④《魏忠贤小说斥奸书》："阅过邸报，自万历四十八年至崇祯元年，不下丈许。"

我们统计，全是明朝背景（也有元末明初），以嘉靖及之后年代为叙事背景的，足有十二篇，议论时政几无避讳，自由挥洒。试想，若在洪武、永乐这种思想高压的时代，出版这类小说是不可想象的。

鸦片战争后，中国内忧外患，国民义愤，皇权不断式微，思想钳控也放松许多，出现了大量揭露官场黑幕、批判社会现状的谴责小说，基本罕有时空错位的现象了①，作者直言是当下，嬉笑怒骂，全无顾忌，情绪相当激烈，反而"辞气浮露，笔无藏锋，甚至过甚其辞，以合时人嗜好"②，也是一种矫枉过正。

---

①但也有特例，比如晚清魏秀仁《花月痕》，也是架空时代，但用大量隐笔痛斥太平天国、捻军起义，在小说末尾又为朝廷歌功颂德，友人为魏秀仁写的墓志铭中曾提及这些信息。见《花月痕》附录二，人民文学出版社1982年版。可见要错位还是不避讳，说到底还要看作者本人的政治立场。
②鲁迅《中国小说史略》，中国文联出版社《鲁迅全集》2013年版，第228页。

人物：

贪看风景的英雄们

百回本《水浒传》第四回《赵员外重修文殊院　鲁智深大闹五台山》，有一处毫不起眼的细节：

> （鲁智深）离了僧房，信步踱出山门外立地，看着五台山，喝采一回。

这几句没有色彩，没有画面，只有几个简约的动作，但写得极为妩媚。妩媚在何处？妩媚在智深看风景。我们印象中的鲁达是何等人？是里外如一，体格、性情都阔大的顶天立地的好汉，他眼中进不得沙子，心里安不下龌龊，见金老父女受委屈，就要代为出头，三拳打死镇关西，打死了如何？不如何，脚底抹油溜之大吉。为避祸，不得已在五台山出家，耐不住无酒无肉的鸟日子，无风也起浪，砸金刚、打和尚、闹方丈，五台山为之鸡飞狗跳。

就是这样一条钢铁硬汉，也有妩媚的时刻，他在山门外站着，欣赏五台山的风景，喝采一回。

金协中绘《彩绘全本三国演义·宴桃园豪杰三结义》

金协中绘《彩绘全本三国演义·曹操煮酒论英雄》

各人眼中的风景

鲁智深是偶然赏景么？是作者信笔一描么？并不是。在第五回中，智真长老见鲁智深不容于寺僧，写了封荐书，赠了四句偈言，让他去东京大相国寺落脚。智深谢了恩师，独自上路，赶往东京。

> 一日正行之间，贪看山明水秀，不觉天色已晚。但见：山影深沉，槐阴渐没。绿杨影里，时闻鸟雀归林；红杏村中，每见牛羊入圈。落日带烟生碧雾，断霞映水散红光。溪边钓叟移舟去，野外村童跨犊归。鲁智深因见山水秀丽，贪行了半日，赶不上宿头，路中又没人作伴，那里投宿是好。

粗豪慷慨的智深，与文人骚客八竿子打不着的智深，一辈子不知多愁善感伤春悲秋为何物的智深，也会在路途中欣赏风景。他的欣赏可不是走马观花，他的目光堪比任何天才文人，那段描写风景的韵文，实是智深视角。山影、槐阴、绿杨、鸟雀、红杏村、牛羊、落日、烟、碧雾、断霞、流水、红光、溪水、钓叟、小舟、田野、村童、牛犊，千景万物，莫不在智深眼中，莫不深深吸引着他。能看到这番风景，足见智深目光之宽大、细腻、包容，时刻与天地融为一体。看得不忘我，看得不细腻，不会因"贪看山明水秀"，错过了宿头。不耽于看风景的好汉，只忙着赶路的好汉，眼中无妩媚的好汉，那是埋头赶路的神行太保戴宗，不是将来证得正果的"上上人物"鲁智深。

打死镇关西、醉闹五台山、大闹桃花村、踏癟酒器滚下山、火烧瓦罐寺、倒拔垂杨柳、野猪林救林冲、单打二龙山、活捉方腊、听潮而圆见信而寂的鲁智深，是我们熟悉的鲁智深，是闹热处、洒脱处、暴烈处、干净处的智深；贪看风景误了宿头的智深，是不为人熟悉的、常被人遗忘的、妩媚多情的智深。但若没有贪看风景误了宿头的妩媚智深，以上所有的智深都将不成立，会如沙底之楼宇，摇摇欲坠。智深必须妩媚，才能阔达，必须妩媚，才是活佛。

我们看古典小说的人物，要紧的大关节热闹处自然要细看，但一些闲散处也须留心。百回本第三十二回，宋江与武松分别，奔去清风山，文中对此山景色有一大段韵文描写，接着：

> 宋江看了前面那座高山生得古怪，树木稠密，心中欢喜，观之不足，贪走了几程，不曾问的宿头。

与鲁智深一样，宋江也贪看风景，误了宿头。但宋江贪看风景与智深贪看风景是一回事吗？细看文字，宋江贪看的是"那座高山生得古怪，树木稠密"，原文描写此处风景："八面嵯峨，四围险峻……瀑布飞流，寒气逼人毛发冷；巅崖直下，清光射目梦魂惊……麋鹿成群，狐狸结党……若非佛祖修行处，定是强人打劫场。"这等惊魂摄魄的景色，令宋江留恋不已，恶山恶水必有恶人，果不其然，接下来的情节便是宋江被强盗抓去，带出锦毛虎燕顺、矮脚虎王英、白面郎君郑天寿。宋江看这等风景，是贪看其"古怪"，贪看其"险绝"，这暗暗印证了他内心深处的某种蠢动的欲望，果然，没过多久，他就在江州浔阳楼题下了反诗：他时若遂凌云志，敢笑黄巢不丈夫。

　　对宋江的评价，是读《水浒传》的核心问题之一，金圣叹对之深恶痛绝，李卓吾又对他赞扬有加，有的说他举着忠义的大旗行反逆之事，有的说他是忠义的理想化身，这个人物复杂又危险，正如他贪看的风景。我们不可能得出"宋江是何等人"的终极结论，只是提醒大家，从细节处着眼，从看似闲笔的地方着眼，或许会有别样的感受。贯华堂金批本第四十二回，李逵忿不过"这个也去取爷，那个也去望娘"，也打起念头，要回沂州老家接母亲来梁山快活，在朱富酒店里吃了酒，趁五更晓星残月，独自一个回村中接母亲：

　　　　约行了数十里，天色渐渐微明，去那露草之中，赶出一只白兔儿来，望前路去了。李逵赶了一直，笑道："那畜生倒引了我一程路！"

　　金圣叹在此处评点说："传言大孝合天，则甘露降；至孝合地，则芝草生；明孝合日，则凤凰集；纯孝合月，则白兔驯。闲中忽生出一白兔，明是纯孝所感，盖深许李逵之至也。"金圣叹的这则"传言"可能化自道家经典，白兔在古代确实是祥瑞，在相关典籍中有记载。这里出现白兔，有可能是施耐庵①化用了元代著名南戏《刘知远白兔记》的情节——刘知远的儿子咬脐郎，正是追猎一只白兔才遇到了在井边汲水的生母李三娘。李逵寻母先遇白兔，隐隐对应"与母重逢"的意思。不过，在朗朗月光下出现这等珍奇之物，固然诗意盎然，却与黑旋风的气质并不搭调，犹如关西大汉唱晓风残月了。或许我们可以从另一个角度去诠释，此处的白兔正映照了李逵的为人境界。李逵性格如何？一是爽直，二是暴躁，三是天真。爽直，初见宋江就叫他"黑汉子"，完全不懂人情世故；暴躁，动辄脱得赤条条的，挥舞板斧冲上前；天真，认死理儿，对宋江五体投地，对戴宗言听计从，对母亲孝心拳拳。读过《水浒》者，大概都会同意这些特点。而他所有性格的根基便是"纯真"。对梁山兄弟是纯义，对母亲则是纯孝，为人处世则是纯真。

　　他没有什么算计，在赌场撒泼赖账的小心眼儿也算不上"心机"，只是随性而为，取乐耍子。金圣叹说："李逵是上上人物，写得真是一片天真烂漫到底。看他意思，便是山泊中一百七人，无一个入得他眼。《孟子》'富贵不能淫，贫贱不能移，威武不能屈'，正是他好批语。""写李逵色色绝倒，真是化工肖物之笔。"李贽更是对李逵推崇备至，说他是梁山第一尊活佛、先天之民。容与堂本《水浒传》第

①关于《水浒传》作者的问题，学界众说纷纭。考虑到行文方便，本书按照金圣叹批评本的习惯用法，认定作者为施耐庵——当然，金认为排座次之后的笔墨乃罗贯中"恶札"。作者问题的暧昧不清是早期长篇章回小说的特色，几乎可以断定《水浒传》并非一人所作，所以未尝不可以把"施耐庵"理解为本书作者群的一个象征名字。

三十八回回末李贽有评："凡言词修饰、礼数闲熟的，心肝倒是强盗。如李大哥，虽是卤莽，不知礼数，却是情真意实，生死可托。"①

　　月下遇到的这只白兔，正是李逵"纯真"的投射。绝妙的是，咬脐郎的那只白兔引他遇到了母亲，李逵的这只白兔却引出了一个不纯的假李逵——李鬼。照黑旋风的性子，必要杀之，谁知这李鬼谎称家中有老母要赡养，骗得为孝归乡的李逵的同情，活命而去。只是这人到底是假的，最终死在李逵的板斧下，还被他割了肉烤着吃。

---

①涉及李贽评语的，容与堂本依据的是《李卓吾评本水浒传》，上海古籍出版社 1988年版，袁无涯本依据的是《水浒传会评本》，北京大学出版社 1981年版。鲁迅、胡适等学者认为容与堂本《水浒传》是叶昼托名李贽点评的伪作，但也有相反意见，莫衷一是。袁无涯本的情况亦然，为论述方便，在本书中，我们暂且认定容与堂本与袁无涯本都是李贽的评点真作。

穿过那片腥风血雨

　　说到李逵杀人，便触及读《水浒》、评《水浒》的一个绕不开也不应该绕开的问题：好汉们的嗜血与残暴。品评水浒人物，必须要直面这个问题。《水浒》故事虽然全民皆知，但本书却又是最具争议性的名著，且不谈造反祸国之说，其中不分男女老幼的血腥杀戮（尤其是对潘金莲、潘巧云的惩罚），让当代读者深感不适，不少学者也撰文抨击，甚至说此书危害中国世道人心数百年云云。①

　　具体到李逵，他在书中的残暴行为属实不少：江州劫法场，无论军民，大板斧排头砍去，杀伤无数；碎割黄文炳；三打祝家庄，他杀得手顺，把扈太公一门老幼尽数杀了，不留一个；为拉朱全入伙，

---

① 查阅朱一玄编《明清小说资料选编》涉及《水浒》的一百余条文献资料，从明代至民国，几无谈论本书血腥杀戮问题的记载。可以说，对这一问题的关切，是当代学者特别注意的。

竟杀死无辜的小衙内；为搬公孙胜回梁山，斧劈公孙师父罗真人。更勿论虐杀李鬼、将狄太公女儿与情夫剁成肉酱等等。书中凡写李逵动手，莫不腥风血雨，着实可怖，十足一个恶魔，哪里称得上好汉？同样的看法，也可以放在武松身上，他自然有光辉闪耀之处，但虐杀潘金莲（原文描写触目惊心）、血溅鸳鸯楼（无差别杀戮十五人）两大事迹，给他扣定了杀人恶魔的帽子；还有杨雄和石秀在翠屏山活剐潘巧云，更是毫无人性。推而说之，一百单八将，除了鲁智深有真正的好汉风采，行的都是扶危济困之事，其他大多数都是流氓无赖、社会渣滓，打家劫舍、草菅人命、开黑店的强盗罢了，实在配不上"英雄好汉"的名衔。那么，应该怎样理解这些人物和他们的行为呢？

金圣叹、李贽莫非是不通人性、不知生命可贵、不知上天好生的批评家吗？不然他们何以对残暴的李逵评价如此之高？不然何以会称嗜杀的武松是"上上人物""直是天神"，连鲁智深都比不上？金批本第二十五回总评中，金圣叹将武松推至无与伦比的地位：

> 然则《水浒》之一百六人，殆莫不胜于宋江。然而此一百六人也者，固独人人未若武松之绝伦超群。然则武松何如人也？曰："武松，天人也。"武松天人者，固具有鲁达之阔，林冲之毒，杨志之正，柴进之良，阮七之快，李逵之真，吴用之捷，花荣之雅，卢俊义之大，石秀之警者也。断曰第一人，不亦宜乎。

学界对水浒好汉酷杀的问题有不少论述，或是从"古代社会常有杀人吃人事"的角度来证明好汉们的行为有历史渊源；或是从人物性格入手说明他们的暴行有充分的内在逻辑；或是从情节出发认为杀戮是故事推进的必要手段；或是从文字审美的角度肯定这些血腥描写的另类价值。孙述宇先生的观点更加有说服力：《水浒》中之所以有大量的暴力笔墨与强烈的仇女情绪，是因为小说的成书过程与南宋"忠义人"的抗金活动息息相关。[1]《水浒》实则是一部强人写给强人的小说[2]，是一种宣传文学[3]。宣扬暴力，是因为强人必须以暴力故事来激发部属报家仇国恨的血性，仇女是为了让部队远离色欲（宋江批评王矮虎"溜骨髓"）的诱惑，保持战斗力。[4]这种以血腥复仇故事来刺激军人战斗热情的解读是很有道理的，晚明文学家钟惺在《水浒传序》中就感叹："世无李逵、吴用，令哈赤猖獗辽东"——我们未尝不可以这么想：对《水浒》暴力的推崇或默许，与明末内外交困的局势也有关系。文人憧憬好汉涌现，挽救战场上的颓势，他们是否滥杀、是否过于暴力，无关紧要，甚至，当时的局面亟须这种刚硬的暴力

①《水浒》研究专家严敦易、王利器等先生也持这种看法。
②王学泰先生在《游民文化与中国社会》第五章《江湖艺人与通俗文艺作品》中，也支持这种观点，认为宋代勾栏的观众群体中还有军人，因为宋朝征兵的政策，许多军人都是流氓、无赖出身，这类观众也会反向影响说书人的创作，乃至于后期小说的形成。而且，心向大宋的"忠义人"身处金国沦陷区，多在山区进行游击式抵抗，他们生活条件相当艰苦，用烧杀抢掠的手段来获取给养不可避免，甚至在极端困境下，吃人现象也或存在。这些残酷行为也会通过说书人之口，幽微地进入小说文本。至于好汉杀戮无辜的行为，王先生认为是一种"主动进击精神"的体现，是源自战斗中的血腥经验，决不给对方留下任何喘息或死灰复燃的机会，定要斩草除根。在第六章《游民情绪与游民意识的载体》中，王先生还认为，水浒好汉的残暴气质，某种程度上是对文人与文人气质的逆反，这与宋朝时重文轻武、尚武风气下移到底层群体息息相关。相关内容参见《游民文化与中国社会》（增修版），山西人民出版社2014年版。
③具体论述见孙述宇《水浒传：怎样的强盗书》第一章《水浒传：强人说给强人听的故事？》，上海古籍出版社2011年版。
④见何心《水浒研究》第二章《红颜祸水》，上海古籍出版社1985年版。

精神。

　　说到第二点，其实何止是忠义人要远离女色呢？在中国传统观念中，习武之人都以女色为大忌，《小五义》中说北侠欧阳春、云中鹤魏真之所以武功超绝，便因二人都是"一世童男"，元精未泄成为一种神秘玄乎的武力加持。这种观念也存在于梁山好汉身上，许多人都是终日打熬气力，无心女色（所以经常引发妻子偷情）。不过，孙氏观点的大前提是《水浒传》成书过程中必然有"忠义人"也即军匪强盗的直接参与，这一点并不容易证实，我们试着从另外一个角度来探讨这个问题。

　　《水浒传》虽用写实手法塑造人物，但这些人物到底都是虚幻的。这里的"虚幻"与小说之"虚构"并不是一回事。虚幻是说，这些人物在小说语境中是隐喻化的，不能当作"真实人物"去看待。他们身上有两层虚构：一层是文学之虚构（诚然，部分好汉在历史上有真人原型，但经过说话艺术、元代水浒戏的演化，到《水浒》小说已经全然变为文学人物了）；另一层是叙事之虚构。第一层虚构容易理解，第二层叙事虚构是何意呢？在金批本《楔子》中，洪太尉强行打开伏魔殿，掘开石碣，误走了妖魔：

　　　　那一声响亮过处，只见一道黑气，从穴里滚将起来，掀塌了半个殿角。那道黑气直冲上半天里，空中散作百十道金光，望四面八方去了。

　　误走的妖魔便是天罡地煞一百单八将，这些人上合星宿，脾性相投，所以不管生平如何，冥冥中同属一路，最后"群山万壑赴荆门"，啸聚于梁山。这段文字是全书所有情节的根基，也是所有人物的来历，金圣叹此处评曰："他日有称我者，有称俺者，有称小可者，有称洒家者，有称我老爷者，皆是此句化开"——也就是说，这些好汉是隐喻化的，是天罡地煞星宿转世。

不管施耐庵写得他们如何真实可感，如何跃然纸上，不管文中对生活细节如何铺排刻画，这些好汉的生活，都是建立在"下凡转世"这一大设定之上的。我们读《水浒》，随好汉们欢喜愤躁，随好汉们杀人放火。倒拔垂杨柳时，我们欢呼雀跃，血溅鸳鸯楼时，我们紧皱眉头——殊不知，一切看似最真实的情节，都是文章幻化，都是作者的笔墨大戏，我们浸入其中，却不知跳脱，只好逐波而动，于是便有种种矛盾的质疑与不解。百回本第四回，赵员外送鲁智深来五台山出家，首座等人看智深"形容丑恶，貌相凶顽"，都劝智真长老不要剃度他。智真长老入定一番后，对众人道：

> 只顾剃度他。此人上应天星，心地刚直。虽然时下凶顽，命中驳杂，久后却得清净，正果非凡，汝等皆不及他。

作者在第五十三回再次点明"天星下凡"的设定，李逵斧劈罗真人，被罗真人施展幻术戏弄惩罚，戴宗为李逵求情，说他许多好处，如何耿直、死忠、敢勇当先云云。罗真人说：

> 贫道已知此人，是上界天杀星之数，为是下土众生作业太重，

故罚他下来杀戮。吾亦安肯逆天，坏了此人？

　　罗真人说得很明白，李逵是天杀星下凡，来到世间就是要大肆杀戮以惩罚众生作业之罪恶。他不杀戮，他不挥舞板斧排头砍去，便不是李逵，便是"逆"了上天之意。[1]而施耐庵写得越好，李逵这个形象越鲜活，他的行为便越"真实"，也便越残暴恐怖——残暴恐怖来自文字描写之"真实"，而这真实，其实是虚幻。百回本第七十一回，梁山泊英雄排座次，天罡地煞各有对应，武松，是天伤星，与李逵的"天杀星"暗暗相对，杀戮是他们天生带来的本性——便是鲁智深，也对应天孤星，不离肃杀之意。往回跳到第五十七回，鲁智深上战场，作者用一段诗词描述（金批本删去了这段诗词），中有一句"天生一片杀人心"，我们认为鲁达最配得上"好汉"，而潜意识里忽略了他也有凶狠残暴的一面[2]。这一面，不影响智深是菩萨活佛，他的恩师智真长老有句话："杀人放火不易。"智深杀戮是书中的隐笔，没写不代表没有。武松、李逵，是虚幻之真实、真实之虚幻，切不能只看他杀戮的文字表象。《水浒》难读，不在宋江、吴用，甚至不在林冲、鲁达，而在武松与李逵。

　　初读《水浒》，沉浸于情节人物，随之喜怒哀乐，并无问题。若重读，

---

[1]在水浒续书《后水浒传》中，李逵的转世马灵也相当残暴，竟生吃人肉，也如李逵碎割黄文炳一样碎割贺太尉。但书中没有对他的嗜杀提供解释，只能理解为李逵形象的延续。

[2]明初朱有墩所著《诚斋乐府》中，收录了以鲁智深为主角的杂剧《豹子和尚自还俗》，剧情是：花和尚鲁智深因为擅自杀伤平民，被宋江责打四十大棍，一时气愤，往清溪巷清静寺出家。见何心《水浒研究》，上海古籍出版社1985年版，第17页。可见在《水浒》成书前的杂剧中（何心认为这些杂剧创作于成书前），鲁智深是有凶狠滥杀的一面的。

应当学会跳脱，收敛情绪，看到情节背后的用意。《金瓶梅》第一回写武松景阳冈打虎后，知县赐五十两赏钱。武松禀道："小人托赖相公福荫，偶然侥幸打死了这个大虫，非小人之能，如何敢受这些赏赐！众猎户因这畜生，受了相公许多责罚，何不就把赏给散与众人，也显得相公恩典。"张竹坡在这里夹批："不知者谓是武松好处，不知此自是作者要武松在清河县中做都头，好遇武大也。"张竹坡的这种眼光，学自金圣叹，后者批《水浒》时经常说，这里莫要被作者骗过，不要在此处着眼云云。反复提醒读者不要过分"浸入"，应学会不时跳出，不能沉溺于情节本身，要看到整个行文架构的安排，写一感人处，我们热泪盈眶，金圣叹就会带着嘲讽的微笑说道：打住。跳出去看，这不是让你哭的。

比如在"史大郎夜走华阴县"一节，史进与少华山好汉来往，被村中李吉告密，引官兵来抓捕，史进反抗。先是杀死了李吉，带兵的两个都头也被陈达、杨春杀死。有读者深觉残忍：能走脱就走脱了，何必杀这两个无辜的都头呢？可见尔等所谓好汉实在是强盗！金圣叹在这里夹批："此处杀李吉，不杀两都头可也。只是不杀，便要来赶，便费周旋，不若杀却，令文字干净。"——金圣叹不会滞于文字表象，会从行文布局的角度来理解人物行为。两个都头可以杀却，没有什么道义理由，只是为了行文利落。包括上文说史进父亲去世，金圣叹也是如此的解读思路："完太公，令文字省手。"——有些杀人，是行文之杀人，非人物之杀人。只有学得金圣叹的"冷眼"，方好明白他说《水浒》"因文生事"的真义，也方能更公允地理解《水浒》。

金批本《水浒》第十九回，晁盖入主梁山，林冲见局势安稳，派心腹人去京师搬取妻子来山，谁知回报说夫人被高太尉威逼亲事，已经自缢而死。当读者为这位凄惨女子哀伤喟叹时，金圣叹忽泼冷水："颇有人读至此处，潸然泪落者。错也。此只是作书者随手架出、随手抹倒之法。当时且实无林冲，又焉得有娘子乎哉？不宁唯是而已，今夫人之生死，亦都是随业架出、随业抹倒之事也。岂真有昔日曾作此书，岂真有我今日方读此书乎哉！"

这种评点角度非止一处，金批本《水浒》第二十六回，武松杀嫂后，府尹陈文昭"哀怜武松是个仗义的烈汉"，把这招稿卷宗都改得轻了，帮武松打点上司，最后判了个"脊杖四十，刺配二千里外"了事。读者此处定会觉得陈文昭是个有情义的好官，可金圣叹在这里再次跳出情节本身："此篇写武松既写得异常，则写四边人定不得不都写得异常。譬如画虎者，四边草木都须作劲势，不然，便衬不起也。不知文者，竟漫谓难得陈文昭，真痴人说梦矣。"——金圣叹是从"文章与修辞"的宏观角度来谈，提醒读者不要胶泥于文本的虚构层面。

《水浒》中最暴力血腥的场面当属"武松杀嫂"。金圣叹评点这段情节，连用八个"骇疾"，武松扯开金莲的衣裳准备挖心，他还不忘调侃："雪天曾愿自解，为之绝倒。嫂嫂胸前衣裳，却是叔叔扯开，千载奇文奇事。"李卓吾在这里批点，也连用"佛"字，本回末又说武松是"圣人"。从这些评点可以看出，金圣叹和李贽在此处并无剧烈的情感波动，以一种"娱乐欣赏"的姿态津津有味地看这段让许多当代读者膈应无比的文字。在血溅鸳鸯楼的情节，武松杀人，金圣叹如小儿数糖豆一般计数，第一个、第二个、第三个云云。李贽在这里倒收敛了些，容与堂本批语说"只合杀三个正身，其余都是多杀

的"，但在袁无涯本中，李贽对杀人场面的描写又大加赞赏："雄奇
可惊，冷隽可爱，是绝妙元词。"李贽似乎对这类笔墨的态度是纠结
的，在第四十一回攻打无为军的段落，他为黄文炳家人鸣不平，说李
逵碎割黄文炳时，先赞叹"佛"，后来又说"太甚"。我们不能说金圣
叹、李贽"冷漠无情"，若读过金批、卓吾批《水浒》，便知他们都可
谓多情人，他们对这类笔墨的欣赏态度，其实是高度文人化的读书法：
跳脱。①

他们不约而同地认为：本书说到底是施耐庵造下的大幻境，不必
认真当作实事。②

而之所以能随时跳脱，是因为他们将"文章"视角带入了小说评
点。③所谓文章视角，主要是指将八股时文的写作法、唐宋古文与史
传文的评点法融入了小说，更注重起承转合的全篇结构、照应埋伏的
行文机杼、深刻幽微的字句寓意（写评八股、圈点古文的重点功课），

---

①这种高度文人化的读书法自然有其缺陷。孙楷第先生在论及日本内阁文库藏《李卓
吾批评忠义水浒传》时，就对李贽的点评风格提出了批评："品题人物，无端掺合禅语，
已觉吊诡。观其高下低昂处，则知此等见解评论，自万历时已然。圣叹特本此旨而
发挥之而已。"见《中国通俗小说书目（外二种）》，中华书局2012年版，第292页。
同样，鲁迅对金圣叹的点评也有批评："他抬起小说传奇来，和《左传》《杜诗》并列，
实不过拾了袁宏道辈的唾余；而且经他一批，原作的诚实之处，往往化为笑谈，布
局行文，也都被硬拖到八股的作法上。这余荫，就使有一批人，堕入了对于《红楼梦》
之类，总在寻求伏线，挑剔破绽的泥塘。"见《南腔北调集》中《谈金圣叹》一文，
中国文联出版社《鲁迅全集》2013年版，第414页。
②《袁小修日记》卷之八记载了李贽的一件趣事，因他对鲁智深推崇备至，一位弟子也
学着做起鲁智深，言行疏狂放诞，李贽责备他，他回说：智真长老能容鲁达，你为
何不能容我？李贽"恨甚"。这个故事转引自嵇文甫《晚明思想史论》，北京出版社
2014年版，第79—80页。
③有学者提出明末清初文人的"大文章"观，将一切文体都视作文章，将小说当作文
章来读，核心是对以文法为中心的文字艺术的关注。见张永葳《稗史文心：明末清
初白话小说的文章化现象研究》，上海三联书店2013年版。

所以他们经常显得冷峻至极，不会拘泥在情节的道德与情感层面。这等文学精英式读书法，建立在高度成熟的学养基础上，且需要精深的禅学修为，好比佛教公案"南泉斩猫"，普通读者大概会恨其"杀猫"之表象，而疏忽其中的根本寓意。这种读书法自有其高明之处，可以提供理解作品的新视角，未尝不可学习借鉴。

李逵最令人厌恶的行为大概无过于杀死无辜的小衙内，这段情节发生在第五十一回[1]，李贽对这一残暴行为并不愤慨，反而赞许，在容与堂本回末总评说："朱仝毕竟是个好人，只是言必信、行必果耳，安有大丈夫而为一太守作一雄乳婆之理？即小衙内性命亦值怎么，何苦为此匹夫之勇，妇人之仁？好笑，好笑。"在袁无涯本中，李贽的评语更加冷硬："朱仝是个正气伶俐人，非用此古侠割爱之法，必不能入伙，又须知是重义怜才，不是勾人落草。"金圣叹对这一情节又怎么看呢？"读至此句，失声一叹者，痴也。此自耐庵奇文耳，岂真有此事哉！"——他点明了，莫以"真事"来读这段文字。倒是在万历双峰堂余象斗刻本中，余象斗对这一情节表示了悲伤："李逵只因要朱仝上山，将一六岁儿子谋杀性命，观到此处有悲哀，惜夫！为一雄士，苦一幼儿，李逵铁心，鹤泪猿悲。"[2]余象斗是明末大书商，虽也通文，但毕竟不是卓吾、圣叹这样的精英文士，他的观点更接近于我们普通读者[3]。卓吾、圣叹若见到余先生的这则评语，肯定又要嘲

---

[1]《水浒传》百回本与容与堂本的回目顺序相同，因金圣叹将开篇洪太尉部分提为楔子，之后回目都前提一回，所以这一情节在金批本第五十回。

[2]见《水浒传会评本》第五十回评。

[3]学者何朝晖根据余象斗私人书坊三台馆的现存刊本推断，余象斗本人的文学修养非常有限。见《晚明士人与商业出版》，上海古籍出版社2019年版，第306页。

笑他迂呆道学了。

耐人寻味的是，在金批本第五十五回的回前评中，圣叹指出了关键一点，朱仝为何对小衙内如此疼爱、对李逵恨之入骨？他说："前文写朱仝家眷，忽然添出令郎二字者，所以反衬知府舐犊之情也。"——朱仝对小衙内的疼爱，是一种为人父母的移情。圣叹目光之狠辣、解读文本之细腻，真是令人拍案叫绝。第五十三回，李逵斧劈罗真人，李贽在此回回末评曰："有一村学究道：'李逵太凶狠，不该杀罗真人；罗真人亦无道气，不该磨难李逵。'此言真如放屁！不知《水浒传》文字，当以此回为第一。试看种种摩写处，那一事不趣，那一言不趣？"这种看法，与我们上文提到的"游戏幻境"正相契合。

游戏笔墨，就是这种将虚化成实（用写实的笔墨）、又将实还为虚的过程。许多读者常常会在这种转换中迷失方向，堕入作者营造的九宫八卦阵，策马摇枪，横冲直撞，却处处撞壁，苦不得出，哀号于人物之悲惨，愤怒于人物之残暴。不出，便会被人物牢牢牵着，被真实细节的"幻相"所迷惑，将杀人、吃人全当作"真实"，而发出愤怒之吼声。容与堂本第十回回末，李贽总评曰："《水浒传》文字原是假的，只为他描写得真情出，所以便可与天地相终始。"在五十三回总评中，他又说："天下文章当以趣为第一。既是趣了，何必实有是事，并实有是人？若一一推究如何如何，岂不令人笑杀！"李贽这话，我们可以改编下——"《水浒》文章当以警人为第一。既是警人了，何必实有是事，并实有是人？"李逵杀戮，是天杀星之使命，他必须虐杀，不残酷不足以为"天之使命"。武松杀嫂，杨雄杀潘巧云，又全是警戒文字，教人知道报应之残酷，教人知道淫邪之可怖。

　　在当代语境下，潘金莲的"淫妇"形象被不断重新讨论，可不管如何肯定她的情欲，不管如何为她的冤屈鸣不平，武大确确实实是她药死的，看书中"鸩杀"的描写，也是恐怖压抑至极。无论这段婚姻如何不幸，杀人终究是罪过，这是金莲逃不掉的枷锁。我们同情金莲的悲惨遭遇，也需看到她难以洗刷的罪过，而武松虐杀金莲，不仅是为兄报仇，不仅是一种充满道德意味的惩罚行为，还是这类好汉仇女情绪的爆发[1]。女性是美丽、温柔的，是充满"令人堕落、丧失血性"的危险的，这对刀尖儿舔血生活的好汉来说，是一种原罪。

　　至于杨雄、石秀杀潘巧云，笔触也极血腥，剖腹开膛云云，满纸血沫。对此段情节的理解，需要深入结合文本。杨雄是何等身份？是"两院押狱兼充市曹行刑刽子"；石秀呢？"先父原是操刀屠户""自小吃屠家饭，如何不省得宰杀牲口"，由此也开起了屠宰作坊。杀潘巧云的笔墨，纯然是行刑、屠宰的笔墨，在这两个狠汉子眼中，巧云已然不是人，也不仅是罪犯，而是待杀的作坊牲口。杨雄和石秀的行刑，本质上是对巧云作为"人"的权利和尊严的剥夺。这段血腥笔墨是表象，暗含的对"人性"的褫夺才是核心。

　　《水浒传》对女性存在严重偏见，这是无须讳言的事实，一味用笔墨幻境来解释这类情节，未免太过残酷与冷漠了，也过于狭隘。再

---

[1] 水浒好汉的仇女情绪是相当强烈的，王学泰先生从游民心理进行过分析，此外，元杂剧水浒戏中就出现了不少淫妇形象，《水浒》小说承继了这类形象与相关情节。王先生进一步指出，除了《水浒》，另一部游民精神的代表作《三国演义》中也有对女性的仇恨情绪，比如第十五回，刘备说"妻子如衣服"，第十九回，猎户刘安杀妻，用妻子的肉款待逃亡的刘备。王先生关于游民精神的论述，可以帮助我们更深地理解这类小说中的仇女现象。相关论述可参见《游民文化与中国社会》（增修版），山西人民出版社 2014 年版。

如何星宿下凡，再如何笔墨幻境，仇女与虐杀也并不是必要的。我们并非想为水浒好汉的暴行翻案，只是想更深入地探究这类人物背后的文学象征意味与社会文化心理因素。

象征化的生动

李贽、金圣叹评价鲁智深、李逵，常称菩萨、活佛、圣人，李贽甚至亲昵地叫黑旋风"我家阿逵"，都是推崇他们任天而行、率性而动的"纯真"。这与明末禅宗、阳明心学的盛行，乃至李贽的"童心说"都渊源颇深。牟宗三先生说"《水浒》乃是禅宗"，武松、鲁智深、李逵这等好汉都是"无曲"之人，无曲，就是没有心机，没有过多思量，一切行为都是"当下即是"：

> 隐忍曲折以期达到某种目的，不是他们的心思。他们没有瞻前顾后，没有手段目的，而一切皆是当下即目的。然而人文社会就是有曲屈的。像他们这种无曲的人物，自然不能生在社会圈内。"水浒"者即社会圈外，山巅水涯之意也。普通说逼上梁山，好像是某种人一定把他们逼出去。实则还是从"对他"的关系上而

看的。因此便有反抗暴虐，压迫被压迫阶级之说。须知此就是酸腐气，学究气，武松、李逵不见得领你的情。你这种替他们仗义，是可以令他们耻笑的。他们根本不承认自己是被压迫者，他们并没有那种龌龊的自卑感。他们明朗而俊伟，所以是个汉子。[①]

牟宗三先生的见解可谓深刻，我们看《水浒》人物，除了要看到"转世下凡"的隐喻性，也要看到这些人天性禀赋的纯粹性，不能用评价普通"恶人"的眼光去看待他们。《红楼梦》第二回中，贾雨村说有一种"正邪两赋"之人，非常适合形容一百单八将：

天地生人，除大仁大恶两种，馀者皆无大异。若大仁者，则应运而生。大恶者，则应劫而生。运生世治，劫生世危。……大仁者，修治天下。大恶者，扰乱天下。清明灵秀，天地之正气，仁者之所秉也。残忍乖僻，天地之邪气，恶者之所秉也。……所馀之秀气，漫无所归，遂为甘露，为和风，洽然溉及四海。彼残忍乖僻之邪气，不能荡溢于光天化日之中，遂凝结充塞于深沟大壑之内，偶因风荡，忽被云摧，略有摇动感发之意，一丝半缕，误而泄出者，偶值灵修之气适过，正不容邪，邪复妒正，两不相下，亦如风水雷电……使男女偶秉此气而生者，上则不能成仁人君子，下则亦不能为大凶大恶。置之于万万人之中，其聪明灵秀之气，则在万万人之上。其乖僻邪谬不近人情之态，又在万万人之下。

---

① 牟宗三《生命的学问》，广西师范大学出版社 2005 年版，第 190 页。

雨村洋洋洒洒一通，证明宝玉是这等正邪两赋之人。然而"上则不能成仁人君子，下则亦不能为大凶大恶"，又何尝不是梁山英雄的为人？说他们凶恶，又有"义"的一面，说他们残忍，也有天真可爱的一面，说他们祸国殃民，他们也有捐躯尽忠的一面。反过来，说他们"仁"，却行强盗之事，说他们"忠"，到底是落草为寇。种种正邪两赋，激荡出这些社会的边缘人，很难用简单的言语去概括。就连至纯至真的人物，也不可用一种眼光去看。论心狠手辣，没有人比得过武松，连"算得到、熬得住、把得牢、做得彻底，都使人怕"的林冲也要甘拜下风。在十字坡结识张青、孙二娘夫妇后，武松要他们把药翻的两个公人救醒，张青提议："不是小人心歹，比及都头去牢城营里受苦，不若就这里把两个公人做翻，且只在小人家里过几时……"武松对张青的提议如何回应呢？

> 武松道："最是兄长好心，顾盼小弟。只是一件，武松平生只要打天下硬汉，这两个公人，于我分上，只是小心，一路上伏侍我来，我若害了他，天理也不容我。你若敬爱我时，便与我救起他两个来，不可害他。"

这两个公人，是武松杀潘金莲与西门庆后，押解他来孟州的。武松杀嫂何其残忍，而对这两个公人却生仁慈之心。金圣叹在这里不断感叹"武松天人"云云，说："上文写武松杀人如营，真是血溅墨缸，腥风透笔矣。入此回，忽然就两个公人上，三翻四落，写出一片菩萨心胸，一若天下之大仁大慈，又未有仁慈过于武松也者。于是上文尸腥血迹，洗刷净尽矣。盖作者正当写武二时，胸中真是出格拟就一位天人，凭空落笔，喜则风霏露洒，怒则鞭雷叱霆，无可无不可，不期然而然。"武松说若杀了公人，"天理也不容我"，另一层意思便是：杀嫂报仇，正合天理。当然，这是武松自己的逻辑，他说的天理是他认定的道理，不然之后杀张都监家无辜，又何尝是天理呢？可见全是武松自己之理。这等人行事，一定要做到彻底、做到心满意足、做到刀口卷刃才罢休。慈悲心、恶魔心，全都发自武松之"纯真"，是超乎世俗逻辑的，自然，我们也不能用世俗逻辑去看，一看就错。

就是这样的武松，也有"贪看风景"的时刻，与鲁达看山、李逵赶兔不同，他是在血溅鸳鸯楼，跳出城墙后才看风景，看的是月下之水：

> 就女墙边望下，先把朴刀虚按一按，刀尖在上，棒梢向下，托地只一跳，把棒一拄，立在濠堑边。月明之下看水时，只有一二尺深。

金圣叹在此处大发议论："楼上月，此月也；濠边月，亦此月也。然而楼上之月，何其惨毒；濠边之月，何其幽凉。武松在楼上时，月亦在楼上，初不知濠边月色何如；武松来濠边时，月亦在濠边，竟不记楼上月明何似。……一月普照万方，万方不齐苦乐；月影只争转眼，转眼生死无常。前路茫茫，世间魍魅，读书至此，不知后人又何以为情也。"我们说圣叹多情，正在这等地方。他从看似闲笔的武松"月明之下看水"，发出"万方不齐苦乐"的喟叹。武松看水，是他痛快之后的自在，认真打量水深，好似过水比杀人麻烦，必须要看清楚了，还要脱鞋袜、解护膝、扎衣服。他过水越小心，衬托得前文杀人越得心应手。武松看景的自在中，多了份"狠绝"。

与李逵月下追白兔对应，武松也有一段追黄狗的情节（所谓"略犯法"），金批本第三十一回，武松在白虎山村店里吃霸王酒，暴打孔亮，醉醺醺地赶路，被一只黄狗狂吠，"武行者大醉，正要寻事，恨那只狗赶着他只管吠，便将左手鞘里掣一口戒刀来，大踏步赶"，却头重脚轻摔在了溪水里。这处笔墨看似闲笔，却暗暗映照了前文武松小心过河的细节，彼时细心，此时粗心，彼时英豪，此时窝囊。金圣叹在此处评曰："其力可以打倒大虫，而不能不失手于黄狗，为用世者读之寒心。"武松追狗吃亏，正是反讽笔法。而且，李逵追兔遇到了李鬼，武松追狗——之后遇到了宋江，宋江之伪，直如李鬼矣，这又是作者的春秋之笔了。看景的武松，有自在狠绝，也有粗心窝囊。

上文提过，从《水浒传》到《金瓶梅》，潘金莲的"淫妇"形象根深蒂固，而读者对这一人物的接受与认知也发生了许多变化。不少学者从心理学层面上挖掘武松对金莲之压抑的性欲，把他虐杀金莲看成富有色情意味的性爱狂欢。如秋水堂便认为武松杀金莲的一系列动作是"以暴力意象来唤起和代替性爱的意象"[1]，并认为武松在十字坡张青黑店中，调戏孙二娘的情节，证明武松也有"性欲"的一面。这段情节在金批本第二十六回：

　　听他一头说，一头想是脱那绿纱衫儿，解了红绢裙子，便来

---

[1] 见田晓菲《秋水堂论金瓶梅》第八十七回评。

把武松轻轻提将起来。武松就势抱住那妇人，把两只手一拘拘将拢来，当胸前搂住，却把两只腿望那妇人下半截只一挟，压在妇人身上。

这段描写的性意味不言自明，但这里的"性"更多的是游戏与玩笑的色彩。金圣叹评说："妙人，生平未经之事。""武二真正妙人，无可不可。"金圣叹说武松抱妇人是"生平未经之事"，这句话隐藏了一个非常关键的信息：武松，包括鲁达、李逵，与其他好汉很不一样，他们从生到死都是童子身——不仅文中未写他们近女色，单从他们性情上说，也非"人性"，而近乎"神性"，不论是妻子还是粉头，他们都不会沾惹。[①] 金圣叹在李逵斧劈罗真人处便夹批说："忽然想到李大哥亦定是童男子身，不尔，教他何处破身也？一笑。"

那些时髦的"性心理"分析最大的缺陷，就是将武松这等人看作真实的人（哪怕是"写得真实"的人物），以常人之心理去揣摩附会，而不知他们是"超凡入圣"的隐喻性人物，不动色心就是彻底地不动色心，没有任何可揣测之处，没有一丝回旋的余地，就是这么硬，就是这样绝，所以他们才成其为他们，《水浒》才成其为《水浒》[②]——这不是一本写实的历史小说，甚至人物都不是写实的，而塑造得又无比真实可感。

①在元杂剧《豹子和尚自还俗》中，鲁智深是有妻小的，《水浒》小说删去了这些信息。见何心《水浒研究》，上海古籍出版社 1985 年版，第 171 页。
②牟宗三在《水浒世界》一文中也认为武松等好汉绝不能用正常人的标准去理解，"现在的人必得以自己的卑鄙不堪之心把武松杀嫂的故事写成潘金莲恋爱的故事，直是污辱圣人。"见《生命的学问》，广西师范大学出版社 2005 年版，第 190 页。

金圣叹还说武松"真正妙人，无可无不可"。"无可无不可"是孔子的话，圣人无可无不可，率性而为，武松也是如此，所以武松是大圣大贤，是"天人"。对孙二娘充满性意味的调戏，只是武松随兴游戏，绝非什么性冲动与揩油。牟宗三说好汉"无曲"，若有心占便宜，那便是有曲，是宋江、吴用、王矮虎之流，而不是武松了。[①]武松、李逵杀人放火，行暴虐之事，都是"当下即是"，他们对生命的态度依然是当下即是，"杀人须见血，送佛送上西"是也。要知道，他们冲锋陷阵起来勇猛无比，他们是不怕死的，武松景阳冈遇虎，李逵沂州遇虎，至多是惊，而决不肯退缩。江州劫法场一节，晁盖说李逵："却是难得这个人！出力最多，又不怕刀斧箭矢！"——他们确实不敬惜人命，包括自己的命。而对于死亡，这些山巅水涯的强人并不严肃，死便死了，死了只是一堆肉，可以割了吃，可以剐了取乐。

百回本最后一回，宋江喝了毒酒，怕李逵造反，"坏了我梁山泊替天行道忠义之名"，故将李逵唤来，给他饮下毒酒，要死在一处。李逵如何反应呢？

> 李逵见说，亦垂泪道："罢！罢！罢！生时伏侍哥哥，死了也只是哥哥部下一个小鬼。"言讫泪下，便觉道身体有些沉重。

宋江亲手毒死了李逵，李逵却毫无怨言，坦然接受，那三个"罢"字，令人泫然泪下。李逵对待"死亡"的态度，与他疯狂杀戮的态度，

---

①在明末小说集《欢喜冤家》第八回中，香姐计划勾引异姓小叔铁念三，偏说武松是假道学。

同出于"纯真"。他认准了宋江，死也无怨，他杀人"手顺""吃我杀得快活"，都是天性使然，无伪无曲。我们若见到李大哥，批评他恣残暴无情，他大概会挠着大脑袋问："残暴是什么鸟意思？无情又是什么鸟意思？"就好比他在江州初见宋江便叫他"黑汉子"，戴宗骂他"粗卤"，李逵反问"怎地是粗卤"一般。若我们试图跟他解释杀人乃是恶行，想必不超过三句，下凡的天杀星就要挥舞起大板斧了。

书中写李逵上阵，必是"脱得赤条条的"，李逵的这一习惯，真是让人回味无穷。《红楼梦》第二十二回中引用过《鲁智深醉闹五台山》的曲文，中间有一枝《寄生草》，想必大家都很熟悉：

> 漫揾英雄泪，相离处士家。谢慈悲，剃度在莲台下。没缘法，转眼分离乍。赤条条，来去无牵挂。那里讨，烟蓑雨笠卷单行？一任俺，芒鞋破钵随缘化。

那句"赤条条来去无牵挂"，让宝玉差点走火入魔，遭到黛玉等人的调笑。智深"赤条条来去无牵挂"，很容易让我们联想到李逵，施耐庵赋予他打仗爱脱得赤条条的这一习惯，当有深意。李逵脱得赤条条，是要上阵杀人，是要行"天杀星"转世的使命。赤条条的黑肉体，无牵无挂，一如那只白兔，都是他"纯真"的表征。

世情小说鼻祖《金瓶梅》，对世俗生活穷形尽相，可谓无比写实，而最后孝哥儿依然化作一阵清风随普静禅师去了；一大部《红楼》亦是如此，写实到极致，最后依旧是充满寓言与神话色彩的虚幻。《金瓶》《红楼》，在形而上与形而下之间构成了幻术般的张力，一方面令读者沉溺细节并相信细节，另一方面又不时棒喝：此乃幻也！看《水浒》，亦要以这种眼光来看。由此而论，施耐庵狡猾否？狡猾极了，然不狡猾何能写《水浒》？

花了这么长的篇幅来讨论李逵、武松等《水浒》人物，又试图回答"如何看待他们的残暴"的问题，因为这些讨论涉及我们阅读古典小说的一个关键前提：我们该以何种心态、眼光、胸怀去看待这些作品？我们若一味地用当代价值观去判断这些作品和人物，会产生怎样的偏差？在上文的论述中，我们根据李贽、金圣叹的评点以及文本细节，试图提供新的理解角度：不可盘桓在文字表面钻牛角尖，可以从更根本、更虚空处去反思与体会。若能稍稍理解了李逵与武松之行为，几乎可以说拥有了一把天下至利的宝剑（金圣叹所谓"读之即得读一切书之法也""以之遍读天下之书，其易果如破竹也者"），可以帮助我们破除许多缠挂在古典小说大观园中的蛛网藤蔓。经过如此历练，再去看其他小说中的人物，便会有全新的感受。

《三国演义》第五十五回，堂堂刘皇叔也贪看风景——只不过他贪看的不是自然风光，而是孙权之妹孙尚香的声色。孙权为了弛荡刘备精神，"修整东府，广栽花木，盛设器用，请玄德与妹居住，又增女乐数十余人，并金玉锦绮玩好之物。"刘备果然沉溺其中，全不想回荆州。多亏赵云打开了诸葛亮给的第二个锦囊，设计使刘备离开孙吴。刘备此处"贪看风景"，明显是作者的春秋隐笔，虽说此书尊刘抑曹，但对刘备的刻画并非全是褒义，此处便是尖锐的讽刺。毛宗岗就在这里夹评嘲讽："玄德恋着贴肉的锦被，亏得赵云有贴肉的锦囊。"

每个成功的小说人物都有类似于"贪看风景误了宿头"的时刻，

宝玉最是体贴女儿，但也会撵茜雪、踢袭人、骂晴雯、坑金钏儿；西门庆是"打老婆的班头，坑妇女的领袖"，但对李瓶儿之死也发出了痛彻心扉的悲哀；孙悟空何等顽劣不羁，与师父须菩提分别时一样动情落泪；儒林中的马二先生何其迂腐，但对匡超人、蘧駪夫足称得上济危扶困、仗义疏财。留意这些"看风景"的时刻，不是要给人物翻案，只是要读者看到一种"清澈之复杂"——复杂，是因为人之多面；清澈，是因为面面俱到。我们赏析小说的人物，或许不该过分执着于人物之"善恶"，应该将评论的重心放在刻画的准度和深度上。

道具：

礼物、镜子、雨

《金瓶梅》第二十三回中，潘金莲在藏春坞月窗外偷听宋惠莲与西门庆偷情，宋惠莲侮辱她"原来也是个意中人儿，露水夫妻"。金莲大怒，隐忍下来，临去前，"走到角门首，拔下头上一根银簪儿，把门倒销了"——金莲以小小银簪作大锁，将二人困于藏春坞。作为道具的银簪，颇有四两拨千斤之力。好道具，当如此用。

道具的生命力

请大家先品赏以下两段文字：

宝珠找了出来，公子看了，把笔点出了几十样，是新坑大端砚四方、中端砚六方，歙石砚十方，假铜雀砚二方，徽墨二十匣，印色一斤，田黄石图章两匣、青田石图章两匣、寿山石图章十匣、昌化石图章十匣，嘉兴刻花竹笔筒十个，大铜炉两座，小铜炉四座，大瓷瓶一个，大瓷瓯一个，宜兴茶壶二十把，云南玉碗一对、玉盘一个，围棋子两副，象牙象棋子两副，宝晋斋帖两部、阁帖两部、绛帖两部，其余杂帖数十种，南扇五十把、团扇四十把、绣花官扇二十把，宣纸二百张、高丽笺纸二百张、蓝绢红绢笺共四十张、白矾绢四匹、冷金捶金笺对纸共六十张、虚白笺一大捆，湖笔大小二百枝，香珠三十挂，香料十斤，英德石四座，玉烟壶四个、玛瑙烟壶八个、水晶烟壶十二个，玉如意四匣，宋元名款赝笔字画四十轴，手卷十二个，册页二十本。

宝珠等到子云处，将华公子赏给素兰的东西一一说了，并要子云回去也把账单看了，点出花玻璃灯二十对，大小玻璃杂器四十件，料珠灯八盏，各色洋呢十板，各色纱衣料一百匹、各色贡缎二十匹、各色湖绉一百匹、各色绸绫一百匹……座钟四架、挂钟四架，洋表二十个，真古铜器一件，赝古铜器七件，碧霞玺带板两副，宝石大小六件，零星玉器一包，赝笔书画一箱，各色郫绒衣料十匹，沉香半斤，檀香四斤，各种香料四十斤，各种丸散三十瓶，香牛皮十张、佳纹席十张，湘妃竹扇料一捆，桄榔木对联两副，描金红花瓷碗四桶，其余玩意物件数十件。

诸位阅读感受如何？想必大多数人都没耐心读完，只是扫掠两眼而已。这两段文字出自晚清狎邪小说《品花宝鉴》第五十三回，几个戏角儿相公凑一起想开古董铺子，豪门公子阔绰地提供货源——就是文中这些如"报菜名"一样令人眼花缭乱、难以卒读的器物名目。这些器物与情节几乎毫无瓜葛，甚至对文本来说也未提供一些"文采"，只是在彰显作者学识之广杂、见识之繁多。这些器物名色不可谓不美，单拎出来都是珍品，但堆砌在一起，犹如药房伙计无精打采地清点存货，没有温度，也没有灵魂。

我们再欣赏一段文字，也是器物的堆砌：

金协中绘《彩绘全本三国演义·定三分隆中决策》

金协中绘《彩绘全本三国演义·武侯弹琴退仲达》

宝钗说道："头号挑笔四枝，二号挑笔四枝，三号挑笔四枝。大染四枝，中染四枝，小染四枝。大南蟹爪十枝，小蟹爪十枝。须眉十枝。大着色廿枝，小着色廿枝。开面十枝，柳条廿枝。箭头朱四两，南赭四两，石黄四两，石青四两，石绿四两，管黄四两，广花八两。蛤粉四匣，胭脂十张，大赤飞金二百张。青金二百张，鱼子金二百张。广匀胶四两，净矾二两。矾绢的胶矾在外，别管他们，你只把绢交出去叫他们矾去。这些颜色，咱们淘澄着，又顽了，又使了，包你一辈子都够使了。再要顶细绢罗四个，粗罗二个，掸笔四枝，大小乳钵四个，大粗碗二十个，五寸粗碟十个，三村粗白碟二十个，风炉两个，沙锅大小四个，新磁缸二口，新水桶四只，一尺长白布口袋四条，浮炭二十斤，柳木炭一斤，三屉木箱一个，直地纱一丈，生姜四两，酱半斤。"黛玉忙道："铁锅一口，锅铲一个。"宝钗道："这作什么？"黛玉笑道："你要生姜和酱这些作料，我替你要口锅来，好炒颜色吃。"众人都笑起来，宝钗笑道："你那里知道，那粗色碟子保不住不上火烤，不拿姜汁子和酱先抹在底子上烤过，一经火就炸的。"

这段文字出自《红楼梦》第四十二回，宝钗帮惜春准备绘画工具，也有大量器物出现，说堆砌并不为过。将之对比《品花宝鉴》的例文，很明显，宝钗的这段长篇大论更具有阅读的快感，我们并非以"名著决定论"来下判断，只要稍加分析，便能分出轩轾。《品花宝鉴》例文中的道具，还停留在干瘪瘪的"器物"层面——而好道具一定是与文本情节有机联系的，是有生命的，是在暗中涌动的。

看宝钗的罗列，那么多笔，那么多颜料，层次相当清晰。在密密麻麻的名词队列中，还加入宝钗的解释，这些颜色咱们淘澄着云云，如此，在罗列中形成停顿，而后又是一通罗列，巧妙的是，最后以黛玉的插科打诨作结，并让宝钗解释姜汁和酱的用处，连上各种粗碟的使用方法等等。这样一番处理，姜、酱、粗碟形成了一条线，将之前所有器物都提挈了起来，黛玉调侃："你瞧瞧，画个画儿，又要起这些水缸、箱子来了，想必他糊涂了，把他的嫁妆单子也写上了。"这句调侃如一只大包袱，瞬间将前文所有道具一股脑全兜起来，名词如棋子般哗啦啦聚在一处，不再是单纯无聊的列队展示，而是有机地融入了情节，有了生命力。况且箭头朱、南赭、石黄等颜料名词，本身就给人视觉上的强烈想象，这些颜色堆积在一起，有一种别样的秩序之美、视觉之美。再看《品花宝鉴》罗列的诸古董、具体的物件儿，没有一样与前后情节有关的，只是纯粹的獭祭，名色确实精彩，但谈不上什么审美效果。

在第四十一回，贾母带众人去栊翠庵做客，妙玉端出来许多名目奇绝的茶具，分给众人使用，这些茶具也非无生命的死板道具，而是融入细节，什么人用什么茶具，其间自有深意，这些茶具发挥了踵事增华、点缀情景的重要作用。再比如第五十三回，黑山村乌进孝给宁国府的贡品清单：

大鹿三十只、獐子五十只、麂子五十只、暹猪二十只、汤猪二十个、龙猪二十个、野猪二十个、家腊猪二十个、野羊二十个、青羊二十个、家汤羊二十个、风干羊二十个、鲟鳇鱼二个、各色

杂鱼二百斤、活鸡鸭鹅各二百只、风鸡鸭鹅各二百只、野鸡兔子
各二百对、熊掌二十对、鹿筋二十斤、海参五十斤、鹿舌五十条、
牛舌五十条、蛏干二十斤、榛杏桃松仁各二口袋、大对虾五十对、
干虾二百斤、银霜炭上等选用一千斤、中等二千斤、柴炭三万斤、
玉田胭脂米二石、碧糯五十斛、白糯五十斛、粉粳五十斛、杂色
粱谷各五十斛、下用常米一千石、各色干果一车，外卖粱食牲口
各项之银共折银二千五百两，外门下孝敬哥儿姐儿顽意，活鹿两
对、活白兔四对、黑兔四对、活锦鸡两对、西洋鸭两对。

　　看了这份清单，贾珍不大满意，责备乌进孝"打擂台"，乌进孝
诉苦说："今年年成实在不好，从三月下雨起，接接连连直到八月，
竟没有一连晴过五日。九月里一场碗大的雹子，方近一千三百里地，
连人带房并牲口粮食，打伤了成千上万的，所以才这样。"结合乌进
孝的话，再看上面的那份清单，真是物物辛苦血泪。这段情节常被阶
级论批评家拿来佐证封建制度之腐朽黑暗。我们单纯从文学审美的角
度分析，这份清单呈现出来的质感，与古董、画具等器物截然不同。
清单中，满是动物与粮食，充斥着一种来自土地与乡间的粗粝而蓬勃
的生命力，尤其是清单末尾列出的给"哥儿姐儿的顽意"，活鹿、活兔、
活鸡、活鸭，活兔还分黑白，真是有种别致的可爱，这等动物在大观
园中并不稀罕，但与其他贡品列在一起，顿时就鲜活跳跃起来——我
们仿佛看到了黛玉、宝钗、袭人、晴雯、紫鹃等人围在一起笑嘻嘻观
看这些小动物的画面。
　　列清单这种名词一锅炖的小说写法，很容易就陷入古董单子那样

死板、堆砌、臃肿的境地，犹如宋人笔记回忆杭州、汴京之繁华，也经常罗列大量诸色杂货、饮食果子、分茶酒店等，动辄数百名目排列，密不透风。但放在小说里，不可如此寡淡，高手一定会在其中加入变奏（名词的分类、人物言语穿插等），而且一定会与上下文的情节紧密相关。乌进孝这单子一出来，民生多艰而纨绔膏粱依旧醉生梦死之意味，顷刻间便能为读者体会，如此，才是好清单，如此，名词才是好文字，如此，器物才是好道具。

我们再看一份礼品清单：

> 揭开了凉箱盖，呈上一个礼目：大红蟒袍一套，官绿龙袍一套，汉锦二十匹，蜀锦二十匹，火浣布二十匹，西洋布二十匹，其余花素尺头共四十匹，狮蛮玉带一围，金镶奇南香带一围，玉杯犀杯各十对，赤金攒花爵杯八只，明珠十颗。又另外黄金二百两，送上蔡太师做贽见礼。

这是《金瓶梅》第五十五回，西门庆去东京庆贺当朝太师蔡京生辰的礼物单子，也是一大堆令人目乱神迷、金光四射的珍奇之物。《金瓶梅》中常有各种礼品单子，逢年过节官场来往、妻妾生日、日常打赏娼妓歌童等，都是各样东西罗列，但对兰陵笑笑生来说，这些礼物都不是轻易下笔的。西门庆给蔡京的这些礼物可分为三大类：衣服布匹类，酒器类，财宝类。

第一类，是做官所需，穿出去耀武扬威，彰显地位；第二类，是自我把玩或撑场面的饮酒之具。书中凡是大事，都离不开个"酒"字，徇私枉法之勾当、偷情嫖娼之玩乐、假兄弟你吹我捧之饭局，都靠酒来联络；第三类，则是直直白白的黄金宝珠，再俗也不过，正映射了西门庆"暴发户"的身份。清单里的道具都有或隐或明的寓意，所对应的权力、欲望、财利，正是西门庆立于世间的三大追求。

可笑的是，在《续金瓶梅》第四十回，陈敬济转世的陈瘸子为求亲娶黎金桂（潘金莲转世），也给黎家夫人送礼，礼物如下：

> 臭烘烘无鳞咸白鲞，隔年陈气半熏黄；烂龇龇破面腌猪头，带卤连烟初发黑。河南红枣两三升，已经虫蛀；山左楂梨四十颗，最是酸牙。更有两件希奇，可算十分孝敬，扁担上一捆萝蔔菜，盒子外两把葫芦条。

不消说，黎夫人看了这些破烂，气得说不出话来，决意要悔亲。我们不由联想，这些糟糕腌臜的礼物，何尝不映照着陈敬济与潘金莲污秽变态的关系呢？

修辞的胜利

　　除了礼物清单，还有一种情形经常会出现大量道具堆积，便是室内摆设。我们先以《水浒传》第七十二回《柴进簪花入禁院　李逵元夜闹东京》，浪子燕青进入李师师房中之所见为例：

　　　　却说燕青径到李师师门首，揭开青布幕，掀起斑竹帘，转入中门，见挂着一碗鸳鸯灯，下面犀皮香桌儿上，放着一个博山古铜香炉，炉内细细喷出香来。两壁上挂着四幅名人山水画，下设四把犀皮一字交椅。燕青见无人出来，转入天井里面，又是一个大客位，铺着三座香楠木雕花玲珑小床，铺着落花流水紫锦褥，悬挂一架玉棚好灯，摆着异样古董。

　　这段器物描写不可谓不好，文字细腻，画面感十足，但似乎尚停留在"为文字生色、体现主人粉头身份"的地步。这样的描写放入《金瓶梅》中的丽春院，大概也无不妥。李师师房中可以这样，李桂姐、郑爱月儿房中也可以如此。同样是描绘室内陈设，我们再看以下文字：

> 案上设着武则天当日镜室中设的宝镜，一边摆着飞燕立着舞过的金盘，盘内盛着安禄山掷过伤了太真乳的木瓜。上面设着寿昌公主于含章殿下卧的榻，悬的是同昌公主制的联珠帐。宝玉含笑连说："这里好！"秦氏笑道："我这房子，大约神仙也可以住得了。"说着，亲自展开了西子浣过的纱衾，移了红娘抱过的鸳枕。

这是《红楼梦》第五回中对秦可卿卧房的描写，连续罗列各样摆设名目，真有琳琅满目之感。而这些摆设物件又大有典故，镜子、金盘、木瓜、床榻、帐子、纱衾、鸳枕，无一没有来历，无一不是珍贵至极。当然，聪明的读者一定明白，这些一连串关于道具之历史渊源的介绍，只是一种夸张的修辞，是文字游戏，脂砚斋就评说"设譬调侃耳，若真以为然，则又被作者瞒过"。曹雪芹如此妆点摆设物件，所为者何？

一是为文字生香生色，这是细描道具的基本功能。大家把所有修饰定语都去掉再看：案上设着宝镜，一边摆着金盘，盘内盛着木瓜。上面设榻，悬着联珠帐……亲自展开纱衾，移了鸳枕。相较原文，是不是顿时失去了神采？将道具赋予典故传奇的深厚渊源，可以有效增强文字内涵的密度，读来字里行间都闪熠着成百上千年的幽光，又有一种现实与夸张的虚构之间的张力。二是以历史典故来喻人。宝镜金盘这等道具，在钟鸣鼎食的豪门中并不稀罕，秦可卿房中可以摆设，贾母、王夫人、凤姐儿房中都可以摆设（黛玉、宝钗和探春或许看不上这等辉煌之器），但如果经过历史典故的晕染，那这些器物只能放在秦可卿房中了（按说凤姐儿也当得起）。

何以这么说呢？这就要留意这些历史典故的深层意味，宝镜者何？是武则天当日镜室中摆的，在古代文化观念中，武则天总与"淫"字紧密连接在一起，明代便有许多关于她荒淫无度的虚构故事流传[①]，秦可卿房中的宝镜经此修饰，寓意不言自明：秦可卿亦淫也。接下来的飞燕、太真（杨玉环）都是古代著名嫔妃，且都与风月相关。寿昌公主是唐睿宗之女，史载其性格聪慧，却命运多舛，此处暗喻秦可卿的凄苦出身；而同昌公主是唐懿宗之女，在笔记小说《杜阳杂编》中有不少关于她生活豪奢的故事，联珠帐的典故便出自此书，可惜同昌公主薄命早死——也在暗示秦可卿"淫丧天香楼"的下场。至于西施，自然也是命运如落花随水流转的可怜女子，用来比于秦可卿也很合适。最后作者提到的红娘，又有深意，《西厢记》的红娘是张生与崔莺莺偷情的媒介，秦可卿亲自"移了红娘抱过的鸳枕"，明显又在针刺她的"淫"事。

曹雪芹用的这一连串的夸张修辞，并非逞才斗学，到《红楼梦》这等文章境界，我们可以认定一点：作者绝没有轻易下笔处，绝没有一字未经斟酌。我们读伟大的古典小说，读得越细，越能发现奥秘。之后大观园完工，宝玉和诸姊妹进去居住，也有不少涉及各人房中装

①如《如意君传》《浓情快史》《则天外史》等小说。

饰的文字，摆设何种道具，作者又是如何下笔的，都可以按照以上的思路细细体味——道具绝不是随意安设的，无不与主人的性格甚至命运息息相关。

作为象征的道具

　　好的道具常带有象征的意味，此处再举一个很少为人注意的细节——《红楼梦》第四十一回中，刘姥姥醉了酒，不小心误入怡红院，在宝玉房中偶遇了一面大镜子：

　　　　才要出去，只见他亲家母也从外面迎了进来。刘姥姥诧异，忙问道："亲家母，你想是见我这几日没家去，你找我来了。那一位姑娘带你进来的？"只见他亲家只见笑，不答言。刘姥姥笑道："你好没见世面，这园子里的花好，你就没死活带了一头。"他亲家也不答应。刘姥姥忽然想起来，说："是了！我常听见人家说大家富贵人家有一种穿衣镜，这别是我在镜子里头罢。"想毕，伸手一摸。再细一看，可不是一面雕空紫檀板壁，将这镜嵌在中间。

初读这段情节，必会为刘姥姥的村气所逗笑，但细玩其中意味，似乎并不简单。这面大穿衣镜第一次出现是在第十九回，贾政等人逛新建成的大观园，来到怡红院处，"迷了旧路"，"却是一架玻璃大镜相照"，最终是贾珍引领众人走出了这座红绿迷宫。这面大镜独独放在宝玉房中，个中意味相当深远。镜子这种意象，在古典文学中常作为"真假虚空"的隐喻，所谓镜花水月，全是幻象，此外，还有最直接的"韶华易逝，红颜不再"之寓意，刘希夷《览镜》诗便有云：青楼挂明镜，临照不胜悲。白发今如此，人生能几时。

宝玉"好色而不好淫"，这镜子在他房中，未尝不是一种"世俗繁华终是竹篮打水一场空"的譬喻。再联想书中的风月宝镜，再联想贾宝玉的分身"甄宝玉"，再联想宝玉最后悬崖撒手而出家，这面作为道具的镜子，恐怕不仅仅是一面彰显室内豪华的普通镜子，它可谓宝玉每日参禅悟道的法器了——在第五十六回末尾，宝玉梦见甄宝玉一段，麝月也说他是看了镜子的缘故。[①]有海外红学研究者认为，清代时贵族家庭对西洋玻璃大镜的普遍使用，尤其是雍正时宫廷中兴起的"造假"装饰艺术、通景画，对曹雪芹"真假对立"观念的形成有着重要影响。[②]而且别忘了怡红院还有大坠子

---

①麝月道："怪道老太太常嘱咐说，小人屋里不可多有镜子。人小魂不全，镜子照多了，睡觉惊恐作胡梦。"

②海外学者商伟在《假作真时真亦假：〈石头记〉和满族宫廷的视觉文化》一文中，从图像艺术史的角度切入，认为自雍正朝开始，满族宫廷和庭院的室内装饰中兴起了一种"造假"的技术——以通草所制假花草、假宝石、假珊瑚的流行等——"假"的概念成为满洲贵族视觉和物质文化中不可或缺的因素和策略。《红楼梦》中有关真／假的悖论不仅是一个文学主题和修辞策略，而且深受当时宫廷绘画和装饰艺术的影响。见《美国的明清小说研究》，南京大学出版社2016年版，第182页。

挂钟（第五十八回提及，芳官摆弄坏了①），钟者，何尝没有警人之意？

同样是照人理妆的镜子，在《金瓶梅》中作为道具也有一番深沉的寓意。第五十八回中，潘金莲和孟玉楼在大门口遇到了一位磨镜老人，便叫住他，让来安回房中取来了大小八只镜子，让这老人磨光。老人"使了水银，那消顿饭之间，都净磨的耀眼争光"。这老人还向潘、孟二人哭诉，自己养了个逆子，专一浪游，不事生理，只会惹祸云云。博得潘、孟同情，周济他腊肉、小米等物。张竹坡在本回总批中说："周贫磨镜，所以劝孝也。"

在磨镜老人这段文字前，潘金莲正向孟玉楼抱怨自己的母亲潘姥姥，话语间极其忤逆：

> "俺娘那老货又不知道，走来劝，甚么的驴扭棍伤了紫荆树。我恼他那等轻声浪气，叫我墩了他两句，他今日使性子家去了。去了罢！叫我说，他家有你这样穷亲戚也不多，没你也不少。"玉楼笑道："你这个没教训的子孙！你一个亲娘母儿，你这等证她！"金莲道："不是这等说，恼人的肠子。单管黄猫黑尾，外合里应，只替人说话。吃人家碗半，被人家使唤。得不的人家一个甜头儿，千也说好，万也说好。"

金莲骂母后，随即遇到磨镜老人哭诉不孝子，前后情节安排的用意，

---

①麝月笑道："提起淘气，芳官也该打几下，昨儿是他摆弄了那坠子，半日就坏了。"

不言自明。张竹坡就说："必云磨镜者，盖欲金莲磨其恶念以存本心。而镜者，又以此镜彼，欲其以磨镜之老人，而回鉴其母之苦情如一体而不异也。"

金莲为何要磨镜？因为她日常使用的镜子昏了，照得不清楚了。镜子可以照人妍媸，也可以作为照见本性的意象，金莲的镜子发昏，是她的本性早已迷失，镜上全是灰尘污垢以及西门庆、琴童、陈敬济的肌肤印记。磨镜，是磨她的昏恶，是要她现出那一点良知之光。孟玉楼周济了这位老人一些腊肉和饼锭，而悭吝如金莲，也送了他一些小米和酱瓜。张竹坡在此处评点："作者固借金莲以讽天下人，见逆如金莲，何尝良心灭绝，是知凡天下为人子者皆有此心，奈之何独独我不能尽孝哉！"

造下无数罪孽如金莲，也还有一点恻隐之心，何况我等呢？金莲的小米和酱瓜便是她的良知，虽然已极幽微，但也是一点光亮，是她的心镜上仅剩的一丝清明。可惜，金莲并未守住这点良知，在欲望与邪恶的泥潭中越陷越深，在下一回中，瓶儿的官哥就被她害死——无论是不是直接害死的，金莲首当其罪。而在第七十八回中，她再次变本加厉地侮辱母亲潘姥姥，不愿意为她出六分银子的轿子钱，骂她"打嘴的献世包"。更荒唐的是，在第八十二回，金莲与陈敬济有一次别致的偷情。陈敬济将那话儿从窗眼儿里伸出来，让金莲品箫。看作者如何写的：

妇人骂道："好个怪牢成久惯的囚根子！"一面向腰里摸出面青铜小镜儿来，放在窗棂楔上，假做匀脸照镜；一面用朱唇吞裹吮哑他那话，吮哑的这小郎君一点灵犀灌顶，满腔春意融心。①

不得不赞叹，金莲真是机灵聪慧，以照镜为遮挡，竟给情郎品箫，此段文字端的活色生香。而金莲用来打掩护的那面青铜小镜，可是当初磨镜老人所磨之物乎？试问，金莲一边给女婿品箫，一边照镜，看到的又是自己的何等面目？美丽耶？多情耶？想至此，只可笑叹。此青铜小镜穿越文学的时空，流落到《红楼梦》中便是风月宝鉴，金莲一如贾瑞，只爱看正面之香艳风月，却不肯看背面之骷髅地狱。

第九十回中，西门大姐听见街上惊闺叶响，以为磨镜的来了，也想磨镜："我镜子昏了。"谁知来的并不是磨镜人，只是卖些金银生活、首饰花翠的货郎（西门旧家人来旺）。西门大姐的镜子昏了，又磨不得，分明在预示她即将死亡的命运。果然，在第九十二回，西门大姐就被丈夫陈敬济暴打，悲愤自缢，年仅二十四岁。宋代文人陈耆卿有一首《磨镜》诗，诗中有云：鉴垢浑能治，心尘不解医。休云磨者贱，此百主人师。这首诗用来注解这几处情节，最恰当不过。

还有一样超乎想象的象征道具，便是痰。许多人可能紧皱起眉头，这等腌臜物，怎么可能作为道具？有读者会想起《聊斋·画皮》中的那位邋遢高人，用吐痰的方式赠还"人心"（乞人咯痰唾盈把，举向陈吻曰："食之！"），此痰是个好道具。而我们要说的，是《儒林外史》中的痰。书中反复出现多次，范进中举发疯，是痰迷心窍；范进老母见生活富足而狂喜，痰迷而死；鲁编修中风，痰病大发；牛布衣、鲍

---

① 齐鲁书社版的《张竹坡批评第一奇书金瓶梅》删去了这段文字，此处依据的是香港天地图书有限公司《会评会校金瓶梅》，1994 年版，第 1752 页。

文卿都因痰火症而终；周进在贡院魔怔，也是痰迷之故。学者杨义先生对"儒林之痰"的隐喻颇有洞见："在那个八股取士的世界里，人们似乎郁气上冲、湿热滞结，多饮痰火症丧命……人们也许会责怪这种手法的重复，其实在那个痰迷心窍经常可见的世界里，人们受时间倏忽的闪击，似乎不配或不能享有安稳的生活。"①——痰作为一种病理学意义上的道具，在儒林世界中有着重要的象征效果。

《警世通言》第二十八卷《白娘子永镇雷峰塔》，是老少皆知的白娘子与许宣的故事，萌发这段姻缘的，便是著名的"借伞"一节。许宣借给白娘子的那把伞，是他向生药铺主人李小将仕借来的，李家仆人老陈给许宣伞时着重交代："这伞是清湖八字桥老实舒家做的，八十四骨，紫竹柄的好伞，不曾有一些儿破，将去休坏了！仔细，仔细！"老陈如此郑重其事地介绍这把伞，一方面是强调这把伞不同寻常，不可丢了或毁坏了——为之后许宣数次找白娘子要伞做铺垫；另一方面，则是作者处心积虑的一记隐喻：清湖，情乎也，八字，人之命运也，皆指向许宣与白娘子的姻缘。而"不曾有一些儿破"，正暗寓许宣"老实本分、元阳未破"的本真状态，"仔细仔细"，则是他未来霉运的一种谶语。伞，本为遮雨护身之物，但被许宣用成了"纵情丧身"之物，这件道具之玄妙，真是意味悠长。

还有一类道具是临时出场，通过谐音与形状或功能来寓作者深意，比如《红楼梦》第四十一回中板儿与巧姐的第一次见面，互换佛手与柚子，正是为二人之姻缘千里伏线。柚子，团圆之属，应了"缘"字，佛手者，名形相副，指点迷津也。《金瓶梅》中也有类似的道具，

---

① 杨义《中国古典小说十二讲》，上海三联书店 2007 年版，第 188 页。

第七十二回中春梅与奶子如意儿的"棒槌"之争，棒槌，隐喻男性那话儿也，借不借棒槌，是春梅（金莲）与如意儿争宠西门庆之拉锯也。这种临时而有深意的道具在古典小说中经常出现，我们当细心留意。[①]

[①]杨义在《中国叙事学》之《意象篇第四》中曾说："中国叙事文学是一种高文化浓度的文学，这种文化浓度不仅存在于它的结构、时间意识和视角形态之中，而且更具体而真切地容纳在它的意象之中。"古典小说中作为象征的道具，便是这种意象。

运动的道具

好的道具，是处于运动状态的道具，成为全书的针线，来回游走，密密地串联起大结构。比如贾宝玉的那块宝玉和风月宝鉴，比如"三言二拍"中的名篇《蒋兴哥重会珍珠衫》之珍珠衫，《十五贯戏言成巧祸》中的十五贯钱，《黄秀才缴灵玉马坠》中的玉马坠，《沈小官一鸟害七命》中的画眉鸟儿，李渔短篇小说《夏宜楼》中的千里镜，《美男子避惑反生疑》中的扇坠儿等等，都是书中关键的、显眼的道具，串联整个故事头尾，这种形式的道具并不稀罕。而有的道具承担着串联情节的作用，不会只出现一次①，也更难发现：不是明显的勾连情节针脚的针线，好比江湖郎中的惊闺叶、报君知，无市井处不响，来到人烟辐辏处就叮叮当当几声，提醒读者留意，犹如一条荷叶下的鱼，

①浦安迪先生将这种反复出现的道具、动作、语言、事件等称作"形象迭用"（figural recurrence），是中国古典小说的常用技法。

穿过大片绿荷，浮上水面冒出一串水泡，吸引游人止步。

　　这等道具往明里写，并不难，往暗里写，最见真章。比如《金瓶梅》中西门庆的淫器包，是他降妇女、勾娼头的随身兵器，内中淫器名色五花八门，凡书中风月笔墨，都少不了这套道具的点缀。第七十九回西门庆死，我们都以为此物一并退场了，谁知在第八十三回中，这道具再次出现——潘金莲与陈敬济偷情，使用的就是西门庆的这份遗物。读至此，是否感到无比滑稽、无比讽刺、无比哀伤？再比如李瓶儿的一百颗胡珠，这些珠子是从梁中书处带走，嫁入西门家后，还给西门庆看，瓶儿死后，她的财产被月娘吞并，直到本书最后一回，月娘在逃难的途中做梦，再次提及了读者几乎早已忘却了的这一百颗胡珠，其中的因果报应、财物流转之意味，不言自明。① 此外还有孟玉楼的簪子，上刻"金勒马嘶芳草地，玉楼人醉杏花天"，是玉楼品格写照，也是串联前后情节之大针线，陈敬济利用这簪子，差点毁了玉楼与李衙内的美满婚姻。簪，形如针也，刺的是谁呢？

　　淫器包、一百颗胡珠、玉楼簪，是撒在阴影处的道具，用处大、寓意深，可谓好道具——潘金莲丢鞋一段，鞋子作为道具也是这种串联用法。《金瓶梅》还有一样道具不为人所留意，其用处或许没那么大，但寓意深刻无比。在第八回，潘金莲与西门庆私会，见到他的随身扇子：一把红骨细洒金、金钉铰川扇儿，取过来迎亮处只一照——原来妇人久惯知风月中事，见扇上多是牙咬的碎眼儿，就疑是那个妙人与

---

① 在丁耀亢《续金瓶梅》中，一百颗胡珠变成了一百零八颗，这串胡珠起到了更为重要的针线作用，在情节中反复出现，辗转于多人之手，直到小说结束前一回，璧归月娘，并造了一座七层宝塔来供养这串胡珠。

他的——不由分说，两把折了。西门庆救时，已是扯的烂了，说道：
"扇子是我一个朋友卜志道送我的，一向藏着不曾用，今日才拿了三
日，被你扯烂了。"送西门庆扇子的卜志道，在第一回中就露了名字，
已死了，所以才请花子虚补上，凑成十兄弟。关于卜志道的丧事，应
伯爵说了两句，西门庆接道："便是我闻得他不好，得没多日子就这
等死了。我前日承他送我一把真金川扇儿，我正要拿甚答谢答谢，不
想他又做了故人！"这是洒金川扇第一次出现。

　　在第二回中，潘金莲下帘子误打西门庆，两人初次相识，从潘金
莲眼中描写西门庆外貌，也有一句"手里摇着洒金川扇儿"，第三回
中，西门庆借王婆欲勾搭潘金莲，手里也拿着这把洒金川扇。断续提
到五次，一直到第八回中被金莲扯烂，这把洒金川扇才退出了本书的
舞台。这样一个小道具，按说对串联情节并无多大用处，读者也很难
发现这几处针脚，扇子反复出现，是一条线索，西门庆拿着一头儿往
前走，直到被金莲扯烂，而另一头儿，则在死去的卜志道那里。这扇
子是死去的"兄弟"所赠，每提到这扇子，都是在提醒读者把目光冷
一冷：西门庆热结的兄弟都是何等货色，卜志道大概也是此中下流人
物。而他送的扇子不管如何精致，也是"去热生凉"之物。此扇退场，
西门庆之"热"越发腾腾，走向全盛——兰陵笑笑生不断在点醒读者，
要记着，西门庆再如何热闹喧腾，最终也是大冷的结局。

　　而这扇子不仅去"热"，还有风月的内涵。金莲看到上面全是牙
印儿，便知道是某个妙人行云雨之事时咬的，这具体是什么习惯，我
等不必穷究。西门庆初见金莲时拿这扇子，勾搭金莲时也拿着这扇子，
最后这扇子又毁于金莲之手，完全是西门庆纵欲亡身之悲惨结局的物

谶——第七十九回，西门庆正是被金莲喂下过量的胡僧药，终于虚脱在她美妙的肉体上，在病榻上迁延不久，便一命归天。

除了这把洒金川扇儿，《金瓶梅》中还有一样起着类似作用的小道具，非细心人、有心人，很难发现其中妙处。在第五十九回，李瓶儿的儿子官哥儿死去，送殡队伍去后，李瓶儿伤心欲绝，看作者如何写的：

> 到了房中，见炕上空落落的，只有他耍的那寿星博浪鼓儿还挂在床头，想将起来，拍了卓子，又哭个不了。

不得不感叹，好的文字真是有一种说不清道不明的魔力，没有任何华丽修辞，简简单单的几个动词和名词排列组合在一起，就有断人心肠的大力。但凡有过丧失所爱经历的，见此段文字，定会不由动情，设想其情其景，真是心碎肠断。这段文字的核心是一个小小的道具：拨（博）浪鼓儿。这个玩具是官哥儿生前常常拿在手中玩的，如今物在人去，瓶儿之悲痛可想而知。小小拨浪鼓，便能拨动心潮之大浪，我等人类，不管如何刚强坚硬，总会在某些看似平常细微处，瞬间软化，褪下所有钢盔铁甲，露出最柔软的血肉，上等文学常在这个刹那施展烙人的手段，教人终生难以忘却。

这个小小的拨浪鼓并非此时才出现，在前文中已如荒野中一点星火，闪动数次了。早在第三十二回，官哥儿出生，太监薛内相来贺喜，送了礼物：烟红官段一匹，福寿康宁镀金银钱四个，追金沥粉彩画寿星博郎鼓儿一个，银八宝贰两。拨浪鼓在书中第一次出现，夹杂在一堆焕彩耀目的名物中间，还有具体的描写：追金沥粉彩画寿星。拨浪鼓上画着寿星老人，而官哥儿却在一岁零两个月时夭亡，这其中之反差，实在令人感伤。拨浪鼓第二次出现，在第五十回：可煞作怪，李瓶儿慢慢拍哄的官哥儿睡下，只刚趴过这头来，那孩子就醒了。一连醒了三次。李瓶儿叫迎春拿拨浪鼓儿哄着他，抱与奶子那边屋里去了。这处情节，是西门庆强求与行月经的李瓶儿交欢，瓶儿把孩子打发出去，趋奉应承，也正是这场纵欲，埋下了瓶儿之后死亡的病因，身体再未好过。拨浪鼓这个道具，不仅是逗官哥儿的玩具，还是一种警醒，堪比佛庙中的悠悠暮鼓，可惜西门庆与李瓶儿"只缘身在此山中"，不如我们旁观者清。第三次也是最后一次出现，便是官哥儿死后瓶儿在房中所见。张竹坡在第五十回总评中说："看其特特将博浪鼓一点，而后文睹物之哭，遥遥相照矣。夫博浪鼓一戏物耳，一见而官哥生矣，再现而官哥不保矣。至睹物之哭，乃一点前数回之金针结穴耳。其细密如此。"在五十九回拨浪鼓出现处，张又评说："博浪鼓一结，小小物事用入文字，便令无穷血泪皆向此中洒出，真是奇绝文字。"

　　拨浪鼓作为道具在《金瓶梅》书中的穿插，很考验读者的细致心思。李瓶儿睹物伤情处，读者或许也感动，也会留意到这个玩意，但很难想起前文中的埋伏，尤其是第一次出现，夹在太监的礼物当中，很容易匆匆掠过。从这个角度想，金学中关于兰陵笑笑生做此书以泄私愤的论点，实在很难站住脚，如果单单泄私愤者，一味丑化冤家对头罢了，何必用如此细腻入微的心思去编排布局？神秘的兰陵笑笑生，也许是曹雪芹的前世，以笔落惊风雨之大才，作成如此震烁今古之奇书。

幻形的道具

　　以上所说的各样道具，到底还是物，还有人作为道具的——一些看似毫不重要的小人物，在某些情节如月下野猫儿般穿走，谈不上什么深刻寓意，但又是标注情节转折的重要记号。比如《金瓶梅》里有个专门为人剃头的小周儿。在第五十二回，他来到西门府上，给西门庆篦头、取耳、按摩，然后又被西门庆派去给小官哥儿剃头，谁知官哥儿害怕，哭得憋了气，吓得小周儿脸儿焦黄。小周儿就此退下舞台，直到第六十七回，他又出现，给西门庆服务。

　　这两次出场表面看去无甚特别之处，只是富贵人家的日常小插曲罢了，大概属于"闲笔"？而细细去看，在六十七回开头，月娘的丫鬟玉箫提了句，天气转阴了，如今已是冬月间。而在第五十二回小周儿给官哥儿剃头时，是盛夏。小周儿两次出现，是从盛夏到冬月，是从大热到大冷。此时是第六十七回，瓶儿已死，再折腾不久，西门庆也将死，一切都将崩塌。小周儿作为一个小人物，成了兰陵笑笑生转折情节气氛的人形道具，这等写法，真是神妙无极。

如小周儿这样的人物道具，在《水浒传》中也有，便是两个著名公差——董超和薛霸①。读者对这两个"鸟男女"应该不算陌生，他们押送林冲去沧州的路上，对林冲百般折磨，在野猪林欲下毒手时，鲁智深天神下凡，救下了林冲。送林冲到沧州城后，"两个公人自领了回文，相辞了回东京去"，而董超、薛霸并未自此退出《水浒》舞台。这对搭档在第六十二回重新出场，奉梁中书之命，押解卢俊义去沙门岛。书中还补叙了两人离开沧州后的情节，"路上害不得林冲，回来被高太尉寻事刺配北京。梁中书见他两个能干，就留在留守司勾当。"这两人受到卢俊义管家李固的贿赂，要如害林冲般，在半路上结果了卢员外。两人连诡计都一样，先说要休息，怕卢俊义逃跑，用绳子捆在树上，方便下手。②也正如鲁智深横空出现一般，浪子燕青半路杀出，用弩箭射死二人，救下了卢俊义。董、薛二人这才彻底收场。

押林冲，押卢俊义，手法多有雷同，正是金圣叹所说的"正犯"行文法，特犯而不犯，是施耐庵才子手笔。这两人前后联结林冲、卢俊义，有作者的匠心：之前押解林冲，为梁山事业开辟新局面——无

---

①这两个人物在《水浒》成书前的包公词话作品中便出现过，明代小说《包公案》之《桑林镇》一篇便有两个叫董超、薛霸的公差，之后包公系列侠义公案小说中也有出现。此外，《清平山堂话本》卷一《简帖和尚》（一般认为是宋元时期的话本），两个公差名为董霸与薛超，当为董超、薛霸的讹误。冯梦龙将这篇故事改编为《简帖僧巧骗皇甫妻》，录于《喻世明言》第三十五卷，两公差名字恢复为董超、薛霸。此外，元末明初罗贯中作《三遂平妖传》第八回，也出现过这两个人物，并保留在冯梦龙的增补本中。何心在《水浒研究》中说："宋、元人的小说、戏曲中，提到押解配犯的公人，总喜欢用这两个名字。"
②这等手段，在《三遂平妖传》中暗害卜吉的情节一般无二。

林冲做主，便无火并王伦，便无晁盖基业，也便无之后的宋江；如今押解卢俊义，又让梁山定大局——玉麒麟者，上梁山的最后一位首脑级的好汉。董超、薛霸是两根骨针，串起梁山事业的大结构。后世《说唐全传》中的两个公差金甲、童环，明显是董、薛的变体，章法上也多有借鉴。

还有的道具，不是物，也不是人，而是天气。诸君要问了，天气如何成为道具？岂非太虚？殊不知，对天才高手来说，天气也可以是承担着重要功能的道具，依然以《金瓶梅》为例。研究《金瓶梅》者，对书中第六回王婆遇雨一段常有讨论。这段情节本来无甚稀奇，西门庆与潘金莲私会，王婆出去买酒肉：

> 那时正值五月初旬天气，大雨时行。只见红日当天，忽被黑云遮掩，俄而大雨倾盆。

王婆躲雨后回到家中，对西门庆玩笑说打湿了衣裳要他赔，这段情节就此过去了，看似没什么用处，只是行文的小波折罢了。但在独具慧眼的张竹坡看来，王婆遇雨这段情节相当关键，他认为，写王婆遇雨，是为了孟玉楼而写。为何如此说呢？因为武松此时远出公差，遇雨这个小情节点明此间天气，所以让武松晚归许久（后来武松回来销差时提到"路上雨水连绵，误了日期"），这个时间差，让金莲有余裕嫁给西门庆，这个时间差，也让孟玉楼比金莲还提前嫁给西门庆。

秋水堂对王婆遇到的这场雨也有独到见解："人命关天，人却皆不畏抽象无形的天，而畏具体有形的从天上落下来的雨，在这种对比之中，有着作者微妙的感慨与讽刺。"并认为这场雨为小说情节增加了强烈的真实感，也是药鸩武大这场残酷黑暗戏之后的节奏变化。[①]秋水之见解可谓精当。

总之，王婆看似无意中遇到的那场雨，那场看似对情节推进无甚作用的闲笔之雨，其实是兰陵笑笑生精心安排的道具。这场道具之雨，决定了好几个人物的关键行为，让文章节奏变得波云诡谲。优秀的古典小说作者，决不会得意地显摆这等绝妙用笔，只会隐藏于字里行间，生怕读者看出，犹如寻宝游戏一般，等待如张竹坡、秋水堂这样的有心人发现。

读古典小说之难，往往就在于这种极细微处，很容易错过。古典作家之精妙，也往往就在于这种不起眼的旮旯角落，其深心、匠心、婆心、佛心，都蕴含其中。张竹坡就感叹："文人用笔，如此细心费力，千古之心，却问谁哉！我不觉为之大哭十日百千日不歇，然而又大笑不歇也。"古典小说的写作法，要求读者必须放慢速度，沉下心来，抉其隐而发其微，寻找并破解作者精心设下的小机关，那种迸发出来的阅读快感，也足可谓"翕翕然畅美不可言"了。

----

①见田晓菲《秋水堂论金瓶梅》第六回评。

性别：

安能辨我是雄雌

《儿女英雄传》第九回中，描写了一段女子以男子姿态小解的场景：
"这位姑娘的小解法，就与那金凤姑娘大不相同了。浑身上下本就只一件
短袄，一条裤子，莫说裙子，连件长衣也不曾穿着。只见他双手拉下中衣，
还不曾蹲好，就哗啦啦锵啷啷的撒将起来。"

性别颠倒的闹剧

明清小说中，女扮男装的情节层出不穷：比如战乱时，夫妻失散，妇人只身在路，为安全着想，扮为男人；或者作为独生女，父母双亡，要外出投奔亲戚，也只能女扮男装；或者年纪幼小，性征尚不明显，被父母带出去讨营生，也扮作男孩儿；又或者如才子佳人小说中，女子扮为男子，与情郎私会①——通常会有错认性别的误会，而结尾通常是鸳鸯聚合。女扮男的例子太多，我们着重讨论另一种相对罕见的"雌雄莫辨"：男扮女。

明末清初小说家坐花主人，著有短篇小说集《风流悟》，该书有八回（八篇独立的小说），第一回《图佳偶不识假女是真男　悟幼囷

---

① 甚至还有佳人扮成才子与另外一位佳人成亲，最后一起嫁给才子的。如明代小说集《人中画》之《风流配》。

失却美人存丑妇》，讲述了一出性别颠倒的闹剧。主人公曹孟瑚从小定了亲，后来暴富，懊悔聘下的妻子丑陋，满心渔色美人。他的朋友许弄生，自告奋勇要帮他达成夙愿。出去郊游，遇到一位绝色佳人王小姐，曹孟瑚一见倾心，用巨银求许弄生设法。心思算尽，曹孟瑚终于见到了王小姐，俩人卿卿我我正要宽衣入港时，突然闯进来一群恶汉，以捉奸为名讹诈了曹孟瑚一千多两银子。好事不成，还损失巨财，曹孟瑚闷闷不乐，心里还想着那位王小姐。后来因为别的案子才知道，王小姐根本不是女子，而是一个叫孙韵士的俊美男子假扮的——这一切，都是许弄生和孙韵士串通，搞了一场扎火囤①，狠狠敲了曹孟瑚一笔。更有趣的是，王小姐本来有两个美丫鬟，一个叫春云，一个叫绿梅——也是年轻男子假扮的。许弄生为了谋财，用心良苦，竟找了三个朋友来扮女人，可笑曹孟瑚色迷心窍，被瞒了个底儿朝天。

将性别对调，由此激发出情境错位与爱恨误会的欢笑闹剧，是古典作家常用的写作手段，这种笔墨具有强烈的游戏意味，喜剧效果非凡。《红楼梦》第十二回中，凤姐为了惩罚贾瑞，设下毒计，派贾蓉和贾蔷行事：

> （贾瑞）饿虎扑食、猫儿捕鼠的一般，抱住叫道："亲嫂子，等死我了！"……那人只不做声，贾瑞扯了自己的裤子，硬邦邦就想顶入。忽见灯光一闪，只见贾蔷举着个蜡台，照道："谁在屋里？"只见炕上那人笑道："瑞大叔要肏我呢。"

---

①明清小说中常见的一个词，意思近于我们当今的"仙人跳"，以女色设局敲诈钱财。

　　这段情节中，贾蓉也算作男扮女，但贾蓉扮女可不是要奸谁，而是故意被奸，好抓人把柄——《水浒传》中鲁智深在桃花村戏弄小霸王周通，《西游记》孙悟空在高老庄揪打猪八戒，《说岳全传》牛皋戏弄黑虎，都是这一叙事类型的源头范例。

　　《醒世恒言》第八卷《乔太守乱点鸳鸯谱》，便是男扮女的故事。大宋景祐年间杭州府，刘家有一对儿女，男叫刘璞，女叫慧娘。刘璞定了孙寡妇的女儿珠姨为妻，珠姨有个弟弟叫孙润，小名玉郎。刘璞年纪渐大，父母要为他迎娶珠姨，谁想天有不测，刘璞生了重病，人事不省。刘璞父母想快速迎娶珠姨，当作冲喜。但孙寡妇听说女婿重病，心里不乐意，坚持要拖延婚期。刘家贿赂孙家人，说儿子的病不要紧，如期结婚便好。孙寡妇想出一条折中之计：儿子玉郎姿容俊俏，和女孩儿一般，便让他假扮姐姐，嫁到了刘家。刘璞病重，不能和他洞房。无中生有，刘母怕"新媳妇"独宿寂寞，让女儿慧娘陪"新嫂子"睡觉。玉郎是风流性子，见慧娘美丽，便在床上挑逗，二人将错就错，成就了好事。之后转转折折，刘璞病愈，事情却败露。刘家大怒，打起官司，加上玉郎、慧娘各自早定下了婚配，丑闻传出，几家人闹成一团，亏得本地乔太守，利落断案：刘璞和珠姨依旧婚配，玉郎和慧娘已有夫妻之实，也配成一对，两人各自定下的妻子、丈夫，也攒成一对儿。

　　好一出热热闹闹的世俗喜剧。"三言二拍"的魅力，就在于这种热辣生动而奇巧欢快的人间烟火气。男扮女的情况，许多都与同性恋爱故事交织在一起。古代龙阳文化自成一脉，断袖、分桃的典故人人皆知，大量古典小说中都有相关情节。在明清时代的福建、广东，盛行契弟文化，男色风气登峰造极[①]，将俊美少年当作女儿嫁娶。《石点头》第十四回、《野叟曝言》第六十七回，都曾提及福建的这种现象，李渔进一步将这种奇风异俗写成了小说，《无声戏》第六回《男孟母教合三迁》[②]，好男风的许季芳在妻子死后，聘娶男子尤瑞郎，两人情投意合，夫妻般生活在一起，瑞郎更是自阉，改名瑞娘，全身心做起"内人"来，在季芳死后，还教导他的儿子成材，上演了一出男孟母的佳话。

《儒林外史》中也有类似阴阳颠倒的情节，第二十九回《诸葛佑僧寮遇友　杜慎卿江郡纳姬》中，有个无赖破落户龙老三，"一副乌黑的脸，两只黄眼睛珠，一嘴胡子，头戴一顶纸剪的凤冠，身穿蓝布女褂，白布单裙，脚底下大脚花鞋，坐在那里。"这个龙老三明显和僧官有些暧昧瓜葛，见僧官有好事，便男扮女装，来打秋风。僧官愁着眉道："龙老三，你又来做甚么？这是个甚么样子！"龙老三道："老爷，你好没良心！你做官到任，除了不打金凤冠与我戴，不做大红补服与我穿，我做太太的人，自己戴了一个纸凤冠，不怕人笑也罢了，你还叫我去掉了是怎的？"这段描写令人捧腹，龙老三与和尚纠缠不清，为敲和尚一笔，换了女装，当着众人面公然做起太太，无耻又无赖。——不过，《儒林外史》中尽是沐猴而冠的牛鬼蛇神，像龙老三这样表里如一，怎么想就怎么做的人，也算得上是"真"了。

关于"男子从心理上变为女子"这一论题，清代李汝珍所著的《镜

[①] 明代笔记《五杂组》卷八中记载："今天下言男色者，动以闽、广为口实。"《万历野获编补遗》也载："闽人酷重男色，无论贵贱妍媸，各以其类相结，长者为契兄，少者为契弟。"

[②] 即《连城璧》外编第五回《婴众怒舍命殉龙阳　抚孤茕全身报知己》，《无声戏》是《连城璧》的前身，部分篇目内容相同，但题目不同。

鲁提辖拳打
镇关西

容与堂刻本《水浒传·鲁提辖拳打镇关西》

景陽岡武松打虎

容与堂刻本《水浒传·武松打虎》

花缘》中有一段最佳的样本。本书第三十二回，唐敖与多九公、林之洋等来到女儿国，此女儿国非《西游记》之女儿国，这个女儿国也有男子，只是"男子反穿衣裙，作为妇人，以治内事；女子则反穿靴帽，作为男人，以治外事"。在第三十三回，林之洋进宫贸易，被宫娥强行穿耳洞、裹小脚：

　　那黑须宫娥取了一个矮凳，坐在下面，将白绫从中撕开，先把林之洋右足放在自己膝盖上，用些白矾洒在脚缝内，将五个脚指紧紧靠在一处，又将脚面用力曲作弯弓一般，即用白绫缠裹；才缠了两层，就有宫娥拿著针线上来密密缝口，一面狠缠，一面密缝。[①]

林之洋无力反抗，痛不欲生，后来双脚腐烂，血肉化为脓水，只剩下几根枯骨，而头面也全然换成女子扮相，头抹香油，身沐香汤，浓眉修得弯如新月，嘴上也涂了胭脂，满头珠翠，竟是个窈窕美人了。女儿国国王封他为贵妃，感叹说："如此佳人，当日把他误作男装，若非孤家看出，岂非埋没人才。"扮为男相的女国王，对女相的林之洋很是喜爱，小说中有一段十足幽默的描写：

　　（国王）映着灯光，复又慢闪俊目，细细观看，只见林之洋体态轻盈，娇羞满面，愁锁蛾眉，十分美貌。看罢，心中大喜。

①本书引用《镜花缘》原文，皆依据人民文学出版社 1995 年版。

忙把自鸣钟望了一望，因娇声说道："你同我已订'百年之好'，你如此喜事，你为何面带愁容？你今得了如此遭际，你也不枉托生女身一场。你今做了我国第一等妇人，你心中还有甚么不足处？你日后倘能生得儿女，你享福日子正长。你与其娇揉造作，装作男人；你倒不如还了女装，同我享受荣华。"

　　在女儿国，不仅衣服妆饰阴阳颠倒，一切男女两性的社会属性也都颠倒了过来，这里的女子在心理意义上完全就是男子，女国王对林之洋的劝慰就像一个山大王对新掳来的压寨夫人的口吻。这里的男女并无性别意识的挣扎，生来安之若素，各守其位，但林之洋不同，他要从头经受脱胎换骨的"性别改造"，从外表到意识，他一步步被修改打磨，这令他恐慌无比。后来多亏唐敖解决了女儿国的水患问题，才换得林之洋重获自由，恢复男身。林之洋的这番奇遇极富讽刺性：男女性别的各种印象与属性，是先天的，还是社会造就？当裹足的痛苦落到男子自家头上时，他们还有心思欣赏三寸金莲吗？

渔色的诡计

　　《醒世恒言》第十卷《刘小官雌雄兄弟》中也有变装情节，属于常见的女扮男，不过这篇小说的头回部分（明清拟话本小说，正话故事前的小故事称为头回，或称得胜头回）却是男扮女——大明成化年间，一个叫桑茂的男子，生得"红白细嫩"，从恶人处学来易容术，扮成针线婆娘，出入大户人家，教习闺中女儿，伺机骗色。第十五卷《赫大卿遗恨鸳鸯绦》也是男扮女猎艳偷香的故事，特别的是，主人公赫大卿扮的是尼姑，更离奇的是，与他偷情的两个尼姑用计将他剃光了头，好长久欢娱——《续金瓶梅》第六十回，也有和尚假扮尼姑行奸的描写。

　　《聊斋志异》卷十二有一篇《人妖》，也是同类型的故事，更加动魄惊心。东昌人马万宝与妻子田氏都是放诞风流之人，听说邻居收留了一位年轻的美貌女子，针黹绝巧，还有一项绝技，"能于宵分按摩，愈女子瘵蛊"。马生觊觎女子美色，与妻子商量，让这女子来家给妻子治病。女子治病需与病患赤裸相对，在被窝里按摩。田氏让女子先上床，自己借故离开，马生移花接木，钻入被窝。正欲行事，发现此女竟是男子。诘问之下，女子坦白说是谷城人王二喜，从邪人桑冲学得易容术，以治病为幌子奸污妇女，前后已得手十六人。马生本想告官，"而怜其美"，于是将他阉割，逼迫他留下侍奉自己。王二喜万般无奈，只得顺从。

王二喜男扮女渔色，最后却被"渔"，不仅身受阉割，余生还要以姬妾的身份侍奉马生，真是恶有恶报、得不偿失。令人震惊的是，王二喜男扮女渔色的手段，竟有现实依据。清代评点家吕湛恩在这篇故事夹评中介绍，明代成化年间，石州人桑冲"得师大同谷才之法，饰头面耳足，又巧习女红，自称女师"[1]，流窜各地，出入人家猎色，前后奸污一百八十二人，还收徒七人，分途行奸。成化二十年七月，桑冲在晋州作案时败露，被处以凌迟极刑，七个徒弟也都先后伏诛。[2]

至此很明白了，《刘小官雌雄兄弟》头回中关于桑茂扮女猎色的事迹，当是脱胎自桑茂案，"桑翀（冲）"也许是案件流传过程中的名字舛误。桑茂的故事中，对扮女的细节描写非常细致，桑茂如何堕入此途，如何拜师学此邪术，如何去人家骗色，最后又是如何落网，都有描述，可与《人妖》对照阅读。此外《聊斋》中还有一篇《男妾》，

---

① 见《聊斋志异会校会注会评本》，上海古籍出版社 2011 年第 2 版，第 1711 页。
② 据谭正璧《三言二拍资料》，此案最早载于《庚巳编》卷九《人妖公案》，原犯为"桑茂"。此案在明代笔记《五杂组》《实退录》《菽园杂记》等作品中都有记载，除《菽园杂记》不载姓名，余均作桑翀。上海古籍出版社 1980 年版，第 431 页。

为骗取钱财，使男扮女装行聘，最后竟遇到好此道者，娶为男妾。

这类险恶的渔色故事还有更久远的原型，在宋代笔记小说《醉翁谈录》①丙集《致妾不可不察》条，东京南街有一位牙婆林三娘，常向大户人家荐卖女仆，一日遇到一位妙龄少女，聪俊可爱，便荐给霸陵桥左的张官人家。张夫人为此女起名伴喜，命其服侍小姐，小姐与伴喜朝夕相处，坐卧亲密。一晚，伴喜诈称做噩梦见到猛鬼，得以与小姐同眠，伴喜言语挑逗，与小姐竟成鱼水之欢。原来，伴喜男女二形兼备，遇女则男形，遇男则女形。自此，两人日夜偷欢，后来伴喜害怕事情败露，偷窃首饰而去。比《醉翁谈录》更早的《绿窗新话》之《伴喜私犯张禅娘》条，也记录了这个故事，但情节更简略，结尾也不同：家中小妾发现了伴喜与小姐偷情，最终将伴喜送官处置。伴喜自言身兼二形，也许是他伪辞，大概他与明朝桑茂一样，学得易容法，以此混入人家行奸。

明清之际的小说集《八洞天》卷四《续在原：男分娩恶骗收生妇，鬼产儿幼继本家宗》中，也讲述了一个男子扮女而渔色的故事，情节更加离奇：一个叫岑玉的无赖，看上了颇有姿色的收生婆，竟假扮孕妇，引她来接生，掏摸之际，现出真身，强奸了收生婆，可谓卑劣至极了。男扮女渔色这种类型还有一种变体——并不是改变服饰样貌，而是当事者先买通一个妇人（多是走街串巷的婆子），让婆子和女性目标接近，然后同睡，在某个关头，婆子借故下床，男子移花接木窃玉偷香。这种男扮女的变体例子也很多，最典型的是《喻世明言》开篇卷《蒋兴哥重会珍珠衫》。陈商勾结卖首饰的薛婆，把蒋兴哥的妻

①也有学者认为此书乃元代刊本。

子王三巧儿偷到了手。薛婆和三巧儿晚上作伴同睡，等吹了灯，正要上床，薛婆却悄悄躲过，让躲避在暗处的陈商上了床，和三巧儿做成了事——乍看，这并非男扮女，而是女换男，不过作为通奸桥梁的婆子形象，某种程度上也是男子的"欲望变相"。

从这类故事中，我们可以发现其中的社会文化内涵：女扮男，多因为出门不便，为自身安全考虑不得不为之的办法；而男扮女，多是主动为之，目的主要是满足一己私欲——或是诈骗钱财，或是渔猎美色。这类渔色叙事无不充满机巧奸诈的意味，是古代男性欲望的一种变态的延展，这类故事的核心，是男性用诡计侵入女性的私密世界，这是一种赤裸裸的猎取心态，故事中的女性皆是受害者，她们身处深闺，危险依然可以降临，而防不胜防的男性欲望的威胁，令今人读者也深深不安。

李渔《十二楼》之《夏宜楼》，主人公瞿佶利用千里镜对深闺小姐娴娴进行监视和控制，最后成功抱得美人归，还因用千里镜窥见娴娴众多女伴的裸体，拿住了把柄，最后竟将她们全部占有，实可谓丧心病狂。千里镜的形状以及来回伸缩的使用方法，正是男子性欲的象征，虽然这篇小说中没有男扮女，但瞿佶利用千里镜打破了闺房的防御，他更加狡诈，根本不用费尽心机假扮，直接成为娴娴的身边人，以此化身为隐形的桑茂和伴喜，更加令人恐慌。古代小说家写这类故事，一是因为有桑茂案这种真实事件作为材料，二是因为足够怪奇，可以新人耳目，但无意之间，也给我们提供了一份古代女子面临男性威胁的焦虑情绪的样本。

避难的手段

《阅微草堂笔记》卷二中有一篇奇绝的故事。清顺治初年，有一书生，不知姓名，和妻子先后去世。数年后，他的妾也去世了。家中老仆说出真相，书生的妻与妾原来并不是妇人。在明末天启年间，魏忠贤杀害裕妃，服侍裕妃的宫女太监都被抓去东厂残害致死。有两太监，一名福来，一名双桂，侥幸逃脱。因与书生相识，便来投奔。书生建议二人伪装为女子避难，二人进退无计，只好答应。书生为二人置办首饰服色，还买来软骨药，给二人缠成小脚。两太监常年在内宫，皮肤白皙，性格温雅，没有丝毫男人气，同乡的人也没有察觉。两人感激书生救命之恩，甘心情愿地和他白头偕老。

古典叙事中，"木兰代父从军""梁山伯与祝英台""黄崇嘏女状元"等故事奠定了"雌雄难辨"的原型结构，也影响了后世许多创作。一般来说，这些变性故事最后一定真相大白，阴阳乾坤各归其位，男是男，女是女，终成眷属。雌雄变装只是作为一种新奇的醒目插曲，给最终的大团圆加些点缀。但书生与太监的故事则不然，太监变装后，缺失了"真相大白"这一环，将错就错，竟和书生过了一辈子。只是在死后，才由家中老仆说出了真相。

在明末短篇小说集《八洞天》中，也有个为了避难而男扮女的故事，叙事更加精巧，也更加离奇。书中第七卷《劝匪躬·忠格天幻出男人乳，义感神梦赐内官须》，讲的是南宋高宗时，书生李真愤懑国事，因言获罪，抄家没产。李家老苍头王保，忠心义胆，带着李真的独子生哥逃亡，生哥才两个月大，尚未断奶，饥饿啼哭。王保向天祷告："皇天可怜，倘我主人不该绝后嗣，伏愿凶中化吉，绝处逢生！"而后，奇迹出现了——"少顷，又忽觉胸前一阵酸疼，两乳登时发胀。王保解开衣襟看时，竟高突突的变了两只妇人的乳，乳头上流出浆来。王保吃了一惊，忙把乳头纳在生哥口中，只听得骨都都的咽，好像呼满壶茶的一般。"就这样，王保男子下奶，救活了小主人。

之后，王保索性变装为妇人，连生哥也对人说是女孩儿，在一村庄定居。之后生哥渐渐长大，王保也只买女孩衣服给他穿，只是不给他缠小脚、穿耳朵眼儿。数年后，邻居搬来一个姓须的汉子，带着一个小儿子。原来，这姓须的汉子叫颜权，乃是宫中内官，心地仁慈，不愿为皇上征选民女，逃脱在外。神灵庇佑，他一个太监，竟长出了三撇胡子，在路上又遇到一个家破人亡的女孩儿叫冶娘的，为行路方便，颜权将冶娘扮成男孩儿，两人假装父子，来到王保居住的村子。男扮女装的生哥和女扮男装的冶娘度过了一段青梅竹马的美好时光，中间又是多少误会（性别错位），最后阳复归阳，阴复归阴，生哥和冶娘结为眷属。之后生哥遇到贵人，为父亲平反雪冤，王保和颜权也都善终。

　　这个故事跌宕起伏，男扮女，女扮男，混到一起，还有男人生乳、太监长须等奇事，简直奇之又奇——男子出乳的故事原型，可能源自《后汉书》记载的忠仆李善出乳救幼主的故事，在唐代笔记小说集《唐国史补》中也有记载①，都是表彰其忠义格天。这种男扮女，比之渔色系列的闹剧，要严肃端庄得多。

---

①《唐国史补》卷上第一条："元鲁山自乳兄子，数日，两乳湩流，兄子能食，其乳方止。"

当性别暧昧时

还有一种特殊的雌雄变化，是处于中间地带的阴阳人。《无声戏》第九回《变女为儿菩萨巧》，主人公施达卿老年无子，诚心礼佛二十年，终于小妾怀孕，却生下来一个"逃于阴阳之外，介乎男女之间"的阴阳人。施达卿行善不辍，此子女性器官退化，男性器官显露——"不上数月，又舍出去二三千金，再把孩子一看，不但人道又长了许多，连肾囊肾子都褪出来了。"这个故事尖新怪奇，旨在劝人行善，虽有阴阳人，却并未对性别意识有过多讨论。在《型世言》第三十七回《西安府夫别妻　郃阳县男化女》中，主人公李良雨因生疮而退去男性器官变为女子，也极为荒诞。

以上所论的性别颠倒，不管是外表形貌上的变换还是性别意识的转化，都是比较显然的——作者写得显然，人物做得显然。而有些特别的女性人物，无意中突破了古代女性（这里指古典小说中常见的柔弱与淑婉的女性形象）惯常的气质特点，达到了一种奇妙的雌雄同体的境界。《二刻拍案惊奇》卷十七《同窗友认假作真　女秀才移花接木》，主人公闻俊卿本是女子，从父亲学了一身好武艺，为了光耀门楣，伪装成男子读书进学。之后她性别暴露，与心上人杜子中私订终身，归乡途中，她恢复男性打扮，骑马端弓——而丈夫杜子中则坐在轿子里。后来遇到山贼，闻俊卿凭借神射绝技击退敌人，保护了丈夫。这对夫妻的性别似乎颠倒了，闻俊卿保持了雄性的一面，承担着保护"轿中家眷"的责任。明末罗浮散客所著的《天凑巧》有一卷《曲云仙》，也塑造了一位闻俊卿式的女侠形象曲云仙，也是神射手，云仙和丈夫方兴的关系也是雌雄对调，她要时时施展武力保护丈夫。

这种男性化的女侠形象，在晚清小说《儿女英雄传》中达到了顶峰。女主人公是一位侠女，江湖人称十三妹，本是官宦世家小姐，真名何玉凤。在本书第九回，作者非常大胆地描写了她小解的细节：

> 一时完事，因向十三妹道："姐姐不方便方便么？"十三妹道："真个的，我也撒一泡不咱。"因低头看了一看，见那脸盆里张姑娘的一泡尿，不差甚么就装满了。他便伸手端起来，也泼在院子里，重新拿进房来小解。这位姑娘的小解法，就与那金凤姑娘大不相同了。浑身上下本就只一件短袄，一条裤子，莫说裙子，连件长衣也不曾穿着。只见他双手拉下中衣，还不曾蹲好，就哗啦啦锵唧唧的撒将起来。张金凤从旁看着，心里暗暗的说道："看他俏生生的这两条腿儿，雪白粉嫩，同我一般，怎么会有这样的

武艺、这样的气力？真也令人纳罕！"

不少学者讨论过，从此处十三妹小解的姿态可解读出其"雌雄同体"的人格内涵，"不曾蹲好"就小解，实则是如同男子般站立方便。其实本书已蕴含了性别倒错的意识，男主人公安龙媒软弱文秀，更似女性，而十三妹言行举止无甚闺阁气，直是好汉性子。只是这书后半部分写得越发迂腐（鲁迅所谓"性格失常，言动绝异，矫揉之态，触目皆是矣"[1]），让十三妹嫁人后渐渐成了个道学女夫子，令人扼腕。

在第六回，十三妹在能仁寺连杀十恶僧后，有一句："他这才抬头望着那一轮冷森森的月儿，长啸了一声，说：'这才杀得爽快！'"我们在《贪看风景的英雄们》一章提过，武松血溅鸳鸯楼，也有冷森森的月儿描写。有学者就认为，十三妹在这里是用女性身份重演武松复仇的壮举[2]，那轮冷森的月儿，让她成为武松的化身，一定程度上洗去了她的性征。在明末小说集《石点头》第十二卷《侯官县烈女歼仇》中，有一位为夫报仇的申屠娘子，颇有侠气，手刃数人，也全是武松鸳鸯楼风采：

　　申屠娘子右手把紧剑靶，正对小腹上直搠，六一大痛难忍，只叫得一声不好了，身子一闪，向着外床跌翻。申屠娘子，随势用力，向上一透，直至心窝，须臾五脏崩流，血污枕席……丫头

---

①鲁迅《中国小说史略》第二十七篇《清之侠义小说及公案》。
②陈平原在《千古文人侠客梦》第三章《清代侠义小说》中将武松看月与十三妹看月并置，北京大学出版社 2010 年版。

不知是计，一个趱上一步，方才揭开帐子，申屠娘子道："没用的东西，火也不将些来照看。"口内便说，探在手一把揪住，挺剑向咽喉就搠，即时了帐。那一个丫头，只道真个要火，方转去携灯，申屠娘子跳出帐来，从背后劈头揪翻，按到在地。那丫头口中才叫阿呀，刃已到喉下，眼见也不能够活了。①

道光年间成书的小说《荡寇志》中，有一位所向无敌的女战将陈丽卿，随父亲陈希真，剿灭了以宋江为首的梁山团伙。《荡寇志》在立意上，与《水浒传》针锋相对，将一百单八将定性为乱臣贼子，不乏污蔑刻画，彻底解构"替天行道"的梁山理想。陈丽卿身为女将，却充满水浒好汉式的粗豪气概，她曾对父亲说："孩儿的本事好似藏在酒瓶里的，吃了酒越使得出。"这话完全是从武松处偷来的。陈丽卿的形象可以说是雌为表雄为里，她有天真烂漫的一面，也有残忍好斗的一面。本书第六十回，陈丽卿生擒王矮虎，竟将他活活夹死：

那矮虎吃丽卿把他头向前，脚向后，连一只左手仰面朝天卷住，那只左右却散着，便上来摸丽卿的下颏。丽卿大怒道："你这贼还敢无礼！"便把右手的枪挂了，捉住矮虎的左手往外只一拧，只听得肐擦一声，王英一声叫，左臂早扭出了白腕，把来一并用力夹在怀里，毫不放松……丽卿把矮虎掷于地下道："孩儿活擒了一个，不知是谁。"众将看时，只见夹得七窍冒红，已是死了。

———————————

①本书引用《石点头》小说原文，皆依据上海古籍出版社 1957 年版。

紧接着，丽卿再战为夫报仇的扈三娘，平分秋色后，有一处细节描写：

> 丽卿到阵里下了马，解去了裙子，女兵接去收了，露出大红湖绉单叉裤，盘膝坐在月亮地上。

丽卿解裙、露出单叉裤、盘腿坐地这一系列动作，便是脱去女性气质恢复男性气概的过程，可对比《儿女英雄传》中十三妹小解，是一种对性别的模糊处理。在《荡寇志》中，除了陈丽卿，还有一位女性人物也相当特别，便是刘慧娘，她作为陈希真的军师，在剿灭梁山的过程中屡立奇功。

这位慧娘堪称女诸葛，天文地理无所不通，极新奇的是，她热爱西方科学技术，为官军打造了许多先进器械比如沉螺舟、捍水囊籥策、水底连珠炮等等，还用数学中的勾股术大破奔雷车，用光学理论打造镜阵，用西洋透视法描绘梁山地图，向洋人请教《轮机经》等等。这些情节明显与第一次鸦片战争后中国知识界的慕洋风气密切相关，在科学理论上全面学习西方，师夷长技以制夷。作者将这种风气融入小说中，并赋予在刘慧娘这样一个少女身上。刘慧娘由此成为古典小说中罕见的女军师、女科学家、女发明家，但是令慧娘大出风头的学习技能与眼界见识，依然是作者的男性意识在作祟，赋予慧娘这些本领，并非为了体现其人格魅力与超凡智识，真实用意很简单，就是让慧娘在与智多星吴用的交锋中占尽上风。于是讽刺意味呼之欲出：大名鼎鼎的吴用，如今被一闺阁小女玩弄于股掌之间。这也是余万春解构"梁山叙事"的初衷，后值太平天国之乱，本书在苏州大量刊印，成为清廷当局的"宣传文学"，咸丰十年，太平军攻下苏州后，对本书又进行毁版查禁，上演了一出意识形态的拉锯战[1]。刘慧娘的雌雄同体，并不蕴含于性情中，而是在这个人物的建构过程中幽微地浮现。

十三妹和陈丽卿的雌雄同体更多地表现在性情举止方面，但她们的雄性面尚未触及一个要紧的所在——便是爱欲。十三妹与安龙媒、陈丽卿与祝永清，最终都顺利地结为伉俪，但从相识到结合的过程是严格遵循"礼"与"理"的，陈丽卿与祝永清常有越礼相会之处，但并不涉及爱欲。古典小说中的爱欲，多是男性对女性的一种追逐与占有，但也有特殊的个例，将这种雌雄对垒完全调换过来。[2]

在《后水浒传》[3]第四十三章，有一段偏离主线叙事的插曲，金头凤王摩回乡祭奠父母，在婶娘家忽然被一群人抢去，原来是附近独火山的女大王太阴老母听说他的大名，想夺他来做丈夫，直接说："实爱你英雄豪杰，今夜愿成夫妇。"太阴老母相貌丑陋，性子粗蛮，王摩自然不从，太阴老母便欲用强：

　　王摩大怒，立起身喝骂道："恁肮脏不识羞！知俺是豪杰，可知豪杰不苟且！俺今日只觉与酒相投，贪吃，怎敢犯逼！"说罢，一手推来。不期被太阴老母接住，用个霸王请宴势，轻轻将王摩按捺在地。王摩急要跳起，早被一脚勾翻，霎时吃了两跌……此

———————————
[1]见《元明清三代禁毁小说戏曲史料》前言，上海古籍出版社1981年版，第33页。
[2]当然，古典小说中也有大量女性主动勾引男性的故事，我们这里特指用武力占有的方式。
[3]非陈忱的《水浒后传》，这两本书在题目上容易混淆。

时王摩满肚皮气恼，一时发不出来，只低头不睬。太阴老母见他不吃，便又笑说道："恁般一个汉子，还是害羞，可喜是个黄花郎。我已使人准备，到晚请你出去拜了天地，你敢也没得害羞。我且出去着。"①

这段描写令人捧腹，太阴老母与王摩明显处于一种性别对调的位置，在古典叙事的惯例中，太阴老母当是霸道大王，威逼小女子就范，但此处却颠倒过来，王摩"低头不睬"，俨然是女子态度，太阴老母说他是害羞的黄花郎，更是男性淫贼调戏黄花闺女的神气。这段情节是游戏文字，没有太多寓意，但有些性别位置的对调，饱含复杂的意味。

在《说岳全传》中，有一位匆匆过场的女性人物：西云小妹。第七十八回中，她随身为大金鹞关总兵的父亲西尔达来抵敌宋兵，西尔达被岳飞第三子岳霆杀死，西云小妹悲痛不已，次日挑战岳霆复仇。西云小妹曾从异人学得阴阳二弹的神技，先用阴弹打中岳霆，又用阳弹打中樊成，最后与宋将伍连放对，谁知一见到伍连，小妹便起了儿女私念：

西云小妹一见伍连生得齐整，心下暗想："我那番邦几曾见过这等俊俏郎君！不如活拿这南蛮回城，得与他成其好事，也不枉我生了一世。"便舞动鸾刀，来战伍连。伍连举戟相迎。一来一往，

---

① 本书引用《后水浒传》原文，皆依据春风文艺出版社1985年版。

战有十余合，西云回马又走。伍连道："别人怕你暗算，我偏要拿你。"拍马追来。西云暗暗在腰间取出一条白龙带，丢在空中，喝声："南蛮，看宝来了！"伍连抬头一看，只见空中一条白龙落将下来，将伍连紧紧捆定，被西云赶上来拦腰一把擒过马去。[①]

什么家仇国恨，在西云小妹见到伍连的一刹那全然抛诸脑后，她拿获伍连后，一心想和他成亲，可伍连心如铁石，敷衍她先杀了大金元帅再论私情。西云小妹果然投敌叛国，对完颜寿见死不救，继而催促伍连和她成亲——心思之急，真如摽梅怨女。后来，西云小妹上阵，法宝被蓬莱散人施岑收服，无法，只得败退回城，刚进城门，就被逃脱牢狱的伍连——她的心上如意郎——挥刀斩为两段。西云小妹就此悲情收场。这个人物是典型的过场人物，在古典小说的世界中并没有什么存在感。但这个人物又如此光耀，比书中那些贞女节妇更令人印象深刻，作者本意直白，处处讽刺此金国番女耽于爱欲，没有礼教规矩，与我中原女子不啻天渊。但无心插柳柳成荫，西云小妹的形象正因此而变得鲜活、充满真实的生命力。她有高强武艺，有爱，有焦急，有欲望——要知道，在古典小说中，男性才拥有阵上捉拿女将强迫为妻的特权，《水浒传》中矮脚虎王英，虽被一丈青扈三娘俘虏，后来在宋江的撮合下还是占她为妻。

女将主动涌起占有的欲望并大胆追逐的，通常都是敌方阵营中的女将（多是蛮夷之女）看中了我方阵营中的男将，心生爱慕，想俘虏过来成其好事。这在古典战争叙事中几乎成了一种惯例（《杨家将演

[①]本书引用《说岳全传》原文，依据上海古籍出版社1985年版。

义》《三宝太监西洋记》①等小说中都有类似情节，杨文广甚至将三个有意于己的敌方女将都纳入怀抱②），意在贬低敌方女将"蛮夷"的身份，见色动心，不顾廉耻——总体上都是一种"中华礼教对蛮夷的降服与归化"。西云小妹这位番女，这位在古典小说世界中寂寂无名的一位过场人物，便是这种叙事惯例的牺牲品，但同时，也吊诡地焕发出了人性的光彩。

她以男性之行为，发女性之欲望，热烈而坦荡，对比起来，她所爱的伍连简直卑鄙无情至极。说他卑鄙，是因为欺骗利用了小妹而脱身；说他无情，是因为他将小妹斩为两段，又提着她的首级回到宋营邀功——更别说他被小妹俘虏后，又勾引完颜寿的女儿，以半强迫的方式与之交合，逼她叛国归宋。在作者笔下，伍连是大英雄，但在我们眼中，西云小妹比他更像是一个活生生的人。蓬莱散人施岑收服了小妹的法宝，解释说，小妹上阵使用的白龙带，是她炼就的一双裹脚带子，阴阳两弹，一个是铅粉捏成的，一个是胭脂团就的。这老道的解释充满嘲讽意味：你们瞧，这猖狂的番邦妖女，倚仗的法宝都是何等货色！真是又臭又脏，又淫又艳！

但无意中，蓬莱散人的解释给小妹的形象增添了极为特殊的光辉：她将束缚身体的裹脚带化炼为擒敌的白龙带（要知道，《金瓶梅》中宋惠莲、《绿野仙踪》中周琏之妻何氏，都是用裹脚带自缢而死），

---

①《三宝太监西洋记》中，大明武状元唐英在女儿国大受欢迎，赢得多位蛮女的青睐，并引发她们的内讧。在小说第四十七回，唐英最终与女儿国的黄凤仙结为伉俪。黄凤仙还说："只怕唐状元嫌弃我是个蛮女，羞与为婚。"
②《杨家将演义》卷七中，杨文广先后与敌对阵营的窦锦姑、杜月英、鲍飞云成亲，并收服她们。可笑的是，文广都是被女将俘虏，"被迫"从命。

将女儿家化妆的铅粉、胭脂，炼成打人的阴阳两弹——这是何等刚强自立的性格，这是何等追求自由浪漫的心思，这是何等不屑礼法的意志。作者越讽刺，西云小妹越可爱，作者越贬抑，西云小妹越可贵。读者至此，当共我浮一大白，致敬小妹。

层次：

古典叙事的多宝塔

《西游记》第六十二回，孙悟空陪师父在祭赛国金光寺打扫宝塔，扫到第十层，唐僧腰酸腿痛，让悟空替他打扫剩下的三层。悟空来到第十二层，听见塔顶上有人言语，踏着云头观看："只见第十三层塔心里，坐着两个妖精，面前放一盘嘎饭，一只碗，一把壶，在那里猜拳吃酒哩。"

工整的话头儿

　　我们听评书，说书艺人在说正文前有个入话部分，多是通俗易懂的定场诗，说些生活中的平常道理。比如常见的一套入话词：人生在世，对"酒色财气"四个字要慎之又慎，此话怎讲？酒是穿肠毒药，色是刮骨钢刀，财是惹祸根苗，气是雷烟火炮。[①]这种分层叙述的说话技巧，在说话艺术以及古代小说中屡见不鲜，这是中国古典小说的一大特色。

　　许多明清文人创作的白话小说都有"话本"的痕迹，所以这类

[①]对"酒色财气"这"人生四贪"的道德批判，是古典作家最喜欢讨论的主题之一，比如《警世通言》第十一卷《苏知县罗衫再合》入话部分，《型世言》第二十九回入话部分，都有相关论述。《金瓶梅》就是对这四个字最淋漓尽致的演绎，可以说，古典小说大部分的世情叙事，都离不开这四个字的范畴。

小说也叫拟话本小说，顾名思义，就是对话本的模拟。[1] 拟话本小说，在正文故事前通常有段"入话"的诗词或议论，将正文主旨渲染一二，引领读者进入情境，然后再讲一个头回小故事，才进入正话。李渔《十二楼》之《萃雅楼》，入话部分提到"俗中三雅"：花铺、书铺、香铺。笠翁进一步演说：开花铺者，乃蜜蜂化身；开书铺者，乃蠹鱼转世；开香铺者，乃香麝投胎。接着自翻新论，说这三种雅也可以为三俗：

> 尽有生意最雅，其人极俗，在书史花香里面过了一生，不但不得其趣，倒厌花香之触鼻，书史之闷人者，岂不为书史花香之累哉！这样人的前身，一般也是飞虫走兽，只因他止变形骸，不变性格，所以如此。蜜蜂但知采花，不识花中之趣，劳碌一生，徒为他人辛苦；蠹鱼但知蚀书，不得书中之解，老死其中，止为残编殉葬；香麝满身是香，自己闻来不觉，虽有芬脐馥卵可以媚人，究竟是他累身之具。[2]

先巧立名目，再对名目内涵进行反复拆解，就像是一座多宝塔，一层层剖析，不断深入主旨，说服力极强，也极具音乐的节奏感，条分缕析，清清楚楚。这种先立名目，再分层剖析的叙事法，就是多宝塔叙事法。"俗中三雅"这种停留在某个名目的分层叙述例子有许多，

---

[1] "拟话本"是鲁迅提出的概念，汉学家韩南先生认为宋元话本也是文人有意创作的，谈不上后来的"模拟"，国内也有学者支持此说。这一观点有待商榷，我们依然袭用鲁迅的定义。

[2] 本书引用《十二楼》原文，皆依据人民文学出版社 2006 年版。

比如晚明小说集《西湖二集》第十九卷《侠女散财殉节》中，有一个幽默的多宝塔名目，叫"偷丫鬟十景"，分别是：野狐听冰、老僧入定、金蝉脱壳、沧浪濯足、回龙顾祖、渔翁撒网、伯牙抚琴、哑子厮打、瞎猫偷鸡、放炮回营，作者对这十景分别进行了详细介绍，好一大段游戏文字，令人忍俊不禁。在本书第十一卷《寄梅花鬼闹西阁》中还有"妒妇胸中六可恨"，在《续金瓶梅》第四十三回，有一大段"三淫三妒"论，男子三淫分别论述，女子三妒也分别论述，非常精彩。"三言二拍"中这类名目也极多，都算是游戏笔墨，读来相当有趣，碍于篇幅，我们就不列举了。

我们着重分析在情节中的多宝塔叙事法——《水浒传》将此法用得炉火纯青，花样迭出。百回本第十二回《梁山泊林冲落草　汴京城杨志卖刀》中，杨志英雄失意，不得已，上街叫卖祖传的宝刀，遇到汴京有名的无赖泼皮牛二来搅局。牛二问这刀的好处。杨志盖起一座简单的三层宝塔：

第一件砍铜剁铁，刀口不卷；第二件吹毛得过；第三件杀人刀上没血。

牛二无赖，要将这三样好处一一验证，先是取来一垛儿铜钱，要杨志剁，只一刀，铜钱垛儿分为两半；牛二又从头上拔下来一把头发，往刀口上一吹，头发分作两段；而第三件好处，牛二还要验："你把刀来剁一个人我看。"泼皮嘴脸，活神活现。杨志自然不肯："禁城之中，如何敢杀人？"牛二继续撒泼耍赖，冲突不断激化，最后被杨志杀死。这段情节精彩至极，精彩的根基便是行文的多宝塔结构。杨志卖刀，自盖三层宝塔，吹嘘宝刀三件好处，牛二要逐层拆塔，一一验证宝刀好处。文字的张力如拉百石铁弓，愈来愈紧，用金圣叹的话说，开始是长枪大戟，后面则是短兵紧接，杨志一层层护住宝塔，牛二则一步步走向死亡。

杨志卖刀杀人的情节，在《大宋宣和遗事》便有记载：

> 那杨志为等孙立不来，又值雪天，旅途贫困，缺少果足，未免将一口宝刀出市货卖。终日价无人商量。行至日晡，遇一恶少后生要买宝刀，两个交口厮争，那后生被杨志挥刀一斫，只见头随刀落。杨志上了枷，取了招状，送狱推勘。①

寻衅滋事的恶少后生并无名字，如何交口厮争也未着笔，文字简陋，情节扁平。小说对这段情节进行了精彩地扩写，恶少为牛二，与杨志如何交口厮争具体化为验证宝刀三大好处，三层宝塔矗立，这段情节立刻就丰满生动许多，比之底本，可谓点铁成金。卖刀杀人后，杨志自首，发配到北京，受到梁中书的赏识——《金瓶梅》中，李瓶儿回到清河县前，便作为这位梁中书的小妾在大名府生活——紧接着，在下一回，杨志下教武场与周瑾比武，先比枪大胜了，又比箭。比箭的情节，又是多宝塔叙事，妙的是，这座宝塔是地上三层，地下一层。

周瑾射杨志三箭，是地上三层：第一箭，杨志镫里藏身，轻松躲过；第二箭，杨志换了花样，用弓轻巧拨落；第三箭，杨志逞威，竟不躲，

①《新刊大宋宣和遗事》，中国古典文学出版社，1954 年版，第 37 页。

也不拨，直接将箭绰在手中。接下来便是宝塔的地下一层，杨志开始射周瑾：先是拽了拽弓弦，乱周瑾方寸，然后一箭射出，正中周瑾左肩，大获全胜。看施耐庵写比武，如看闺中美人绣花，一瓣一瓣，缤纷而不乱，他没有呆板地对应周瑾之三射，让杨志只一击，便定胜负。周瑾的地面三层塔，蛛网缠绕，空无一物，杨志的地下一层，才藏着舍利宝物。

这等笔墨，叙次井然，将复杂的情节中复杂的动作如多宝塔般明列开来，非常方便读者的浸入，而且赋予文字一种建筑之美，工整漂亮。

节奏的跌宕

《水浒》中宝塔叙事法不只这两处，用法还有变幻。百回本《水浒传》第二十七回，武松来到孟州十字坡，险些被母夜叉孙二娘用麻药算计，与菜园子张青厮见了，张青说，他这店虽是黑店，却有三等人不害：第一等是云游僧道，他又不曾受用过分了，又是出家的人；第二等是江湖上行院妓女之人，他们是冲州撞府，逢场作戏，陪了多少小心得来的钱物；第三等是各处犯罪流配的人，中间多有好汉在里头，切不可坏他。张青说这三等人，就如建造一座三层宝塔，不是层层堆叠这么单调，中间加了许多装饰。比如说了第一等人不可害，夹叙了一段结识鲁智深的情节，原来智深也曾路过这里，被药翻了，差点丧命，幸亏张青救起，又补充说"他今日占了二龙山宝珠寺"。羚羊挂角般，武松与鲁智深这两位日后梁山泊步兵头领双雄——在某种意义上，他俩是一对儿影子，在十字坡完成了一次虚拟的"聚会"。①

　　说完智深，张青又介绍了一位无名头陀，也"麻坏了"，可惜没来得及救下来。金圣叹在此处评曰："黄昏风雨，天黑如磐，每忆此文，心绝欲死。"这位头陀无名无姓，也是七八尺一条大汉，或许也是鲁达一流人物？或许也是杀人放火的好汉伪装？我们一概不知，施耐庵借张青之口插入如此一位没有首尾之人，省略的是一大段想来闪心摇胆的单人传记，怪不得金圣叹那般感慨。

　　头陀死，剩了几样东西：一领皂直裰，一张度牒，一串一百单八颗人顶骨做成的数珠，两把雪花镔铁打成的戒刀——之后，这些行头全归于武松，扮成行者避祸。细想这段文字，在第一层介绍中，又是补缀其他线索，又是暗埋之后的伏笔，可谓一举多得。而张青介绍的第三类人，便是"各处犯罪流配之人"，正应了武松此时的身份，为下文孙二娘解释为何害武松留余地，也有另外一层深意，张青说这些罪犯中，"多有好汉在里头"，此话是《水浒传》关键的文眼之一。《水浒》一大部书，明笔是写宋江等人冲州撞府行造反之事，暗笔则是探究"宋朝灭亡之原因"——自李贽提出"实愤宋事"②的观点后，不少学者都持此论。本书诞生于元末明初③，施耐庵感慨于百年前的宋亡故事，叹朝廷之昏聩，伤英雄之埋没。张青说犯人中多有好汉，正是将天下

---

①在第十七回《花和尚单打二龙山　青面兽双夺宝珠寺》中，鲁智深对杨志说过与张青的这段经历："来到孟州十字坡过，险些儿被个酒店里的妇人害了性命……那人夫妻两个，亦是江湖上好汉，有名的，都叫他做菜园子张青，其妻母夜叉孙二娘，甚是好义气。"
②李贽《忠义水浒传序》："施罗二公身在元，心在宋；虽生元日，实愤宋事。"岳麓书社《焚书·续焚书校释》2011年版，第188页。
③这是比较普遍的观点，也有学者认为成书于明朝中期。

鼎沸的矛头指向了朝廷——乱自上作。徽宗皇帝与一帮奸臣才是真正的作乱者。张青掺杂了人肉、麻药、激愤、义气、各样物件儿的多宝塔，远远看去，是不是杀气森森？

金圣叹说《水浒》行文精严，字有字法，句有句法，章有章法，部有部法。[①] 所谓的句法，便是张青这种叙说方式。紧接着十字坡遇张青夫妇的情节，武松在下一回中又结识了金眼彪施恩，施恩看他气概不凡，欲交结他，不好露面，连续派人给武松送酒食。这段情节也用了多宝塔叙事法，更加繁复有致：第一层，军人给武松送来一大旋酒、一盘肉、一盘子面，又是一大碗汁；晚间，起第二层，送来一大旋酒、一大盘煎肉、一碗鱼羹、一大碗饭；第三层，又送来浴桶、热汤，请武松沐浴；第四层，作料繁多，先是送洗脸水来，又叫个篦头待诏给武松整理发髻，又送一大碗肉汤、一大碗饭；第五层，将武松请入一间单身牢房，干干净净的床帐，新安排的家具；第六层，又送来四般果子，一只熟鸡，许多蒸卷儿；第七层，又是送饭送酒；第八层，武松不用做苦工；第九层，武松终于按捺不住，逼问是谁送的酒食，然后，施恩方出。

足足九层，每一层都夹杂着武松的疑惑，先是怀疑这酒饭是断头饭，后使出好汉性子，懒得去问，乐得享受，直到最后一层，才逼问背后之人。这九层宝塔全是由各样酒饭堆成，作者每盖一层，我们便如醉了酒，糊涂一层，这糊涂便是悬疑，便是情节张力，越糊涂，文章越好看。李贽在这段情节批注："送供给处都序得变化，好文字。"就像《西游记》第六十二回，孙悟空陪师父在祭赛国金光寺打扫宝塔，

①《金圣叹批评本水浒传·序三》

直到到了塔顶儿，才发现了妖怪。在《水浒》这段文字中，施恩就是塔顶的奔波儿灞与灞儿波奔，武松吃饱喝足后踩着云头才发现了他。善用多宝塔叙事法，可以让文字发挥得层林尽染、锦绣如画的效果。

　　古典作家常用此法编排文章，像《水浒》中三打祝家庄、三败高太尉等情节属于宏观叙事的多宝塔，这类叙述在古典小说中不足为奇，还有我们熟悉的三顾茅庐，关公过五关斩六将，诸葛亮三气周瑜、六出祁山、七擒七纵孟获，孙悟空三打白骨精、三借芭蕉扇等等，这类多宝塔结构复杂、过于烦冗，不适合细细分析，所以我们本章的讨论主要聚焦于相对小型的多宝塔叙事。

排山倒海的文采

《红楼梦》第四回贾雨村断案，门子说"老爷既荣任到这一省，难道就没有抄一张本省的护官符来不成？"何谓护官符？什么内容？下文介绍了："贾不假，白玉为堂金作马。阿房宫，三百里，住不下金陵一个史。丰年好大雪，珍珠如土金如铁。东海缺少白玉床，龙王来请金陵王。"这只是小试身手，在第七回，薛宝钗向周瑞家的介绍"冷香丸"：

> "要春天开的白牡丹花蕊十二两，夏天开的白荷花蕊十二两，秋天开的白芙蓉花蕊十二两，冬天开的白梅花蕊十二两。将这四样蕊，于次年春分这日晒干，和在药末子一处，一齐研好。又要雨水这日的雨水十二钱……白露这日的露水十二钱，霜降这日的霜十二钱，小雪这日的雪十二钱。把这四样水调匀，和了丸药，

汴京城杨志卖刀

容与堂刻本《水浒传·杨志卖刀》

容与堂刻本《水浒传·三打祝家庄》

再加蜂蜜十二钱，白糖十二钱，丸了龙眼大的丸子，盛在旧磁罐内，埋在花根底下。"

冷香丸繁杂至极的炮制过程令人惊叹，经宝钗一番介绍，"冷香宝塔"之珍贵、之新奇、之雅趣，淋漓尽致地呈现在读者面前。做法虽然复杂，却有着明快的语言节奏，这个十二两，那个十二两，用"十二"串联起多种物料，明明白白、秩序井然，而且自带一种飞扬轻快的音韵节奏，像是在每一层塔檐儿上都挂上铁马、铃铛，随风而动，悦耳动听。这等笔墨，真是才子锦绣口、玲珑心，让文章霎时间腴丽起来。

唐代李复言所撰《续玄怪录》中的名篇《杜子春》[1]，通篇皆由这种叙事法结络。杜子春，周隋间人，浪荡子弟，整日纵酒闲游，不事产业，惹得亲戚朋友都嫌弃他，日渐穷困潦倒，饥寒交迫。一日，在城中遇到一位老人，问他为何长吁短叹，杜子春说了自己的境况。老人问他需要多少钱生活，杜子春说三五万钱便足够。老人说三五万钱不够，豪言要送他三百万钱，让他明日来西市拿钱。隔日，杜子春来到西市，老人果然如约送了他三百万钱，不告姓名而去。子春有了钱，又开始放荡生活，乘肥马、衣轻裘，和朋友狂欢作乐，依然不事产业。一两年间，钱花得差不多了，开始当卖行头，把马卖了骑驴，后来又把驴卖了徒步，跟当初一样落魄，又在市门哀叹。那个老人又出现了，感叹几句，再送他一千万钱。子春开始还想奋发改过，等拿到钱，又忍不住过上了声色犬马的生活，不到两年，贫困如旧。老人第三次出现，这次更加豪阔，直接送了他三千万钱，和他约定来年中元节相见。

---

[1] 冯梦龙改编为《杜子春三入长安》，录于《醒世恒言》第三十七卷。

子春又是感激又是惭愧，决心要做善事，将三千万钱在扬州买田置地，抚恤孤寡。

　　故事至此，有着一个清晰的三层宝塔结构。第一层，老人送三百万钱；第二层，老人送一千万钱；第三层，老人送三千万钱。开始两层，子春未有什么改变，直到第三层，子春才收敛了心性。这种"三试"的结构，是元代度脱剧[①]的基本模式，对后世小说影响深远。而这篇小说的多宝塔并非就这一座，子春做善事后，如约去见老人。老人带他登上华山云台峰，来到一处仙气缭绕的所在。老人原来是炼丹道士，他在屋外铺了一面虎皮，让子春端坐其上，不要说话，"虽尊神、恶鬼、夜叉、猛兽、地狱，及君之亲属为所困缚万苦，皆非真实。但当不动不语，宜安心莫惧，终无所苦。当一心念吾所言。"说完便去了。接下来的情节，又是多宝塔叙事。

　　子春依言而坐。多宝塔第一层顿起：很快，看到旌旗戈甲，千乘万骑，满山满谷而来，震动天地，一人自称大将军，身着金甲，带着卫士来到堂前，怒斥子春，子春谨记老人嘱咐，闭口不言，卫士呵斥，要杀子春，子春不动如山，将军大怒而去；之后第二层起：有猛虎、毒龙、狻猊、狮子、蝮蝎等物数以万计，要上前吃子春，子春神色不动，很快这些猛兽便散去了；第三层起：风雨大作，火轮霹雳环绕子春左右，又发洪水，涌到子春跟前，子春端坐不顾；第四层起：那位大将军又回来，带着牛头狱卒，要把子春扔进大锅里烹煮，子春还是不言语；第五层起：大将军把子春的妻子抓来，施加酷刑，逼子春开口，

---

①度脱剧是元代戏曲的主要类型之一，情节经常是佛道神仙降临俗世，度脱有慧根善行之人，中间加以种种考验，受度脱者最终脱离苦海，觉悟大道。

妻子大哭不已，要子春说句话解救自己，子春依然不理，最后大将军将子春妻子凌迟，又将子春斩首；第六层，子春的魂魄来到地府，被阎罗王用刀山剑树等酷刑折磨，子春牢记老人之言，连呻吟都不肯呻吟，阎罗王无奈，将他转世生于宋州单父县丞王家做女人；于是有第七层：子春转世为女子后，生来多病，每天针灸医药，痛苦不堪，子春只是不言，家人都以为他是哑巴；多宝塔第八层起：同乡进士卢珪娶化为女子的子春为妻，过了几年恩爱日子，生下一个儿子，聪慧可爱，卢珪抱着儿子与子春说话，子春也不回应，卢珪大怒，提着儿子双足，将脑袋摔在石头上，脑浆迸裂，血溅数步。

至此，子春"爱生于心，忽忘其约"，再也忍不住，叫了一声："噫！"话音未落，一切幻相散去，子春依然坐在虎皮上，老道士也在面前，才刚刚五更时分，只见房屋大火骤起，烧成一片废墟。老道士惋惜不已，跟他说："君子之心，喜怒哀惧恶欲皆忘矣。所未臻者，爱而已。"感叹说若非子春那一声"噫"，自己可以炼成仙药，子春也可以成仙，可惜功亏一篑，于是让子春离去了。子春回去后，惭愧不已，想再来请罪，回到云台峰，已经杳无人迹。杜子春的故事内含两座多宝塔，一座是反复落魄的三层塔，另一座是道士考验他"道心"的八层塔，利用这样的多层结构，故事脉络极为清晰，读者可以一层层地缘阶而上，在第八层，又随子春掉落地面，整个阅读过程如一场春秋大梦，变幻莫测。

我们延展介绍下，这篇故事的下半部分，属于"扑杀儿子试道念"的叙事类型，有着深厚的历史渊源。钱锺书先生在《管锥编·太平广记二一三则》一〇卷一六中，对这一故事类型进行了考证。唐传奇中除了子春这篇，还有《萧洞玄》《韦自东》也是类似故事，都承自《大唐西域记》卷七记载的婆罗尼疟斯国救命池一节，段成式《酉阳杂俎》续集卷四记载的顾玄续的事迹也如此。这个类型，在东晋葛洪的《神仙传》中也可以找到例证。[1] 这种"试道心"的故事一定有着多重考验，不断升级，多宝塔叙事法便成了讲述这类故事的最佳手段。

不少金学研究者都论述过，《金瓶梅》第九十三回"王杏庵义恤贫儿"一节，便是化用了杜子春的故事。与西门家决裂后，陈敬济沦为乞丐，遇到父亲的故人王杏庵。王杏庵心地仁慈，赠他衣食钱财，可惜陈敬济不长进，加之霉运当头，很快落魄如故；王杏庵再次周济他，让他做个小买卖过活，陈敬济吃酒耍钱，再次一贫如洗；可叹王杏庵真是菩萨心肠，第三次伸出援手，安排陈敬济出家为道士，直接促成了敬济之后的大翻身——这段情节，全然借鉴了《杜子春》前半段。

《警世通言》中的经典佳作《杜十娘怒沉百宝箱》，最为高潮的结尾也是采用了多宝塔叙事法。李甲心意不坚，贪图千金，欲将十娘转聘给孙富，十娘内心悲愤却强作镇定，命李甲打开自己密藏的百宝箱。第一层，翠羽明珰，瑶簪宝珥，充牣于中，约值数百金。第二层，乃玉箫金管。第三层，尽古玉紫金玩器，约值数千金。最后又抽一层，内有小匣，匣内有夜明珠，约有盈把，其他祖母绿、猫儿眼等异宝，莫能定其价之多少。

李甲每打开一层，十娘便往江中丢一层，围观的百姓便可惜一回，文字的情绪如排山倒海般渐渐增强，辅以李甲恸哭，孙富震惊，十娘决绝悲愤之情，直从字缝儿里喷涌出来，她先骂孙富，再骂李甲："今

①详见《管锥编》《钱锺书集》，生活·读书·新知三联书店 2001 年版，第 1001 页。

日当众目之前，开箱出视，使郎君知区区千金未为难事。妾椟中有玉，恨郎眼内无珠。"最后，十娘投江自尽。十娘的百宝箱正是一座精致玲珑的多宝塔，层层开启，层层抛弃，方见痴情人之悲愤。若直写十娘打开箱子，珠宝璀璨，价值连城，一股脑全部丢入江中，文字何有这等光彩？情绪何有这等跌宕？必须要一层层打开，一层层抛弃，才是文采灼灼的才子手笔。

盖多宝塔所需的砖瓦木石，会提前整齐地摞在纸面上，若胡乱堆砌，随便弄出个大房子，也不是不能住，但结构松散，气象平常，是三家村口盖土地庙，不是庄严宝刹造浮屠也。才子的经营，就在于对砖瓦木石的使用和排列，同样的材料，你只能造土地庙，我却能盖多宝塔，这便是真本事。

对白生色的妙招

　　多宝塔叙事法也常用在对白中，解说新鲜奇巧的道理。比如著名的"王婆贪贿说风情"，堪称《水浒传》中最精彩的章节之一，《金瓶梅》几乎原文袭用，盖了一座更加恢宏壮观的十层宝塔，详说"挨光"的分寸，技艺更高超，景象更销魂：

　　王婆让西门庆送一套衣料，她去请潘金莲做衣裳，若她肯时，就有一分光了；能邀金莲来自己家做，便是二分光；安排酒食请她，她不辞时，便有三分光；再让西门庆来串门，金莲不走时，便有四分光；王婆中间夸西门庆，金莲不动身时，便有五分光；撮合二人喝酒，金莲不辞时，便有六分光；王婆借故出门，让二人独处，金莲不走时，便有七分光；若金莲肯和西门庆同桌喝酒，便有八分光；王婆若出去把门关上，金莲不跑时，便有九分光——最后一分光详说，王婆支招儿，让西门庆假装掉了筷子去捡，顺便在金莲脚上捏一捏，若金莲不作声，这就十分了——已到宝塔顶端了，宝贝唾手可得。

我们假设王婆说这段话以平铺直叙法来说：大官人，这件事要成，你得有钱，腰间之物可观，此外还要有貌，会忍耐，而且一定要有闲工夫。然后再把"十分光"笼统来说：你先要如何，再要如何，等我如何，你就如何，她若如何，你再如何，事必成矣！——这段情节的主要意思没变，传达的信息也没变，可是但凡有些审美水平的，把这种平铺直叙去对比原文，是不是有天渊之别？所谓文采，将五件事总结成"潘驴邓小闲"就是文采，将十分光层层详细分解，不断烘托，自问自答，不断否定又肯定，就是文采。让金圣叹击节赞叹、五体投地的，就是施耐庵在这种地方展露的才技。

《醒世恒言》第三卷《卖油郎独占花魁》，堪称"三言二拍"中最出色的作品之一。文中刘四妈对王美娘说"从良"的部分，也是一座多宝塔，只是这塔所在寺庙风气不正，弄得这座塔也怪模怪样：

> 刘四妈道："我儿！从良是个有志气的事，怎么说道不该！只是从良也有几等不同。"美娘道："从良有甚不同之处？"刘四妈道："有个真从良，有个假从良；有个苦从良，有个乐从良；有个趁好的从良，有个没奈何的从良；有个了从良，有个不了的从良。我儿，耐心听我分说。如何叫做真从良？……"

文中用了一大篇文字让刘四妈介绍各种从良的分别，舌灿珠花，成功说服了美娘——"美娘听说，微笑而不言。"这座偌大的"从良宝塔"，和王婆说风情一样，不仅层次分明，还时时刻刻有着正反对照。

王婆说捱光，这么着，就一分光，那么着，此事便休了；刘四妈说从良，这么着，是真从良、乐从良、趁好的从良、了从良，若那么着，就是假从良、苦从良、没奈何的从良、不了的从良——每一层都拿反面例子示警，好比在造宝塔的过程中说：你这么着装饰才好看，你若用那个颜色的瓦，就俗了。

清代青心才人所著的《金云翘传》中，也有一大段文采斐然的多宝塔情节，此书第十回，妓院老鸨秀妈教导误坠风尘的金云翘，如何笼络恩客，接连传授了三座多宝塔无上妙法。第一座塔有八层，乃是枕上风月功夫：

> 若是短小，用击鼓催花法；若是长大，用金莲双锁法；若性急的，用大展旗鼓法；若性缓的，用漫打细敲法。若不耐战的，用紧拴三跌法；若耐战的，用左支右持法。若调情的，用钻心追魂法；若贪色的，用摄神闪胜法。[1]

对应枕上的功夫，还有日用的制度，这回是一座七层塔：一曰哭，向恩客撒娇撒痴，笼住他的钱袋。二曰剪，是剪发订盟。三曰刺，是在身上刺恩客姓名，迷惑人心。四曰烧，在肉体上用香来灸爱之印记——《金瓶梅》中西门庆与情妇、《续金瓶梅》中转世的金莲与春梅，都用此法订爱情盟誓。这一层又分为六层，是不同的香灸之法。五曰嫁，让恩客死心塌地。六曰走，打发恩客离开之法。七曰死，乃是用假死的誓言控住恩客的心。

---

①本书引用《金云翘传》原文，皆依据中国文史出版社 2003 年版。

七层塔后，秀妈还祭出"献银牙""凤点头""献身说法"的三层袖珍小塔，这是门首搔首弄姿招揽生意的妙法。《金云翘传》整体文学水准虽然一般，但此回内的这三座复杂精巧的多宝塔，真可谓登峰造极。娼门种种独家秘法几乎全都囊括在内，论精彩，堪与"王婆说风情"颉颃。

在《儒林外史》中，马二先生也说过一段漂亮的多宝塔。第十三回，他听蘧駪夫说不曾致力于举业，忍不住教训他：

> "举业"二字是从古及今人人必要做的。就如孔子生在春秋时候，那时用"言扬行举"做官，故孔子只讲得个"言寡尤，行寡悔，禄在其中"，这便是孔子的举业。讲到战国时，以游说做官，所以孟子历说齐梁，这便是孟子的举业。到汉朝用"贤良方正"开科，所以公孙弘、董仲舒举贤良方正，这便是汉人的举业。到唐朝用诗赋取士，他们若讲孔孟的话，就没有官做了，所以唐人都会做几句诗，这便是唐人的举业。到宋朝又好了，都用的是些理学的人做官，所以程、朱就讲理学，这便是宋人的举业。到本朝用文章取士，这是极好的法则，就是夫子在而今，也要念文章、做举业，断不讲那"言寡尤，行寡悔"的话。何也？就日日讲究"言寡尤，行寡悔"，那个给你官做？孔子的道也就不行了。

马二先生这段"举业论"，理不可谓不壮，情不可谓不切，但十足是歪理歪情，令人喷饭。马先生顺着历史线，一代一代介绍，一层比一层荒谬，底子本来就歪，上面越盖越斜，根本立不住。马先生在最后重提孔子，是想和第一层接起来，兜住整段大论，颇有纵横家的口才，可惜，这塔早已经倒成废墟了。

不管是老鸨还是马二，他们迂回而精密的念白，莫不是一种"对严肃端庄的戏仿与解构"，造塔的过程就是拆塔的过程。这种笔墨，讽刺意味不言自明，多宝塔是一种文字游戏，也是一种文章策略；行文秩序是修辞秩序，也是一种隐秘的道德秩序。秩序，代表着稳定，代表着对伦理道德的期许，多宝塔越工整越讲究，讽刺之意味便越浓；行院人家的手段千奇百怪，犹如多宝塔般将人罩得死死的，看官怎敢不心生恐惧？举业之渊源，说到底是功名富贵（那个给你官做）之渊源，士人为此沦为行尸走肉，看官怎敢不背生冷汗？

情节的骨架

　　古典小说中有一篇《燕丹子》，很少为人谈论，却是无可争议的上乘之作，其情节骨架便是多宝塔结构。《燕丹子》分上中下三卷，作者不知，原本失佚，清代编《四库全书》从《永乐大典》中辑出，只列入存目，没有正文，四库总纂纪晓岚自抄一份，学者孙星衍得到了抄本，详加校勘，后收入各种丛书，才保留了下来。[①] 至于《燕丹子》的写作时代，学界有秦汉、东汉乃至六朝说等，不管如何，这篇小说是中国早期小说的代表作，明人胡应麟认为是"古今小说杂传之祖"[②]。

　　小说讲的是燕太子丹请荆轲刺杀秦王的故事。太子丹礼遇荆轲的

---

①孙星衍为《燕丹子》写的"叙"自述流传过程，见《汉魏六朝笔记小说大观》，上海古籍出版社1999年版，第33页。
②见胡应麟《少室山房笔丛》卷三二"四部正讹下"，上海书店出版社2009年版，第316页。

部分便是三层多宝塔。第一层，太子丹和荆轲在东宫游玩，荆轲捡瓦片丢池子里的龟做耍，太子让人捧来金块，让荆轲用金块打玩，用完再供，直到荆轲尽兴。第二层，太子丹与荆轲共骑千里马，荆轲说："闻千里马肝美。"太子丹立刻杀马进肝，请荆轲享用。第三层，两人在华阳台饮酒，有美人善弹琴，荆轲赞叹。太子丹要把美人送给荆轲，荆轲说："但爱其手耳。"太子丹竟将美人的双手砍下，装在玉盘中送给他。三件具体的事，三层宝塔，极力渲染太子丹对荆轲超出常情之敬爱。除了供金打耍，另两件事都十足残酷，尤其砍下美人双手送荆轲，真是骇人心魄。荆轲三年间受到太子厚遇，愿为太子刺杀秦王。

在燕丹子砍掉弹琴美人双手的情节中，有一个细节：樊将军得罪于秦，秦求之急，乃来归太子。太子为置酒华阳之台。这个小细节直接关系到刺秦计策的成败，而且安插得很巧妙：加在第三次试诚心的情节中，樊将军来燕，燕丹子招待，在宴会上砍掉美人双手送给荆轲——将一个新线索流水无痕地置于旧线索的推进之中，省却许多笔墨。于是小说要起另外一座多宝塔——荆轲想见秦王，必须凑齐两个条件：樊将军首级、燕国督亢地图。督亢地图好说，难的是樊将军的首级，太子心不忍。荆轲见樊将军，讲以利害，樊将军自刎而死，将首级送给荆轲。而在《史记·刺客列传》中，荆轲刺秦的预备条件还有一项，便是刺杀的匕首："于是太子豫求天下之利匕首，得赵人徐夫人匕首，取之百金，使工以药焠之，以试人，血濡缕，人无不立死者。"同样记载荆轲事迹的《战国策·燕三》中，也有求匕首的情节，文字与太史公基本相同。

至于《燕丹子》与《史记》荆轲传孰先孰后的问题，学界向来有不少争论。① 我们倾向于认为《燕丹子》乃后出，是在《史记》基础上经过了文学化的改编，但不知为何，小说作者没有沿用匕首这个情节。总之，樊将军的首级、燕国地图、匕首，成为荆轲刺秦最重要的准备，这三样东西获取的过程，是一座微型宝塔——也是给秦王预备的三层纳骨塔。图穷匕见后，秦王被荆轲制服。千钧一发之际，秦王提出了一个看似荒唐的要求：乞听琴声而死。机智的琴女用歌词造出三层救命塔：

> 罗縠单衣，可掣而绝。八尺屏风，可超而越。鹿卢之剑，可负而拔。

秦王按琴女的提醒进行反抗，成功脱身，荆轲拔出匕首飞刺，"刃入铜柱，火出"——这六个字力道十足，画面感极强，太史公只写了"不中，中铜柱"。而后秦王"断荆轲两手"，荆轲靠着柱子箕踞而骂："吾坐轻易，为竖子所欺。燕国之不报，我事之不立哉！"至此，英雄悲壮落幕。在结尾，有一个很容易被疏忽的细节：秦王反杀时，也砍断了荆轲的两手——前文情节中，燕丹子曾砍断弹琴美人的双手送给荆轲，而荆轲刺秦，因琴女而事败，自己的双手也被砍断，真是一段令人悚寒的因果报应。琴女唱歌、荆轲双手被砍断这两个细节，为《史记》所无，是这篇小说绝妙的创造，这位佚名作者真是小说高手。

多宝塔叙事法的好处显而易见：用于对话时，给文字注入跳跃的、

---

① 整理校勘《燕丹子》的孙星衍在"叙"中认为本书是"先秦古书"，那自然当在司马迁作《史记》之前。对此，不少学者持怀疑态度。

明快的节奏，不至于死板枯燥，增加了娱乐效果；用于情节推进时，条理清晰，每一层都是不同的状态，波浪一般前推后继，不断渲染，多层之中也有主次之别，详略参差，疾缓间错。比如王婆说十分光，前九分光一个节奏，最后一分光突然慢下来，细细地教西门庆怎么去捏金莲的脚，好比在小小茶碗中造冲天波浪，真是好看煞的笔墨。多宝塔结构蕴含着一种游戏意识，使行文拥有一种建筑的美感。游戏意识的背后，这种对秩序的偏执是古代作家内心深处的本能，也是文化精英自觉承担的社会义务——很多时候，他们透过小说的秩序工整，来期许社会伦理的工整秩序。

变奏：

从春暖花开到凄风冷雨

古典小说本无现实主义、浪漫主义等概念，那是后人研究者加上去的，将《红楼梦》《金瓶梅》界定为现实主义小说，将《封神演义》《西游记》界定为神魔小说等等，有时候这种划分并不准确。在明清两代，小说文体高度成熟，体裁、风格合流的现象越来越多，比如罗贯中著、冯梦龙增补的《三遂平妖传》，李百川的《绿野仙踪》，在求道成仙、斗法交战的情节中，融入了大量写实的世情笔墨，一时满天神佛，一时人情世故，交错闪映，形成精彩的变奏。

文本温度的切换

《红楼梦》有一处文风上的大变奏，第二十五回《魇魔法姊弟逢五鬼　红楼梦通灵遇双真》，赵姨娘托请马道婆施展压胜邪法，诅咒王熙凤和贾宝玉：

> 宝玉大叫一声："我要死！"将身一纵，离炕跳有三四尺高，口内乱嚷乱叫……正没个主见，忽见凤姐儿手持一把明晃晃刚刀砍进园来，见鸡杀鸡，见狗杀狗，见人就要杀人，众人亦发慌了。

马道婆的压胜之术如此灵验，将这对姊弟咒得生命垂危，引起好一场风波。这段情节堪称全书中最凶险、最可怖也是最突兀的部分。之前莫不是鸟语花香、儿女情长，至此忽然凄风冷雨，满纸黑气腾腾。压胜之事关乎神魔，在"醉金刚轻财尚义侠""痴女儿遗帕染相思"这种人情世故、莺燕啁啾之后，紧接以如此超自然的不可思议之事，真是波谲云诡。①此处大变奏，上承第十二回贾瑞照镜的神秘气息，下启第七十五回"开夜宴异兆发悲音"——贾珍和妻妾夜宴，忽闻祠堂内发出悲叹之声：

> 恍惚闻得祠堂内槅扇开阖之声。只觉得风气森森，比先更觉凉飒起来。月色惨淡，也不似先明朗，众妇女都觉毛发倒竖。

此处情节，昭示着荣宁二府不可阻挡地没落，真是鲁迅所谓"悲凉之雾，遍被华林"②。前后并置两段风格迥异笔墨，微风燕子斜和大雪满弓刀可以和谐相处，是古典小说常用的变奏之法。张竹坡说《金瓶梅》有"冷热金针"，冷热二字是"一部之金钥"，有的情节写热闹，有的情节写冷清，冷热的变奏甚至安排在人物名字中，比如温秀才之温、韩道国之寒等等，全书冷与热交替变化，形成独特的叙事变奏："前半处处冷，令人不耐看；后半处处热，而人又看不出。前半冷，当在写最热处，玩之即知；后半热，看孟玉楼上坟，放笔描清明春色便知。"③清代评点家张新之在《红楼梦读法》中也指出："《金瓶》演冷热，此书亦演冷热。"④

冷笔与热笔交替叙事，有的是正笔，有的是闲笔，以冷映热，或

---

①关于这段情节，有学者认为宝玉与凤姐是得了"真性斑疹伤寒"，说他们可能是送秦可卿出殡时在农庄、在水月庵歇脚住宿，被虱子所传染的。见吴组缃《说稗集》，北京大学出版社1987年版，第7页。
②《中国小说史略》中谈及《红楼梦》之语。
③张竹坡《批评第一奇书金瓶梅·读法》。
④见《古典文学研究资料汇编·红楼梦卷》，中华书局1963年版，第154页。

以热映冷，可以灵活转变，形成不同的变奏，成为古典小说的基本结构法之一。毛纶、毛宗岗父子在《读三国志法》中就提到过这种正闲交错的变奏写作：

> 《三国》一书，有寒冰破热，凉风扫尘之妙。如关公五关斩将之时，忽有镇国寺内遇普静长老一段文字；昭烈跃马檀溪之时，忽有水镜庄上遇司马先生一段文字；孙策虎踞江东之时，忽有遇于吉一段文字；曹操进爵魏王之时，忽有遇左慈一段文字；昭烈三顾草庐之时，忽有遇崔州平席地闲谈一段文字；关公水淹七军之后，忽有玉泉山月下点化一段文字……真足令人躁思顿清，烦襟尽涤。

这种意境上的变换与交错，让全书形成一种冰火两重天的奇妙的阅读质感。浦安迪对这种冷热变奏叙事有着精辟见解："'冷热'字样在明清小说戏曲中的意义，远远不止天气的冷暖而已，而是具有象征人生经验的起落的美学意义，才有所谓'热中冷''冷中热'的交错模式出现，泛指大千世界芸芸众生之生生不息的荣枯盛衰。"①毛氏父子说《三国》有"笙箫夹鼓，琴瑟间钟之妙""豪士传与美人传合为一书"，指的就是这样变奏相间的叙事艺术。

再如《水浒传》，书中大部分情节可谓最是写实，城市乡村、山林水泊、庄园客店，莫不有健沛的生活气息。不写实，鲁智深不会因

---

① [美] 浦安迪《中国叙事学》，北京大学出版社 2018 年第 2 版，第 103 页。

肚饿打不过生铁佛；不写实，林冲不会从塌了的草厅底下拽出絮被；不写实，武松不会害疟疾在廊下烤火取暖；不写实，朱仝不会将小衙内驮在肩头上玩耍；不写实，柴进不会大费周章方能混入皇宫。正是在这些拳拳到肉的写实中，经常夹杂着风格上的大变奏。比如百回本第四十二回，刚智取了无为军、活捉了黄文炳，宋江在还道村遇到了九天玄女：

> 那娘娘坐于九龙床上，手执白玉圭璋，口中说道："请星主到此。"命童子献酒。两下青衣女童执着奇花金瓶，捧酒过来斟在玉杯内。一个为首的女童，执玉杯递酒来劝宋江。宋江起身，不敢推辞，接过玉杯，朝娘娘跪饮了一杯。

之后宋江吃仙枣、喝仙酒，受赐了九天玄女所传的三卷天书。娘娘法旨道："玉帝因为星主魔心未断，道行未完，暂罚下方，不久重登紫府，切不可分毫失忘。"宋江的这段奇遇，直接点明了他"星宿下凡"的本性，与本书在《人物》章所论述李逵、武松等人"神性"的部分暗暗相合。而此次变奏，也让读者重归开篇"洪太尉误走妖魔"的神秘氛围中。之后在第八十八回，九天玄女再次出现，这次是出现于宋江的梦中，传授他破解兀颜统军的混天象阵之法。前后两次从写实到写幻的变奏之间，还穿插了李逵斧劈罗真人、公孙胜斗法破高廉、芒砀山降魔、晁盖显圣、张顺魂捉方天定等超自然笔墨，作者似乎有意如此，当我们一旦沉浸于真实的细节中时，便安插一段奇幻之笔，让我们更换心情，变换眼光，看到此书的"寓言"真义。

交错中的光芒

这种在写实中夹杂奇幻的变奏手法，《三国演义》中也常见，诸葛亮排兵布阵、祭风禳星多有这等笔墨，在全书步步为营、稳扎稳打的情节推进中形成不可思议的变奏。因为《三国》与《水浒》的铺垫，这种变奏法对后世的历史演义类小说影响深远，几乎所有这类小说都会在战场上施加神力手段，动辄飞沙走石、魑魅魍魉，与"写实"的风格大相径庭。有趣的是，在《封神演义》中有一处风格变奏，与水浒、三国恰恰相反，是从奇幻向现实的变奏。书中第五十六回《子牙设计收九公》，邓九公因为酒后失言，曾许诺将女儿邓婵玉嫁给其貌不扬的土行孙，如今反悔，姜子牙派散宜生做说客，邓九公将计就计，想以这门亲事做幌子，捉拿姜子牙，可惜计谋失败，邓婵玉反被土行孙抢了去。

　　土行孙此时情兴已迫，按纳不住，上前一把搂定，小姐抵死拒住。土行孙曰："良时吉日，何必苦推，有误佳期？"竟将一手去解其衣，小姐双手推托，彼此扭作一堆。小姐终是女流，如何敌得土行孙过？不一时，满面流汗，喘吁气急，手已酸软。土行孙趁隙将右手插入里衣。婵玉及至以手挡抵，不觉其带已断。及将双手攥住里衣，其力愈怯。土行孙得空以手一抱，暖玉温香已贴满胸怀。檀口香腮，轻轻紧搵。小姐娇羞无主，将脸左右闪赚不得，流泪满面曰："如是恃强，定死不从！"土行孙那里肯放，死死压住，彼此推扭又有一个时辰……土行孙乘机将双手插入小姐腰里抱紧了一拎，腰已松了，里衣径往下一卸。邓婵玉被土行孙所算，及落手相持时，已被双肩隔住手，如何下得来！小姐展挣不得，不得已言曰："将军薄幸！既是夫妻，如何哄我？"土行孙曰："若不如此，贤妻又要千推万阻。"小姐惟闭目不言，娇羞满面，任土行孙解带脱衣。①

　　这段香艳粉腻的描写，放在前后稠密冗长的征战情节间，真似奇峰突起。《封神演义》神魔乱舞，天地间任意驰骋，千万种神技、千万种怪物，比之于《西游记》更要脱离现实世界，可谓奇幻的极致。在这些光怪陆离、罕见人间烟火的文字中，突然插入一段土行孙与邓婵玉的鱼水之欢，真有春风扑面、花气袭人之感。而且这段文字的动作描写相当细腻，与大开大合、遮天蔽日的神仙打架完全是两种笔调，

---

①本书引用《封神演义》原文，皆依据齐鲁书社 1980 年版。

变奏变得大矣。

男性战将俘虏女性战将而强迫交欢的情节，在古典小说中屡见不鲜，但写得如土行孙与邓婵玉这样细微的，凤毛麟角。其他小说里，"半强半求、半推半就"的文字都是草草带过，不会耐着性子去写来回推阻的动作细节。看这段文字，土行孙如何用强，邓婵玉如何阻拦，你来我挡的小动作非常丰富，竟"推扭"了一个时辰，若非土行孙用计哄骗，这场戏不知还要拉锯多久。这些丰富的肢体动作，便是一个个开展变奏的音符，越细微，读者离神界越远，在人世的土地上站得越稳，越细微，读者就越能沉浸此中之香色，越细微，读者越能忘记前文对阵之枯燥。

风格的变奏，建立在"人物变奏"的基础上。《水浒》人物莫不鲜活真实，人物言行、遭际有时候虽离奇，但大抵符合现实生活的定律，人物吃饭睡觉，口渴肚饥，不离现实层面；武术技击的招式虽有夸张，武松神力云云，但也没有武侠小说式的上天入地、掌震山河之狂想。但一百单八将中，依然夹杂着几个"真实又魔幻"之人，比如神行太保戴宗、入云龙公孙胜、混世魔王樊瑞等，一方面，他们的行动坐卧与他人无异，都紧紧贴合现实，另一方面，他们又有超自然的神技，随时可以从夯实的地面上起飞，超越世俗，进入"道法"的神奇世界。包括《三国》中的诸葛亮，正如鲁迅所说，"多智而近妖"。诸葛亮在七星台借风、五丈原禳星的情节，是《封神演义》式的，是超拔于全书的整体气质的。现实牢牢扎在土壤中，这些人物却常常欲飞翔起来。同样的道理，土行孙在神魔世界中纵横久了，也有返回地面的时刻。

　　探究这种风格上的变奏，除了古代作者有意让读者认识到故事的寓言性质之外，还必须意识到一点：在古人的世界中，超自然的奇幻事迹或许并非那么不可思议。古人的宇宙观与自然观与当今完全不同，从庙堂到林野，鬼神崇拜与祖先崇拜几乎成为全民信仰，神仙显灵、祖先显圣、道法、神技、幻术，对他们来说都是可能的（当然《封神演义》是"奇迹"的极端，不属于这种情况）。古人即使未亲眼见过，也会在心底相信这些奇迹在某个角落的某个时刻正在发生——施耐庵、罗贯中写奇幻之事，也许是相信这些奇迹本身就是"真实"的。古典小说作者讲述一段神奇之事后，经常说此事载于某某典籍，非我编造，可见不虚。他们是真的坚信这份真实，还是为了对读者"神道设教"，不好断定，但古人的世界观确实是相对淳朴与天真的。如此说来，我们理解的风格变奏，对他们来说不过是"真实"的另一种样态罢了。

　　在《西游记》中，也存在不少风格变奏。宏观来看，师徒经历的九九八十一难，也不全是妖魔鬼怪要吃唐僧肉的事，比如女儿国就是一次清新温柔的变奏，再比如第六十四回，唐僧被一个叫"十八公"的松树精请去，与其他三个老者柏树精、桧树精、竹竿精谈经论道，赋诗吟咏，不见丝毫"劫难"之象，颇有些大唐长安宫中文学雅会的意思了。后来出现一位杏仙女子，欲与唐僧成亲，遭到拒绝，众妖精也未敢强迫。此难位列八十一难第五十二难"棘林吟咏"（见第九十九回八十一难名目），与其他劫难迥异，是一次风格上的大变奏，让读者一洗恐怖紧张的腥风血雨，来一次放松休憩。

　　《儒林外史》也有风格上的大变奏，从文人的日常行止陡然转入贼人打劫、老妇诈尸、山中奇遇等情节，看似都是典型的风格转折，但这几处特别的情节被许多学者认证为后人伪墨，非吴敬梓原笔。有趣的是，坚持认为这部分情节是伪墨的学者，也多从"风格大异"的角度提出质疑。如今盛行的五十六回本《儒林外史》[①]收录了这些情节，出于严谨，我们就不以为例证了。

①有学者认为此书末尾的"幽榜"是后人所加的伪墨，原本只有五十五回，还有学者认为本书只有五十回。而此书现存最早的刻本卧闲草堂本是五十六回，如今流通最广的也是这一版本。

变奏的驱动力

古典小说中，风格变奏在精不在多，插入几处，使故事焕然变色，带给读者更加有趣的阅读体验。到晚清狎邪小说《品花宝鉴》中，尤其是本书后半部分，"风格变奏"竟成了第一叙事法，成为推进情节的一种套路手段——因为此书专讲清中后期京城的"相公"群体，属于龙阳题材，不免涉及同性风月，为了突出主角们"色而不淫"的纯洁性，又设计了不少品格卑劣、言行污浊的丑角来做比对。

于是在行文风格上也频频变奏：此部分写文人才子与知己相公的绵绵深情，吟诗作对、赏雪饮酒、互诉衷肠；紧接着，下一部分便写丑角如何骚扰相公，施展种种令人作呕的诡计，一心满足淫欲。于是乎，全书的情节在纯洁与鄙俗的交替中缓缓前进，两种风格的变奏成为固定的章法，呆板固然呆板，但简单有效。比如第四十五回，写众相公名士在怡园中题联集锦，全是"君如趁月来游，云移一鹤；我欲乘风归去，桥卧长虹""梅雨平添瓜蔓水，豆花新带稻香风"这种笔墨，而在下一回，便写本书第一色鬼奚十一，找高人用"海狗肾"来修理自己的命根子（当是从《肉蒲团》学来），手术过程也是荒唐污秽至极，与前一回的风格形成锐利的反差。

汉学家浦安迪眼光犀利，发现了古典小说这一将截然相反的风格加以交错和变奏的传统，称之为"二元补衬"[1]（complementary bipolarity），认为这是中国古典小说在主题和话语层面上的基本结构原则之一[2]，古典小说从章节题目到剧情设计都追求一种"对偶美学"，也就是我们说的风格变奏。比如《儒林外史》第二十六回，前半段写向观察哭友，极堂皇郑重，可歌可泣，在后半段旋即接入鲍廷玺娶王太太的情节，文风陡变，从肃穆转为嬉笑，从悲哀转入狂欢，与前半段形成鲜明的反差，这便是"互补的对立"，也便是鲁迅所谓的"戚而能谐"。明末方汝浩所著《禅真逸史》第二十二回，杜伏威途中赶路，遇到一位裘南峰（谐音"男风"），千方百计勾搭他，杜伏威设计戏弄了裘生，十足滑稽，紧接着，杜伏威遇到三位仙人，文章陡然正经庄严了起来，比之《儒林》是反向的变奏法。清末小说大家吴趼人在叙事方面多有创新，但依然继承了这种反差变换法，他自评《二十年目睹之怪现状》："有一段极冷淡处，便接一段极亲热处；有一段极狠恶处，便接一段极融乐处。两两相形，神情毕现。"[3]

除了风格上的变奏，最常见的当是情节的变奏。金圣叹评《水浒》

①有学者翻译为"互补的对立"。
②[美]浦安迪《中国叙事学》，北京大学出版社 2018 年第 2 版，第 120–121 页。
③引自陈平原《中国小说叙事模式的转变》第四章，北京大学出版社 2010 年第 2 版，第 95 页。

章法，常常提到一个词：横云断山。顾名思义，一条山岭连绵而去，忽然大云弥漫，遮断了山岭，从云中生出线索来，穿云破雾一番，重新接上山岭。这是一种延宕节奏、变换节奏的写作，如两打祝家庄后，忽然插入解珍、解宝争虎越狱事；打大名城时，忽插入截江鬼、油里鳅谋财害命事等等。金圣叹说，用这种法子——

只为文字太长了，便恐累坠，故从半腰间暂时闪出，以间隔之。①

这种技法在其他古典小说中也很常见，方式也多样，基本上凡是"三打""三气""三败"这种多次行动，还有杨志与周瑾比箭、张清打石子败众将、车轮战等场面，都会在其中加入停顿的变奏，使情节不至于呆滞。《封神演义》也深谙此道，在姜子牙破十阵的漫长情节中，加入种种新人物、新线索来横云断岭，不然一阵一阵去破，真应了张竹坡的话："如三家村冬烘先生讲日记故事"，读者要打起瞌睡了。《封神演义》全书十有六七写子牙伐纣的征战过程，到第八十九回时，忽然将重心从战场上转回纣王，写他"敲骨剖孕妇"的暴行，这也是一处变奏，为的是和全书开始部分的纣王昏淫接上榫卯，此处再写其暴虐，乃是尾声，是"回光返照"。横云断岭的变奏，最终还是要回到山岭上。

《红楼梦》中也有一处精彩的情节变奏，藏得极深，第七十四回《惑奸谗抄检大观园　矢孤介杜绝宁国府》，因为傻大姐误拾绣春囊一

①金圣叹《读第五才子书法》。

事，王夫人派王善保家的带头抄检大观园。接下来，便是"情节中变奏"的典范：先是从上夜的婆子房内抄起，都是些攒下的灯油蜡烛等物；接着来到怡红院，袭人等丫鬟老实配合，接着陡然生波，"只见晴雯挽着头发闯进来，嚯啷一声，将箱子掀开，两手捉着底子朝天，往地下尽情一倒，将所有之物尽都倒出。"然后，来到潇湘馆，晴雯掀起的大浪暂平，小浪又起，王善保家的发现了男子随身之物，凤姐解释说都是宝玉的东西。

　　以上都是小打小闹的小变奏，接下来才是整段情节的大变奏。王善保家的一行来到探春院内。探春先明知故问何事，又讽刺凤姐说："我们的丫头，自然都是些贼，我就是头一个窝主。既如此，先来搜我的箱柜，他们所有偷了来的，都交给我藏着呢！"于是命丫头将所有箱柜全部打开，让凤姐极是难堪，连忙说好话打圆场。探春加强攻势，说可以搜自己，偏不许搜丫头，更感叹："可知这样大族人家，若从外头杀来，一时是杀不死的，这是古人曾说的'百足之虫，死而不僵'，必须先从家里自杀自灭起来，才能一败涂地呢！"众媳妇见探春难惹，纷纷告退，谁知王善保家的不知好歹，竟上前拉扯探春的衣服，嘻嘻笑道："连姑娘身上我都翻了，果然没有什么。"这下彻底激恼了探春，扬手给了这个老货一耳光，骂说："你打谅我是同你们姑娘那样好性儿，由着你们欺负他，就错了主意！"

　　经此大变奏，王善保家的颜面扫地，而抄检任务不尴不尬地继续推进，离了探春，来到暖香坞，李纨已休息，不好惊动，搜了搜丫鬟的东西便来到惜春房内；在惜春的丫鬟入画箱中翻出了违禁东西，入画解释说是她哥哥寄存在这里的；来到迎春房内，抄检进入尾声，也来到高潮，迎春的丫鬟司棋藏了表弟潘又安的双喜笺帖。而司棋，正是王善保媳妇的外孙女。王善保家的搬起石头砸了自己的脚，尴尬收场。

这场标志着大观园由盛入衰的大抄检，在行文中加入多处变奏，上夜婆子只是个破题儿，怡红院的晴雯扬起一层波，在潇湘馆平息，接着探春处又是大波浪，在李纨处平息，惜春处的入画也有小波，最后在迎春处的司棋再起大波。快速略写的，是上夜婆子、李纨处；稍详写的，是潇湘馆、惜春处；更详写的，是晴雯、司棋处；最详写的关键处，则是探春。探春处的变奏，将情节的气氛与情绪拉到极致，入画、司棋不过是收尾余波而已，探春打王善保家的才是这段文字的核心。一章抄检文字，充满大小不一、详略各异的变奏，真是大家手笔。

正如我们开篇所说的，明清小说有大量的风格合流现象，神魔可以和世情合流，公案可以和侠义合流，可以和传记合流①，言情可以和历史合流②，也可以和侠义合流③，还能和志怪合流，甚至和战争合流，比如《蜃楼志》《花月痕》等作品，在旖旎情事中也间杂不少征战叙事，这也是一种风格变奏。这类变奏笔墨冗杂，我们就不专门分析了，略加提及，权作补充。

---

①明末记录于谦生平事迹的长篇小说《于少保萃忠全传》中，就穿插了一些俗套的公案情节。
②如《梼杌闲评》写魏忠贤发家灭身史，却有大量细腻笔墨写其情爱经历。
③比如《好逑传》《野叟曝言》《儿女英雄传》等，在言情中都有不少侠义元素，将"英雄之义"与"儿女之情"进行深度融合，代表着明清时期儒家理学思想的一些变化。

隐秘的变奏

　　情节的变奏使文章精神一新，而有的纯然是笔墨游戏——为了增加一些喜剧色彩。比如《西游记》第二十九回，孙悟空已被唐僧赶走，猪八戒在宝象国国王面前发下豪言，要捉了黄袍怪，救公主回国，带沙僧来与妖王放对：

　　　　他们在那山坡前，战经八九个回合，八戒渐渐不济将来，钉钯难举，气力不加……那呆子道："沙僧，你且上前来与他斗着，让老猪出恭来。"他就顾不得沙僧，一溜往那蒿草薜萝，荆棘葛藤里，不分好歹，一顿钻进；那管刮破头皮，搠伤嘴脸，一毂辘睡倒，再也不敢出来。但留半边耳朵，听着梆声。[1]

------

①本书引用《西游记》原文，皆依据人民文学出版社 2010 年版。

我们都知道八戒贪吃贪睡，但与妖怪打到一半儿，竟钻进蒿草中睡着，真是超乎想象。从激战到酣睡，对八戒来说自然而然，但对读者，这则是一记充满喜剧色彩的变奏。这变奏是游戏之笔，是闲笔，让八戒暂时退场，八戒退场，沙僧必然不济，被黄袍怪抓了。通过这一变奏，让八戒不得不去请大师兄——这才是正笔。还有第六十回，孙悟空因吃铁扇公主哄骗给了假扇，过不得火焰山，来积雷山摩云洞找牛魔王说情，谁知误恼了牛魔王的小妾玉面公主，惹得老牛与大圣刀兵相见。牛魔王态度强硬："你若三合敌得我，我着山妻借你；如敌不过，打死你与我雪恨！"两人大战百十回合，不分胜负。

> 正在难解难分之际，只听得山峰上有人叫道："牛爷爷，我大王多多拜上，幸赐早临，好安座也！"牛王闻说，使混铁棍支住金箍棒，叫道："猢狲，你且住了，等我去一个朋友家赴会来者！"言毕，按下云头，径至洞里，对玉面公主道："美人，才那雷公嘴的男子乃孙悟空猢狲，被我一顿棍打走了，再不敢来。你放心耍子，我到一个朋友处吃酒去也。"他才卸了盔甲，穿一领鸦青剪绒袄子，走出门，跨上辟水金睛兽，着小的们看守门庭，半云半雾，一直向西北方而去。

这段情节有些突兀，牛魔王正与悟空激战，忽有人叫他去赴宴，牛魔王竟撇下悟空，回洞中跟小妾吹嘘一番，潇洒去也。论变奏之突兀，与八戒睡觉差不多少，好像在一首金戈铁马的曲子里，忽然进出荷塘月色的调子来，教读者猝不及防。从战场入酒场，牛魔王这变奏

《杨柳青红楼梦年画·刘姥姥游大观园》

《杨柳青红楼梦年画·暖香坞雅制春灯谜》

够任性——这也是游戏闲笔，牛魔王去赴宴，是为了下文让悟空变作他的模样，去骗铁扇公主要芭蕉扇而已。

我们上文说了风格之变奏、情节之变奏，最后再说一种非常罕见而精妙的隐性变奏：一段文字看似如何如何，其实隐隐中已经变奏为另一番气象。金批本《水浒传》第十二回，梁中书赏识杨志，有意提拔他，下教武场献技。副牌军周瑾与其比枪，闻达站出来说，刀枪无情，"恐有伤损，轻则残疾，重则致命，此乃于军不利"，提议"可将两根枪去了枪头，各用毡片包裹，地下蘸了石灰，再各上马，都与皂衫穿着。但是枪杆厮搠，如白点多者，当输。"此比武法可谓别出心裁，周瑾与杨志依法准备了，下场对决：

> 那周瑾跃马挺枪，直取杨志；这杨志也拍战马，撚手中枪来战周瑾。两个在阵前来来往往，番番复复，搅做一团，扭做一块。鞍上人斗人，坐下马斗马。两个斗了四五十合。看周瑾时，恰似打翻了豆腐的，斑斑点点，约有三五十处。看杨志时，只有左肩胛上一点白。

这场比武的描写，如美人玉手剥笋般，层次清晰，有条不紊，真如电影般形象生动，末尾还有定格的传神画面。周瑾满身的白斑点，当是满身的血窟窿，本是血窟窿，此时却是三五十处白点，如此妙笔，令人神往。更妙的是，杨志"左肩胛上一点白"，这一点白，不仅定了比武的输赢，还是此情节的点睛之笔，杨志若全身无白，这段文字将失去八分神采，若多了，也是庸笔，恰恰的只那么一点白，恰到好处。[①] 因为有这点白，杨志才神威毕现，若无这点白，杨志将沦为俗劣的武侠小说中以一敌百的失真人物，非是才子手笔。金圣叹批得好："写周瑾点多不足喜，喜其写杨志肩胛上亦有一点也。"

比武，本是血性涌动、龙争虎斗、你死我活、间不容发之事，充斥着刀兵碰撞、人喊马嘶、锣鼓大噪之声，而杨志与周瑾比武，不见这些俗情笔墨，用两杆绑着毡布骨朵的无头枪，只是"来来往往，番番复复，搅做一团，扭做一块"，寥寥十六字——还是不见什么文采的十六字，写最要紧最激烈的动作，加之最后的白斑点对比，满是文秀之气。比枪这段文字看似是武事，其实是文事，没有鲜血臭汗，没有人仰马翻，倒像林黛玉与史湘云中秋联对，也激烈，也精彩，也密不透风，周瑾最勇猛的一招，是寒塘渡鹤影，杨志最潇洒的一击，是冷月葬花魂。将武事写成文事，真是才子的笔墨游戏——这便是我们说的隐性变奏。

《红楼梦》第五十二回《俏平儿情掩虾须镯　勇晴雯病补雀金裘》，宝玉从贾母处得了一件"哦啰斯国拿孔雀毛拈的线织的"雀金裘，去舅舅家赴宴，不慎后襟子上烧了一块，跺脚哀叹。给婆子送出去修补，回说织补匠人、裁缝绣匠并作女工的都不敢揽，最后无法，患病卧床的晴雯挺身而出，要修补这件雀金裘：

> 晴雯道："不用你蝎蝎螫螫的，我自知道。"一面说，一面坐起来，挽了一挽头发，披了衣裳，只觉头重身轻，满眼金星乱迸，

---

① 这段比武，被方汝浩化用在《禅真逸史》第二十一回，杜伏威与薛举切磋，"杜伏威肩膊上着了两点，左腿上着了一点，薛举只右臂上着一点。"

实实撑不住。待要不作，又怕宝玉着急，少不得狠命咬牙挨着，便命麝月只帮着纫线……晴雯先将里子打开，用茶钟口大小的一个竹弓钉牢在背面，再将破口四边用金刀刮的散松松的，然后用针纫了两条线，分出经纬，亦如界线之法，先界出地子来，然后依本衣之纹来回织补。织补两针，又看看，织补两针，又端详端详。无奈头晕眼黑，气喘神虚，补不上三五针便伏在枕上歇一回……一时只听得自鸣钟已敲了四下，也刚刚补完。又用小牙刷慢慢的剔出毡毛来……晴雯已嗽了几阵，好容易补完了，说了一声："补虽补了，到底不像，我也再不能了。"嗳哟一声，便身不由主倒下了。

这回的题目点出晴雯是"勇"，这段病补雀金裘的情节，表面上看是闺中活计，是一套高超的女工技巧，而在我们看来，这段情节不啻于一次于千军万马中取敌首级的激烈战斗。晴雯哪里是晴雯？简直是力挽狂澜的大将军，临危受命，从病榻上挣起，解民于倒悬，扶大厦于将倾。

看她挽头发，那是戴狮子盔；看她披衣裳，那是穿战袍；狠命挨着，是上了战马；让麝月帮着纫线，是孩儿们抬来自己的丈八蛇矛；将里子打开，是策马上前直取敌将；分出经纬、界出地子来，是和敌将交上了手；将破口用金刀刮松，是卖弄本事，把蛇矛舞得一团月光也似；依本衣之纹来回织补，是左右试探，寻找敌将的破绽；补两针，又看看，是观察敌将招数的套路；补不上三五针便伏枕歇一回，是抱着病体在战马上勉强支撑；自鸣钟敲了四下，是大战了三百回合；用小牙刷剔出毡毛来，是终于一枪刺中敌将胁下；身不由主地倒下，是精疲力竭地趴在马上返回本阵——之后被王夫人赶出大观园，是朝廷兔死狗烹，过河拆桥；在家病死，是檀道济大呼"自毁万里长城"。

这段惊心动魄的闺中女工，纯然是晴雯的一次生死搏斗，她护的是宝玉，如此不顾性命，足见她对宝玉的深情。杨志与周瑾比武，是武事文写，将猛士打斗写成娇娃绣花，晴雯补裘，则是文事武写，将娇娃绣花写成猛士打斗，又是一种隐性变奏。这种武戏文唱手段，在当代武侠小说中也多有传承，想想金庸笔下无数书卷气浓郁的武功招式，便知端的。而自古写比武者，可有施耐庵文秀新丽？自古写闺房者，可有曹雪芹勇武猛烈？在他们笔下，文字一如孩童玩的玻璃球，稍稍发力，登时龙游凤飞，来回碰撞，纵横变化。笔墨游戏的最高境界，莫过于此。毛氏父子说《三国演义》的一段话非常适合用来注解这两段文武变奏的文字：

　　人但知《三国》之文是叙龙争虎斗之事，而不知为凤为鸾，为莺为燕，篇中有应接不暇者，令人于干戈队里，时见红裙；旌旗影中，常睹粉黛，殆所以豪士传与美人传合为一书矣。

本性：

今日方知我是我

《西游记》第八十五回，孙悟空解《心经》四句颂："佛在灵山莫远求，灵山只在汝心头。人人有个灵山塔，好向灵山塔下修。"这四句颂子不仅可以诠解《心经》，也可以诠解许多古典文学上乘佳作。

虎皮的穿与脱

《太平广记》第四三三卷记载了一则精彩绝伦的小故事。蒲州人崔韬去滁州游玩，至仁义馆住宿，馆吏说此馆凶恶，不便过夜。崔韬不听，坚持住下。二更时，正准备睡觉，忽然大门豁开，一只老虎跑了进来。崔韬惊逃，在暗处偷看，老虎在中庭脱去兽皮，化为女子，奇丽严饰，来到厅上，钻进崔韬的铺盖。崔韬出来问她何人，为何刚才是虎形。女子解释说自家贫穷，求夫君而不能，只好夜里偷偷穿上虎皮作衣服，知道有君子在此住宿，想自荐枕席，前后许多旅客都吓死了。自己本心无恶，请崔韬体察。于是二人相好。隔日，崔韬将虎皮丢入厅后的枯井中，带女子而去。后来崔韬明经及第，任职宣城，带着妻儿赴任，又在仁义馆留宿。去枯井中看，昔日的虎皮宛然如故。崔韬对妻子玩笑道："往日卿所著之衣犹在。"妻子说："可令人取之。"崔妻拿到虎皮，走下台阶，将虎皮穿上，转瞬又化为老虎，跳跃咆哮，奔到厅上，将崔韬和儿子都吃了。

这则故事最早录于唐朝薛用弱的《集异记》，后编入《太平广记》。笔记小说中变幻莫测、光怪陆离的故事数不胜数，这个故事乃怪中之怪，有一种千年不散的说不清道不明的魅力，细究，大概是其中的惊悚气质：崔韬偶遇的女子是虎变的，而后重新见到虎皮，穿上后又变回老虎，更可怖的是，这只老虎把崔韬和儿子都吃了。吃至亲的丈夫和儿子，对"她"来说似乎没有任何心理负担。故事中的这份无情与冷峻，让人不寒而栗，也让人好生纳罕：此女从老虎变幻而来，和崔韬相处日久，还生下了儿子，难道就没有任何情义么？要回答这个问题，则关涉到中国古典文学中的一个重要母题：本性。

在讨论"本性"前，我们再举一则唐传奇小说《李征》[1]为例——这篇故事很有名，讲述才子李征恃才傲物，整日郁郁激愤，最终发狂变为山中猛虎，后来偶遇了故人袁傪，向他倾诉自己变虎后的复杂感受，并托付他照顾自己的妻儿。这篇故事中"反复挣扎的自我意识"受到当代学者的重视，"我今形变而心甚悟"，从心理学等角度多有解析。这类解析不能说不对，但属于以现代思维之靴去套古典故事之足。私以为，李征变为老虎，是一个"本性渐渐丧失"的过程，化为恶虎，当是一段现世的因果报应——在明清小说中提及这个典故，也是作为"不要恃才傲物"的反面教材，用来规劝士人。[2]

这种人与动物的互化，有着浓厚的佛教轮回说色彩，从人道入畜

---

①这篇小说收录于《太平广记》第四二七卷，又名《人虎传》，出自《宣室志》。
②明清之际的拟话本小说集《醒醒石》第六回《高才生傲世失原形　义气友念孤分半俸》就改编了这个故事，入话部分说："大凡人不可恃才，有所恃，必败于所恃。"

生道，是一种残酷的惩罚。李征因为性情太过执拗，愤世嫉俗太过，心性扭曲，最终变为畜生。不幸的是，在他的虎身中还保留了一点人之本性，在人性与兽性之间苦苦挣扎，耻于吃人又不得不吃人，他的本性忽明忽灭——这造成了他最深沉的痛苦。相比于崔韬的妻子，李征"不够纯粹"，崔韬的故事之所以震人心魄，就是因为这个化虎的女子可以决绝地与过往经验划开界限，可以瞬间无情，变为人，则彻底为人，变为虎，则彻底为虎，前后泾渭分明，不存在模糊的挣扎。此女本性是虎，却困在人形，不能张牙舞爪，等恢复了本性，则吃掉作为人的丈夫和儿子。若不吃掉崔韬和儿子，则不成其本性。崔韬妻的这种决绝无情的割断与诀别，在其他笔记小说中也有例证，《唐国史补》卷中最后一则小故事，原文如下：

> 贞元中，长安客有买妾者，居之数年，忽尔不知所之。一夜，提人首而至，告其夫曰："我有父冤，故至于此，今报矣！"请归，泣涕而诀，出门如风，俄顷却至，断其所生二子喉而去。[1]

如果要评选文学史上最佳微小说，此作当拔头筹。这则故事节奏迅猛如秋风扫落叶，简洁中又带大转折，内含丰富的信息，最后还有波澜——断其所生二子喉而去。这个女子伪装数年，报了仇，本已离开，却再回来——亲手杀了自己的两个儿子，才最终远去。这个故事中的女侠，并没有"人形虎性"的束缚，那么，为何她报仇后，要离开丈夫、杀掉自己的骨肉呢？

[1]《唐五代笔记小说大观》，上海古籍出版社 2000 年版，第 187 页。

在《太平广记》第一九四卷中有一篇《崔慎思》（原收录于《原化记》），堪称这则故事的详细变体。唐贞元时，博陵人崔慎思在京城居住，看到邻院女子相貌美丽，央人求婚，女子回说不想嫁人，以免以后有遗恨。崔慎思又求为妾，女子终于答应。两人在一起生活了两年，生有一子。数月后的深夜，此女突然消失，回来时拿着仇人的首级——原来她这几年来为报父仇，一直伺机刺杀郡守，而今终于遂愿。她与崔慎思郑重告别，与《唐国史补》中的故事相比，这个结尾增加了一处变奏——女子离开后又回来，说忘了哺乳孩子，"遂入室，良久而出"。崔慎思发觉蹊跷，进屋一看，发现孩子已死。故事末尾，作者写道：

> 杀其子者，以绝其念也，古之侠莫能过焉。[1]

这句话试图为妇人杀子提出解释：彻底斩断自己的念头。所谓关心则乱，若知道骨肉尚在世间，今后余生都有了牵绊。毕竟，女侠嫁人做妾，是为了隐藏身份伺机报仇，生子，是迫不得已，最后杀子，也是迫不得已——原文中有一句"良久而出"。女侠回屋杀子，本是电光石火间的事，为何良久而出呢？这是隐笔，暗示女侠必然经历了激烈的心理冲突才杀死亲生骨肉，彼时彼景，女侠之纠结之痛苦，之决绝之狠辣，如在眼前。不管如何不舍，到底还是杀了。女侠的本性就是女侠，她报了仇要离开，去哪里？做什么？我们不得而知，也无

---

[1]《初刻拍案惊奇》卷之四的头回中也讲了这则故事，说女侠杀子是"他要免心中记挂，故如此"。

须交代，只是隐藏身份嫁给崔慎思的这段生活，并非她的"本性"。所以狠心斩断一切羁绊，飘然而去。这种行为颇类似于贾宝玉在十九岁的大好年华毅然选择悬崖撒手——出家。宝玉放弃宝钗与儿子，与女侠杀子是同一种觉悟，虽然女侠之行为相较宝玉，宗教意味要淡化一些。对有些人来说，此等行止残酷绝情，但作为故事的寓意，这便是"超拔爱河，遁出火宅"——复仇的完成不是杀了仇人，而是杀死自己的骨肉，抹去"非本性"的经历与记忆。

这种侠女斩情丝的故事，听起来骇人耳目，无情近乎狠毒了，理解这种故事，不能脱离唐朝时佛道思想兴盛的大背景，渲染这种不近人情的行为，也是为增加侠女的神秘色彩。在唐传奇名篇《无双传》中，有一位古押衙，为帮助王仙客与无双重逢，残忍杀死多位无辜，最后决然自杀。这种"不近人情"与侠女如出一辙，都是侠的价值观使然，超出今人的理解。在《聊斋志异》中，有许多这类"女仙或狐女抛夫弃子"的故事，比如《翩翩》中，女仙翩翩救了落魄的罗子浮，与之相好，并生了一子，他们在一起生活了十余年，直到儿子成亲后（娶了另一位女仙花城之女），翩翩却要他们父子离去："子有俗骨，终非仙品。儿亦富贵中人，可携去，我不误儿生平。"翩翩虽不如唐朝女侠狠绝，但这份"保持本性"的持守却同属一源。

巧合的是，唐传奇中有一篇《天宝选人》[1]，与崔韬妻的故事极为相似。一男子赶路赴京，在村僧房借宿，偶遇一个盖着虎皮睡觉的女子，爱其颜色，悄悄将虎皮藏起。女子醒来大惊，与男子结为夫妻，随其上路。后数年，生有数子，路过当初相遇的旧地，丈夫调笑往事，

---

[1] 收录于《太平广记》第四二七卷。

女子大怒，坦白"某本非人类"，并索要虎皮衣。丈夫坦白藏在北屋，女子找回来，穿上后，"跳跃数步，已成巨虎"。而与崔韬妻故事不同的是，女子变回老虎后，并未吃掉丈夫儿子，只是"哮吼回顾，望林而往"。相较起来，这位女子恢复本性的过程并不是决绝的，那个"回顾"的动作，似乎尚存了些人的意味。如果我们放开想象，这只虎离去后，可能会处于李征的状态：在虎形中依然保留着人的记忆。也可能，她会从山林中返回，杀死丈夫与儿子，完成崔韬妻、崔慎思妾恢复本性的终极仪式。

《天宝选人》中的妻子因丢失虎皮，不得已进入俗世，而崔韬妻是自发脱去虎皮以近崔韬，她化为人、变回虎，文中都未交代动机——脱虎皮，或者是因为想做人妻子，体验人世滋味，那为何穿回虎皮呢？小说中只说看到虎皮，她就想穿，如人渴饮浆，腹饥寻食，全是本性使然，无须什么理由。穿回虎皮，就是告别"体验"的假象（不管这假象如何温暖舒适），恢复本性。《水浒传》第四回，鲁智深酒瘾发作，抢了卖酒汉子的酒吃，大醉后，"把皂直裰褪膊下来，把两只袖子缠在腰里，露出脊背上花绣来，扇着两个膀子上山来"。鲁智深大醉后脱衣服露花绣的动作，与崔韬妻脱虎皮的动作有种幽微的共鸣，都是一种"本性的恢复"——果然，鲁智深之后便放纵本性，连续大闹五台山。脱下直裰，是扯断金枷玉锁，露出花绣，是露出好汉本色。花绣一出，智深才清凉自在了，才如鱼得水了。第九十九回中，智深顿悟智真长老的偈言，香汤沐浴后，圆寂前，讨纸笔写下了那篇著名的颂子：

　　平生不修善果，只爱杀人放火，忽地顿开金枷，这里扯断玉锁。咦，钱塘江上潮信来，今日方知我是我。

　　这篇颂子是鲁达的临终宣言：各位梁山兄弟姐妹，鲁智深是假，花和尚是假，杀人是假，悔过也是假。今日看破之我，才是真我。《坛经》慧能大师有云："若能心中自有真，有真即是成佛因，自不求真外觅佛，去觅总是大痴人。"——智深真正领会了这四句话的真谛，从色入空，从热烈入冷寂，从辉煌殿宇入断壁残垣，从杀人放火入白茫茫一片真干净。所谓放下屠刀立地成佛，并非是罪业与善行的抵消算计，那是武大郎卖炊饼做买卖，非是修道事业。智深之本性，此时终于明澈。

　　《楞严经》云："诸可还者，自然非汝。不汝还者，非汝而谁？则知汝心本妙明净，汝自迷闷，丧本受沦，于生死中，常被漂溺。"——我们周遭之一切，明可还于日月，暗可还于虚空，就是我们自己这身酒囊饭袋、白粉骷髅，也都可以"还"出去，千还万还，一片干净后，还不走的，留下的大根本，就是本性，就是"真我"。佛教语境下的"本性"，与儒家的"本性"不甚相同，大概可等同于"真我"，我们在俗世生活的肉体、杂念、欲望等等都是虚假的水中月、镜中花，或是虚假的明镜台上之灰尘，并不是真我。

　　《绿野仙踪》中，冷于冰结交纨绔公子温如玉，不管他如何沉溺于赌博、嫖妓，不管他如何轻薄、浑噩，冷于冰总是谆谆引导，无非就是"见他仙骨珊珊，不忍心着他终于堕落。听他适才的话，像个有点回头光景"。一个人的言行举止，许多都是当局者迷的假象，有心人能看出本性，施菩萨心，救其出离堕落轮回的苦海——神魔小说中妖怪被降服后，总会"现出原形"，则是另一种意义上的度脱。

《红楼梦》第三十六回，袭人说了些关于死亡分散的"尽头实话"，让宝玉大为恐慌。尽头实话，是无可还处的实话，是根本实话。宝玉恐慌的，就是怕镜花水月变为泡影，然而正是在这些温柔乡的七彩泡影中，他的"真我"才不得显露。但世间好物不坚牢，彩云易散琉璃碎，《金刚经》所云，如梦幻泡影，如露亦如电，正是颠扑不破的真理。佛家云，有龙象力者方能放下。恢复本性的过程很艰难，柔弱如宝玉，最终也"打破胭脂阵，坐透红粉关"，见了"真我"。

我们进一步揣想，太白诗"举头望明月，低头思故乡"之"故乡"，是碎叶？是陇右？抑或是蜀地？《坛经》中，慧能大师圆寂前对伤心悲泣的弟子说："汝等悲泣，即不知吾去处，若知去处，即不悲泣。"慧能要去之处，便是李白之故乡，李白之故乡，便是"本性"。读者尽可以说我们是在附会，太白或许不是这个意思，但文学的浪漫正在于这种语义的暧昧，谁又能断言太白无深意呢？

本 性 的 明 与 灭

　　《聊斋志异》中的名篇《婴宁》，也是一则关于"本性"的寓言，只不过与崔韬、侠女的故事相比，婴宁要更加悲哀，她的本性是被人为造作慢慢消磨的。讨论本性，必须要讨论遮掩本性灵山的暧昧云雾，这些云雾是万千幻相，如何穿过幻相去看真景，《婴宁》是极佳的范本，值得我们细细分析。

　　这个故事的起笔不算惊艳，开篇朝着才子佳人的路子而去：王子服聪明绝顶，少年丧父，母亲宠爱。上元节这天，表兄吴生邀他游冶，偶遇婴宁主仆。不知有意还是无意，婴宁将一朵梅花丢在地上，王子服捡起，回到家念念不忘，乃至思念成疾，拜托吴生帮他寻找婴宁。吴生无从寻找，只能撒谎：乃我姑氏女，即君姨妹行，今尚待聘。还随口编造了婴宁的住所：西南山中，去此可三十余里。

　　本篇小说第一个奇妙的情节来了：王子服苦等吴生不来，心生怨恨，决定亲去寻找。于是将那朵梅花揣在袖中，负气而往，照吴生说的，"西南山中，去此可三十余里"。"丛花乱树中，隐隐有小里落"，果然有人家。不敢贸然入内，在外徘徊，见"一女郎由东向西，执杏花一朵，俛首自簪"，王子服喜出望外：此女正是上元节遇到的那位佳人，婴宁也。家中老媪邀请子服进门，互通宗阀，这老媪竟真是他的姨母。许多读者至此颇为困惑：之前吴生说婴宁是王子服姨妹，家住西南山中云云，都是他随口编造的谎话，为何王子服依言寻找，竟一一对应上了？之后文中也并未解释这一巧合。对此，清代评点家但明伦如此评注："绐词诡语，有谓其无心而幸中，是呆子话，不可读《聊斋》，不可与论文。"[1]

　　但明伦先生懒怠解释太多，我们试着代作解释：读《聊斋》，应时刻在心头刻画一关键字：幻。这个字是《聊斋》的落脚处，是文心所在。《聊斋》故事杂矣，怪力乱神多矣，皆是人情幻化。吴生顺口编造的信息，被王子服一一验证，并非"奇巧"，蒲松龄在提醒我们：此乃幻相也。婴宁是狐女，老媪亦非人类，他们所居住的地方自然也是"超自然之所在"，吴生随口一说，而幻境生，王子服为情所惑而入幻境，幻境中一切历历如真，一切随心所欲，所以才能严丝合缝，畅遂其愿。

　　《聊斋》中另有一篇《画壁》，触及"幻"之真义。朱孝廉去一处寺庙游玩，见壁画精美，人物栩栩如生。内有一位"垂髫"的散花天女，拈花微笑，殊为雅丽，朱孝廉神思摇荡，竟进入壁画，和这位垂髫天女纵情亲昵。后遇金甲使者点卯，垂髫女将朱孝廉藏在床下。

━━━━━━━━
[1] 见《聊斋志异会校会注会评本》，上海古籍出版社 2011 年第 2 版，第 148 页。

画外，寺内老僧对着壁画说：朱檀越何久游不归？——原来壁画中已经有了朱孝廉的画像，好像在听老僧说话，老僧又说：游侣久待矣。朱孝廉于是从壁画中出来，恍然糊涂。看画中拈花微笑的天女，已"不复垂髫矣"，在壁画世界中经历的事情，仿佛是真的一般。朱孝廉大惊，问老僧，老僧笑曰：

　　幻由人生，贫道何能解。

　　王子服与婴宁正式相见，婴宁"嗤嗤笑不已"。老媪说婴宁"年已十六，呆痴裁如婴儿"。子服与婴宁，一人炭火，一人冰水，一人心机玲珑，一人宛若混沌。王子服无可奈何，"恨其痴，无术可以悟之。"以说亲为由，子服带婴宁回家，和母亲一说，才发现这门亲戚很诡异，母亲确实有一位姐姐嫁给了秦氏，但早已去世。吴生听说此女名婴宁，惊诧说："秦家姑去世后，姑丈鳏居，祟于狐，人皆见之。姑丈殁，狐犹时来；后求天师符黏壁间，狐遂携女去。"阖家人对婴宁的来历大为疑惑，但婴宁不以为意——"室中吃吃，皆婴宁笑声"，"满室妇女，为之粲然"。

　　至此，叙述视角一转，转入吴生亲自去山中探查情况，正如《聊斋》许多故事一样，今不复昔，"庐舍全无，山花零落而已"。吴生回忆姑母埋葬处，就在附近，只是坟墓湮没，已无从辨别。得知情况后，王母怀疑婴宁是鬼，但心生怜悯，毕竟婴宁可爱烂漫，便留她在家。顺理成章地，婴宁和王子服成了亲。行新妇礼时，婴宁又开始笑，"笑极不能俯仰"。而后，进入婚后婴宁的状态：她不再乱说话，尤其不谈闺中秘事，也常为婆婆解忧，为下人求情，隐隐符合了"贤妇"的标准。除了笑，婴宁还爱花成癖，甚至典卖首饰来买花种，没几个月，王家"阶砌藩溷，无非花者"。因为爱花，婴宁常爬花架摘花玩，被邻家子看见，被婴宁的美貌所迷倒，婴宁指指墙下，笑着去了。邻家子以为婴宁要和他约会，大为兴奋，黄昏时来到墙下，果然见到婴宁正等着，于是"淫之"。神奇的事发生了：交合时，邻家子"阴如锥刺，痛彻于心"，再看"婴宁"，原来是一截枯木头，自己"交合"的地方，其实是雨水泡烂的窟窿，敲碎木头，里面有只蝎子。——幻相再生，简直和《画壁》有异曲同工之妙，美人是枯木，垂髫者不复垂髫，风月宝鉴两面也，正所谓淫者见淫，作者婆心，《聊斋》之妙，就在这等"幻"处。

邻家子因此而死，他家状告婴宁乃妖怪，幸好地方官信任王子服品行，王家才避免了一场灾祸。王母责备婴宁"过喜而伏忧"，婴宁忽然正色，发誓再也不笑了——果然，便是故意逗她，婴宁也不笑，虽不笑，却也没有悲哀的神色。之后，婴宁从贤惠人妇又增色为"孝女"。全文第一次写婴宁哭泣，"对生零涕"，自陈来历：本狐产。母临去，以妾托鬼母，相依十余年。求王子服安葬鬼母遗骸，以全她的心愿。找到老媪尸骸，婴宁"抚哭哀痛"。之后，婴宁生了儿子，"在怀抱中，不畏生人，见人辄笑，亦大有母风云"。

婴宁故事的主脉络，明线是与王子服从相识到成婚，暗线是从笑到不笑，甚至悲泣。但明伦说婴宁不笑，乃因为"笑已成功，何必复笑。盖至是而察姑及郎皆过笑矣，焉用笑？"之后婴宁哭，但明伦也说"今日之哭，正以哭其前日之笑耳"。但明伦似乎对婴宁的转变持肯定的态度，我们或许可以从另外一个角度来解读：婴宁从笑到不笑的过程，是从天真烂漫无拘无束无分善恶的少女，某种程度上"堕落"成庸常意义上的佳人的过程：容貌美丽，性格温顺，敬重丈夫，孝顺长辈。婚后的婴宁，变得没那么可爱了——她的本性，爱笑也好，爱花也好，纯洁无邪也好，调皮狡黠也好，已经被种种人为（伪）所污染了。作为狐女，她天生是世俗的超脱者，但不断陷入世俗之樊溷，让她的本性蒙上了一层灰翳。

　　婚前婚后的婴宁，存在一个明显的断裂。这个断裂的形成是因为嫁人、因为闯祸，说到底，是因为"入世"，纯然如混沌的婴宁，被污染了，所以她不笑了，不仅不笑，还要哭泣——为孝道流下最传统的眼泪。从这个角度来说，《婴宁》有着强烈的反礼教意味，这个故事之所以如此好看，是因为婴宁的笑，这个故事之所以如此深刻，是因为婴宁的不笑。婴宁不笑，天昏地暗，婴宁不笑，人心始有机巧。在这个故事中，王子服是崔韬，婴宁是那位虎女。相遇相识而结合，是婴宁脱下虎皮而为人，只是，她再也没有穿上那身虎皮，笑容渐渐消失，便是虎皮在枯井中渐渐腐烂。

丧失本性的悲剧

《庄子·应帝王》中，有一则著名的"浑沌"寓言：

南海之帝为倏，北海之帝为忽，中央之帝为浑沌。倏与忽时相与遇于浑沌之地，浑沌待之甚善。倏与忽谋报浑沌之德，曰："人皆有七窍以视听食息，此独无有，尝试凿之。"日凿一窍，七日而浑沌死。

这个寓言，在《婴宁》中得到了共振①——婴宁笑时为无窍浑沌（王子服"恨其痴，无术可以悟之"），不笑时，浑沌开窍而死（有术以悟之）。浑沌象征着无为，倏和忽象征着有为。无为自然纯朴，有为则打乱了

---

①婴宁二字便化自《庄子·大宗师》："其为物，无不将也，无不迎也，无不毁也，无不成也。其名为撄宁。撄宁也者，撄而后成者也。"

这种状态，引发灾难。倏和忽去浑沌的领地相会，浑沌"待之甚善"，就是招待得很好的意思。一个完全无为的、憨傻的、不通人情的，怎么可能"待之甚善"呢？这便启发我们进一步理解《婴宁》：婴宁本性之纯然天成，婴宁之憨傻，并非一般意义上的"憨傻"，婴宁之浑沌，也有"待之甚善"的一面，她的憨傻里也有精明（戏弄邻家子），只是这种精明并非人为造作的，也是纯然天性。

　　蒲松龄说婴宁是"隐于笑者"，但明伦评点说婴宁很多时候在装傻，并非说婴宁的"伪"，她的装傻，她的狡猾，也是纯然的、自然的，一团浑沌中的"待之甚善"而已。蒲松龄文末云："若解语花，正嫌其作态耳。"婴宁，㜈宁也，意思是"扰乱中保持安宁"。婴宁爱笑，便是㜈宁，在世俗浸染中保持安宁，可惜，她最终被婚姻、妇道、孝道所开窍，所以再也不笑。婴宁本性之星光就此趋于暗灭。花朵是婴宁本性的象征。文中有八个看似不起眼的字——"阶砌樊溷，无非花者。"樊溷，即篱笆、粪坑。婴宁爱花，连"阶砌樊溷"都种满了花——这些花，是婴宁魅力的一种放射，不仅在该有的地方都种满了花，就是樊溷这种污秽之处，也被她种满了花。婴宁之笑，婴宁之自然天成，无所不在，感染到所及的每一个人，那位可笑的邻家子，哪怕品格下流如樊溷，也被婴宁之魅力所"普照"。只是他的淫心化出来的是淫境，耽于幻，死于幻，自作自受也。《画壁》老僧云："幻由人生，贫道何能解。"

　　作为浑沌的婴宁"死亡"了，她还有复见本性的一天吗？她还有鲁达那般"今日方知我是我"而恢复大笑的一天吗？她会像崔韬的虎妻那样，在某一天毅然决然地抛下家庭（像《聊斋》中许多狐女、仙女那样），回归荒野吗？她会像复仇的侠女那般，杀死自己的骨肉，绝其念想，一去不回吗？我们不得而知，大概蒲松龄也不得而知。

正如慧能大师所说，若能心中自有真，有真即是成佛因。婴宁本性虽被盖住，但没有彻底泯灭。她尚保留了一丝笑起来的可能。婴宁来自幻境，却泯然于大多数人认定的真实中。我们可以将这个故事诠释为"成长"，婴宁是如何逐渐走向成熟的，但这样的解读有些残忍——本性，拳拳赤子之心，非要在上面钻孔开窍，能有何种下场呢？婴宁之悲，令人欲哭无泪。故事最后她的儿子"大有母风"，也慰藉不了这份悲哀。

婴宁本性的消磨与沉寂是不可逆的，这是莫大的悲剧。不过对另一位女性人物来说，本性不可逆地消灭乃是一种最高的理想追求，这个人物便是白娘子。《警世通言》第二十八卷《白娘子永镇雷峰塔》演绎了这段中国著名的爱情故事，在小说最后，白娘子被法海禅师用计收服①，现出原形——"变了三尺长一条白蛇，兀自昂头看着许宣。"

在这个时候，白娘子的本性是白蛇抑或是人？若是白蛇，畜类本无人之情爱，为何"兀自昂头看着许宣"？若是人，为何形体却又是三尺白蛇？白娘子本是蛇，历经千年苦修，化作人形，与许宣数载夫妻，她不是畜类了，甚至不是妖类，她几乎达成了夙愿，做一个有情有欲的人。所以，她最后变回蛇后，"兀自昂头看着许宣"，这一个微小的动作，蕴含着白娘子无尽的酸楚。她不是崔韬妻，她是主动追求本性之蜕变，她脱去虎皮，再也不想穿回去。即便还形为蛇，她也不

①讽刺的是，是法海给许宣钵盂，要他收服白娘子，许宣照做了。白娘子被钵盂罩住后，还说："和你数载夫妻，好没一些儿人情！"

会像崔韬妻那样吃掉丈夫，兀自昂头看着许宣，有怨有恨，到底也有情。白娘子一生孜孜苦求的就是磨灭本性，或者说，重塑自己之本性。婴宁的悲剧，恰恰是白娘子最向往的人间喜剧。

在一些志怪小说中，本性是一种可以保留并加以传递的无形存在，意思近乎"灵魂"，一个人的本性，在其死后，可以不加损折地寄生于一个新的生命体上。比如明初文言小说集《剪灯新话》，其中有一篇《金凤钗记》，姐姐兴娘死后，灵魂寄生于妹妹庆娘身上，继续与情郎厮守；还有一篇《爱卿传》，通过投胎转世的方法，保存了罗爱爱的"本性"，与情郎重逢。《聊斋志异》中有一篇《小谢》，也有类似寄生的元素——在这类志怪小说中，本性的保存与寄生，说到底，都是为了追求"情"之永恒不灭。而这类本性转世的最经典的例子，当属唐传奇集《甘泽谣》中的"圆观"一则[①]，便是著名的"三生石"的故事。

圆观是唐朝大历末年洛阳的一位高僧，与李源是至交好友，两人结伴入蜀游玩，返回时，圆观托生为一个孕妇的儿子，他圆寂前与李源约定：十二年后的中秋夜，在杭州天竺寺外重逢，以证因缘。十二年后的中秋夜，李源到杭州天竺寺赴约，见到一个牧牛小童走来，唱了一首词道：

　　　　三生石上旧精魂，赏月吟风不要论。
　　　　惭愧情人远相访，此身虽异性长存。

---

①收于《太平广记》第三八七卷。

　　"三生石"由此成为古典文学中极为重要的典故，许多诗词曲赋中都有"三生石"的影子，这段故事在清代古吴墨浪子的《西湖佳话》中有更详细的敷演①。这首词最后一句"此身虽异性长存"，这里的"性"，便是真我本性，身体虽不同了，状态虽变化了，"性"却永存——这也是以上所有故事的精髓。

---

①见该书卷十三《三生石迹》，圆观所吟诗有个别字出入。

传承：

吃橘莫忘洞庭湖

俗话说，无巧不成书，古典小说常用这句话为情节发展、人物遭遇做解释。我们将这句话延伸一下：无巧不成书，无巧也不成文学史。这份巧，许多都是作者狡黠而隐秘的致意。中国古典小说自成一个相对封闭的语义与审美的宇宙，遍布黑洞，散发着不易逃脱的强悍的因袭之力，这是一种优势，也是束缚。

不可确证的真相

在《初刻拍案惊奇》和《红楼梦》中，有两段高度相似的描写：

　　唐卿思量要大大撩拨他一撩拨，开了箱子，取出一条白罗帕子来，将一个胡桃系着，绾上一个同心结，抛到女子面前。女子本等看见了，故意假做不知，呆着脸只自当橹。唐卿恐怕女子真个不觉，被人看见，频频把眼送意，把手指着，要他收取。女子只是大剌剌的在那里，竟像个不会意的。看看船家收了纤，将要下船，唐卿一发着急了，指手画脚。见他只是不动，没个是处，倒懊悔无及。恨不得伸出一只长手，仍旧取了过来。

　　船家下得舱来，唐卿面挣得通红，冷汗直淋，好生置身无地。只见那女儿不慌不忙，轻轻把脚伸去帕子边，将鞋尖勾将过来，遮在裙底下了。慢慢低身倒去，拾在袖中。腆着脸，对着水外只是笑。唐卿被他急坏，却又见他正到利害头上，如此做作，遮掩过了，心里私下感他，越觉得风情着人。自此两下多有意了。

——《初刻拍案惊奇》卷三十二《乔兑换胡子宣淫　显报施卧师入定》

　　贾琏一面接了茶吃茶，一面暗将自己带的一个汉玉九龙佩解了下来，拴在手巾上，趁丫鬟回头时，仍撂了过去。二姐亦不去拿，只粧看不见，仍坐了吃茶。只听后面一阵帘子响，却是尤老娘、三姐带着两个小丫头自后面走来。贾琏送目与二姐，令其拾取，这尤二姐亦只是不理。贾琏不知二姐何意，甚是着急，只得迎上来与尤老娘、三姐相见。一面又回头看二姐时，只见二姐笑着，没事人似的，再看一看手巾，不知那里去了，贾琏方放了心。

——《红楼梦》第六十四回《幽淑女悲题五美吟　浪荡子情遗九龙佩》

　　这两段文字的情理、情境、人物动作几乎可成对影，俱精彩全极：细节生动，将偷情者私递表赠时的急险与紧张表现得惟妙惟肖，让读者瞬间沉浸——甚至连表物都相似，一个是白罗帕子系着胡桃，一个是手巾[1]拴着汉玉九龙佩。凌濛初和曹雪芹谁写得好？各有千秋。凌濛初胜在"身临其境"，熨帖可亲，动作细节和人物心理真实生动，

———————————
①有的版本写作"手绢"。

曹雪芹胜在"冷眼旁观"，不介入过多情绪，任情节如水自然流淌。凌濛初写动作，又是"把眼送意"，又是"把手指着"，又是"指手划脚"，又是"挣得通红""冷汗直淋"，简直惊险万分，让观者也"恨不得伸出一只手，仍旧取了过来"。写女子，更是神妙，与唐卿状态如冰火两重天，那边急得火烧火燎，这边只是"不慌不忙""轻轻"，连用"勾""遮""倒""拾"四个动作，稳中有快，毫无黏滞。曹公则心如止水，写贾琏只一句"甚是着急"，比之凌濛初写唐卿简甚陋甚（读者对贾琏这段情节的感受，滑稽要多于担心），但接着，曹公的惊世一笔来了：只一个转身——"二姐笑着，没事人似的，再看一看手巾，不知那里去了。"干净利落，瞬间收煞。这一转身，犹如幻术，信物有无之间，幻境迭生。这一笔，极冷，又极热，功力渊深。

　　两段文字，有两个只见。凌濛初是，"只见那女儿不慌不忙，轻轻把脚伸去帕子边，将鞋尖勾将过来，遮在裙底下了。慢慢低身倒去，拾在袖中。腆着脸，对着水外只是笑。"曹雪芹是，"只见二姐笑着，没事人似的，再看一看手巾，不知那里去了，贾琏方放了心。"要说明的是，唐卿（并非姓唐名卿，而是刘尧举的字）这段故事是《乔兑换胡子宣淫　显报施卧师入定》的头回，并非正话，这段故事是有原型的，最早出自《睽车志》卷一，收入《宋稗类钞》卷七"报应"类，南宋《夷坚丁志》卷第十八也有"刘尧举"一条，情节简约。后来这条故事被冯梦龙编入《情史》卷三"情私类"，虽是文言，但情节丰富了许多[1]。作为冯梦龙"三言"的后继，凌濛初将这篇故事写成白话，

①对刘尧举故事原型的考察，详见谭正璧编《三言二拍资料》，第723—725页。

采入本篇小说头回，对比情节与动作描写，袭用的当是《情史》的文字。

"三言二拍"作为古典白话小说的巅峰之作，盛行于明末市井，以曹雪芹的博学，应该读过——冯梦龙大肆倡扬的"情教说"对曹写《红楼梦》有着深刻影响，已为学界广泛认同。曹公写贾琏偷情的这段文字，化用自"刘尧举"的故事当是无疑。至于是不是曹公有意化用，不好确证，我们可以更加浪漫地设想：也许曹公写贾琏这段情节时，那两天恰好刚刚重新翻了翻《情史》或者《初刻》的这一篇，所以随手借鉴了，也说不定。

我们再看看《聊斋》中的一篇《王桂庵》，起笔如下：

> 王樨，字桂庵，大名世家子。适南游，泊舟江岸。邻舟榜人女，绣履其中，风姿韵绝。王窥瞻既久，女若不觉。王朗吟"洛阳女儿对门居"，故使女闻。女似解其为己者，略举首一斜瞬之，俯首绣如故。王神志益驰，以金锭一枚遥投之，堕女襟上；女拾弃之，若不知为金也者。金落岸边。王拾归，益怪之，又以金钏掷之，堕足下，女操业不顾。无何，榜人自他归，王恐其见钏研诘，心急甚；女从容以双钩覆蔽之。榜人解缆，顺流径去。

这番场景，空间、人物乃至信物、动作，与前面两段惊人地相似。蒲松龄的生年比曹雪芹要早，他博览群书，《王桂庵》开篇这段情节应该也是从《情史》或《初刻》中袭用来的。这一串串的回响，真是让人感叹文学传承之妙。

《红楼梦》中经典的"黛玉葬花"情节，向来为人津津乐道，殊不知，黛玉葬花并非劈空独造。明代风流才子唐伯虎就有葬花之举，他创作的《花下酌酒歌》《桃花庵歌》等诗词，对黛玉的《葬花吟》有着明显影响——《红楼梦》第五回中出现过"唐伯虎画的《海棠春睡图》"，未尝不是曹公的一种致意。在《醒世恒言》第四卷《灌园叟晚逢仙女》中，"花痴"秋先可谓是林黛玉前身的老翁变相，他习惯将落花收集起来，"深埋长堤之下，谓之'葬花'"，甚至比黛玉还要痴情，除了葬花，还有"浴花"之举——倘有花片被雨打泥污的，必以清水再四洗涤，然后送入湖中，谓之"浴花"。

另一本名著《西游记》，也从当时流行的市井故事中"偷师"不少。凌濛初在《二刻拍案惊奇》第三十九卷《神偷寄兴一枝梅　侠盗惯行三昧戏》中，成功地塑造了"懒龙"这一绝世神偷的形象，他行窃后会在墙上画一枝梅花，由此得名。这一神偷形象，对后世侠盗类叙事影响深远。小说中，懒龙"身材小巧，胆气壮猛，心机灵变，度量慨慷"，经常干些偷富济贫的义事，手段高强，心思灵动。

> 曾有一日走到人家，见衣橱开着，急向里头藏身，要取橱中衣服。不匡这家子临上床时，将衣橱关好，上了大锁，竟把懒龙锁在橱内了。懒龙出来不得，心生一计，把橱内衣饰紧缠在身，又另包下一大包，俱挨着橱门。口里就做鼠咬衣裳之声。主人听得，叫起老姬来道："为何把老鼠关在橱内了，可不咬坏了衣服？快开了橱赶了出来。"老姬取火开橱。才开得门，那挨着门口包儿先滚了下地，说时迟，那时快，懒龙就这包滚下来头里，一同滚将出来，就势扑灭了老姬手中之火。老姬吃惊，大叫一声。懒

龙恐怕人起难脱，急取了那个包，随将老妪要处一拨，扑的跌倒在地，往外便走。[①]

再看《西游记》第八十四回，唐僧师徒一行来到灭法国，孙悟空先行入城探看。他变为一只飞蛾，进了王小二的客店，准备偷俗人的衣服头巾，好遮掩和尚的身份，免招灾祸。可王小二婆娘总是不睡，在灯下忙活：

> 行者暗想道："若等这婆子睡了下手，却不误了师父？"又恐更深，城门闭了，他就忍不住，飞下去，望灯上一扑。真是"舍身投火焰，焦额探残生"。那盏灯早已息了。他又摇身一变，变作个老鼠，叽叽哇哇的叫了两声，跳下来，拿着衣服、头巾，往外就走。

悟空偷衣服的手段，灭灯、假装老鼠，与懒龙颇为类似。说来有趣，悟空本身就是出了名的"积年老贼"，第二十四回他偷人参果，果子入地不见，悟空大为恼怒，召出土地神责骂："你不知老孙是盖天下有名的贼头。我当年偷蟠桃、盗御酒、窃灵丹，也不曾有人敢与我分用；怎么今日偷他一个果子，你就抽了我的头去了！"做弼马温时偷，做齐天大圣了也偷。取经一路，逢妖遇魔，悟空更是无数次施展神偷的绝技，简直是懒龙的神仙同行了。而在《神偷寄兴一枝梅》中，懒

---

① 本书引用《二刻拍案惊奇》原文，皆依据凤凰出版社2005年版。

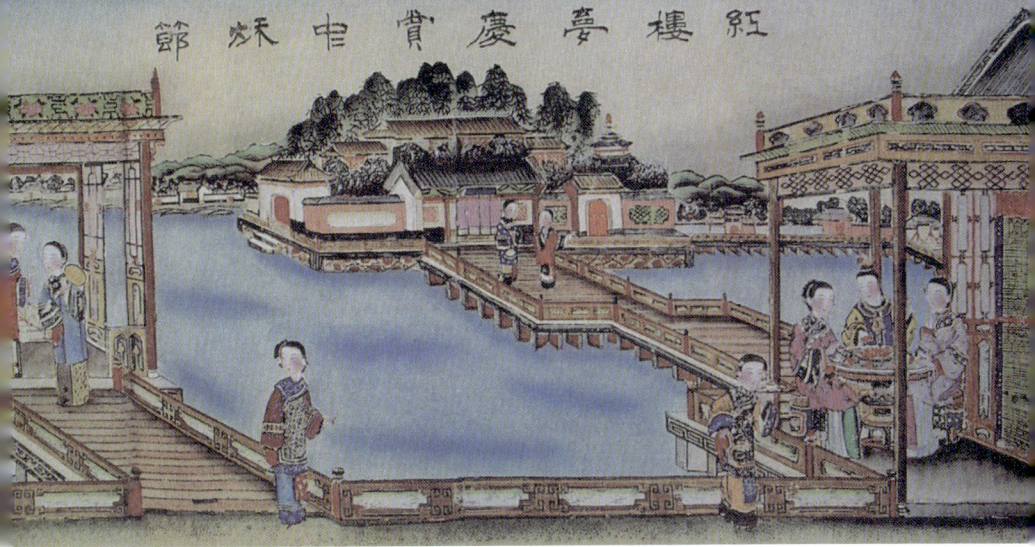

《杨柳青红楼梦年画·凹晶馆联诗悲寂寞》

《杨柳青红楼梦年画·占旺相四美钓游鱼》

龙还有一次壮举：他潜入无锡知县的衙门，将知县小老婆的头发给剪了，并放在了印匣子里，让知县大为惊恐，再也不敢缉捕他了。这段情节借鉴了唐传奇"红线盗盒"的故事。神不知鬼不觉地剪人头发，孙大圣也干过，依然是在第八十四回的灭法国，大圣分身出许多小行者，给整个皇宫内院都剃了头，堪称是懒龙行为的夸张版。凌濛初笔下的懒龙，"身材小巧，胆气壮猛，心机灵变，度量慨慷"，这些特点放在悟空身上，也严丝合缝，非常吻合。

那么，孙悟空的形象——至少他作为"神偷"的形象，是否借鉴了懒龙呢？这就需要我们稍做考证了。我们今天能看到的《西游记》最早的版本是万历壬辰陈元之序的金陵世德堂本，此本没有评点文字，也是足本。而凌濛初编创二拍，有明确史料佐证，是在崇祯年间，在《西游记》成书之后。读者定会疑惑：至少成书于万历壬辰之前的《西游记》，怎么会偷师后出的懒龙故事呢？

需要介绍一下，"一枝梅"懒龙的故事并非凌濛初原创，而是改编自当时非常盛行的民间传说，神偷"一枝梅"活跃于嘉靖年间，关于他的故事层出不穷，口口相传，大概也属于集体创作。[①] 作《西游记》者很有可能受到这个传说的影响，根据其中某些情节，给孙悟空增加了"神偷"的色彩。我们大胆设想，也有可能是凌濛初看了《西游记》，将孙悟空的某些偷盗行为丰富到了"懒龙"的故事中，至于哪些事迹

---

① 凌濛初在小说中有言："我朝嘉靖年间，苏州有个神偷懒龙，事迹颇多。"明末短篇小说集《欢喜冤家》第二十四回《一枝梅空设鸳鸯计》中，也讲述了一枝梅的故事。可见一枝梅懒龙在当时的民间是具有一定知名度的。

更早，哪些模仿是后，注定是一笔糊涂账。[1] 加之孙悟空形象来源极为复杂，是典型的"箭垛式"人物，向来是学界争论的话题，我们就不过多讨论了。

---

①林庚先生在《西游记漫话》中也对比了悟空与懒龙的人物形象，但没有分析两个人物的先后传承问题，只是从故事取材的角度加以对比，认为"孙悟空与懒龙在形象细节上的大量相似之处便具有更为普遍的意义和更为充分的说服力，因为它揭示出小说的共同的生活基础"。见《西游记漫话》，北京出版社2004年版，第25页。

空间与动作的搬用

晚清最杰出的小说之一《海上花列传》，第三十三回中，王莲生瞧见相好沈小红与唱武戏的小柳儿狎昵，大发雷霆：

> 莲生这一气非同小可，拨转身，抢进房间，先把大床前梳妆台狠命一扳，梳妆台便横倒下来，所有灯台、镜架、自鸣钟、玻璃花罩，"乒乒乓乓"撒满一地。但不知抽屉内新买的翡翠钏臂、押发，砸破不曾，并无下落。楼下娘姨阿珠听见，知道误事，飞奔上楼。大姐阿金大和三四个外场也簇拥而来。莲生又早去榻床上掇起烟盘往后一掼，将盘内全副烟具，零星摆设，像撒豆一般，"豁琅琅"直飞过中央圆桌。阿珠拚命上前，从莲生背后拦腰一抱。①

---

① 本书引用《海上花列传》，皆依据上海古籍出版社1996年版。

《金瓶梅》第二十回，西门庆瞧见行院中的李桂姐偷偷接交丁二官，也大为光火：

> 西门庆更毕衣，走至窗下偷眼观觑，正见李桂姐在房内，陪着一个戴方巾的蛮子饮酒。由不得心头火起，走到前边，一手把吃酒桌子掀翻，碟儿盏儿打的粉碎。喝令跟马的平安、玳安、画童、琴童四个小厮上来，把李家门窗户壁床帐都打碎了。应伯爵、谢希大、祝实念向前拉劝不住。

两段妓院吃醋的描写非常相似，空间与动作是一致的，连当事人发现相好偷情的方式都相同，皆是偷窥（莲生是从墙上的小洞里瞧见的），由此引发的反应也一样：疯狂打砸泄愤。韩邦庆写此书，叙事上从《水浒》、儒林借鉴许多，而精神气质也从《金瓶》《红楼》中沿袭不少，这段恩客吃醋情节，显然是从《金瓶梅》化来。《海上花列传》第五十一回，有一位尹痴鸳，写了一篇《秽史外编》，用典雅古奥的文风写床第之事。文章篇幅不短，引经据典，却谈不上雅谑，部分文字极尽鄙秽下流之能事。一众自命为文人雅客的嫖界头目对此文大加赞扬，细细赏鉴文中典故、修辞之妙，"洵不愧为绝世奇文矣"。这段奇文共赏情节，让人不由联想到《红楼梦》中贾宝玉作《姽婳将军词》一节，韩邦庆对女子的态度承袭自曹公，这段情节可看作是对宝玉颂姽婳将军、与贾府清客议论的一种戏拟，流露出强烈的讽刺意味——尹痴鸳之流，何曾懂得情，何曾懂得爱。

这种空间与动作的搬用，还有范例。《金瓶梅》第二十六回，西门庆为了与来旺妻宋惠莲长久勾搭，设毒计陷害来旺：

> 来旺儿睡了一觉，约一更天气，酒还未醒，正朦朦胧胧睡着，忽听的窗外隐隐有人叫他道："来旺哥，还不起来看看，你的媳妇子又被那没廉耻的勾引到花园后边，干那营生去了。亏你到睡的放心！"来旺儿猛可惊醒，睁开眼看看，不见老婆在房里，只认是雪娥看见甚动静，来递信与他。不觉怒从心上起，道："我在面前就弄鬼儿！"忙跳起身来，开了房门，迳扑到花园中来。刚到厢房中角门首，不防黑影里抛出一条凳子来，把来旺儿绊了一跤，只见响亮一声，一把刀子落地。左右闪过四五个小厮，大叫："有贼！"一齐向前，把来旺儿一把捉住了。

百回本《水浒传》第七回，林冲花了一千贯买了把宝刀，次日，高太尉派人请他去府中比看。林冲带着宝刀，被两个参随一路引入太尉府深处，中了圈套："探头入帘看时，只见檐前额上有四个青字，写道：'白虎节堂'。"林冲因携刀误入军机重地，被高俅陷害。再看来旺一节，简直是一例改编的情欲版本。《金瓶》从《水浒》袭来的不仅是整个故事开展的根基（金莲偷情），还有这等充满机诈的局部情节。

《水浒传》第五回，有一段著名的情节。鲁智深因解救刘太公女儿，与桃花山李忠、周通结识，却打心眼儿里看不起二人为人，独自下山去了，临去前：

两拳打翻两个小喽啰，便解搭膊，做一块儿捆了，口里都塞了些麻核桃。便取出包裹打开，没要紧的都撇了，只拿了桌上金银酒器，都踏匾了，拴在包里，胸前度牒袋内，藏了真长老的书信，跨了戒刀，提了禅杖，顶了衣包，便出寨来。

鲁智深为了携带方便，将金银酒器踏扁的动作，第三十一回武松复仇鸳鸯楼一段也用了，"把桌子上银酒器皿踏匾了，揣几件在怀里"，而偷金银器皿这一充满绿林气质的动作，又流传到《儒林外史》中，竟安排在一个女性角色上。《儒林外史》第四十回末尾：

沈琼枝在宋家过了几天，不见消息，想道："彼人一定是安排了我父亲，再来和我歪缠。不如走离了他家，再作道理。"将他那房里所有动用的金银器皿、真珠首饰，打了一个包袱，穿了七条裙子，扮做小老妈的模样，买通了那丫环，五更时分，从后门走了。

相较鲁达、武松之粗莽，沈琼枝要文雅一些，没有踏扁酒器，只打了个包袱偷走，但琼枝又有自己的新颖创造——"穿了七条裙子"，真是令人绝倒。黄小田在这里评说，沈琼枝这一行为是"鲁智深手笔"，这次有趣的承袭正映照了琼枝女中豪杰的气概。通过对动作的继承，鲁达、武松豪阔的性格也闪耀在琼枝的身上。

隐秘或明显的化用

清代评点家张新之在《红楼梦读法》中提出："《红楼梦》脱胎在《西游记》，借迳在《金瓶梅》，摄神在《水浒传》。"我们都知道《红楼梦》与《金瓶梅》牵连颇深，可谓无《金》便不会有《红》。哪怕《红楼》全书未提及《金瓶梅》一字，哪怕有学者认为曹雪芹在首回中痛斥的"更有一种风月笔墨，其淫秽污臭，涂毒笔墨，坏人子弟又不可胜数"是专指《金瓶梅》，但不妨碍《红楼梦》从章法结构到人物塑造上，都从《金瓶梅》学来不少。脂砚斋也评说"写个个皆到，全无安逸之笔，深得《金瓶》壶奥"[①]云云。曹雪芹熟读《金瓶梅》已是不争的事实，骂其涂毒笔墨的话，当是一种劝诫姿态，不可迂于字面。

不过，如果我们说曹雪芹写《红楼梦》也从褚人获的《隋唐演义》

---

① 见第十三回脂批。此外在第二十八回薛蟠说酒令一段、第六十六回柳湘莲说东府不干净一段，脂批都曾提及《金瓶梅》。

中汲取了营养，是不是会让人不明所以？如果我们进一步说，贾宝玉的人格形象与《隋唐演义》中的隋炀帝有青蓝之分，是不是更加"故作惊人语"？其实，已有学者注意两本书之间的微妙关系，但多是从"转世报应的风流公案"等叙事结构的宏观角度去讨论，我们将从文本的细节去挖掘这两本看似风马牛不相及的小说间神奇的联系。《红楼梦》第三十七回《秋爽斋偶结海棠社　蘅芜苑夜拟菊花题》中，探春带头创建了海棠诗社，以两盆白海棠为题，限门盆韵，看作者是如何写众美搜肠刮肚酝酿诗作的：

> 待书一样预备下四分纸笔，便都悄然各自思索起来。独黛玉或抚弄梧桐，或看秋色，或和丫嬛们嘲笑。迎春又命丫嬛炷了一支梦酣香。原来这梦酣香只有三寸来长，有灯草粗细，以其易烬，故以此烬为限，如香烬未成，便要受罚。一时探春便先有了，自提笔写出，又改抹了一回，递与迎春。

下一回中，在宝钗的协助下，湘云做东道，会集诸姊妹举办了第二场诗会，限作菊花诗。曹公更加细致、更加生动地描摹了众人作诗群像：

> 林黛玉因不大吃酒，又不吃螃蟹，自命人掇了一个绣墩，倚栏坐着，拿了钓竿钓鱼。宝钗手里拿着一枝桂花，玩了一回，俯在窗槛上，掰了桂花蕊掷向水面，引的游鱼浮上来唼喋。湘云出了一会神，又让一回袭人等，又招呼山坡下的众人，只管放量吃。

探春和李纨、惜春立在垂柳阴中看鸥鹭。迎春又独在花阴下拿着
花针穿茉莉花。

　　第一段，重点在黛玉，写她胸有成竹之神气、慧心妙手之捷才，
迎探等都是点缀，只是烘托；第二段是标准的群像场面，众姊妹为了
写诗各有各的"准备动作"，细节充沛，又是钓鱼又是赏花，又是逗
鱼又是招呼，又是看鸟儿又是穿花，画面感分明。脂砚斋此处评曰：
看他各人各式，亦如画家有孤耸独出，则有攒三聚五，疏疏密密，直
是一幅《百美图》。我们再看一段众人赛诗的文字：

　　　　炀帝坐在中间，四围观看：也有手托着香腮；也有颦蹙了画
　　眉；也有看着地弄裙带的；也有纸着笔仰天想的；有几个倚遍栏
　　杆；有几个缓步花阴；有的咬着指爪，微微吟咏；有的抱着护膝，
　　唧唧呆思。炀帝看了这些佳人的态度，不觉心荡神怡，忍不住立
　　起身来，好像元宵走马灯，团团的在中间转，往东边去磨一磨墨，
　　往西边来镇一镇笺；那边倚着桌，觑一觑花容；这边来靠着椅，
　　衬一衬香肩。转到庭中，又舍不得这里几个出神摹拟；走进轩里，
　　又要看外边这几个心情。

　　这段文字出自《隋唐演义》第三十回 [1]，也是标准的群像展现，
运用了韵文笔法，句句之间是精巧的对仗结构。论生动细腻、旖旎多

----

① 褚人获作《隋唐演义》从明末小说《隋炀帝艳史》中袭用极多。这一回的情节与《艳
　 史》第十七回多有重合，但众美赋诗构思一节为《艳史》所无，应是褚人获增补。

情，不输海棠菊花两节。一连串动作与神态的排列，以炀帝的目光为针线穿插为一体，也配得上脂砚斋说的"各人各式""疏疏密密"。只不过这些嫔妃的形象大同小异，不如黛玉、宝钗等人鲜活，所以即便有动作神态，也没有真实的灵魂，无法让读者生起情感上的爱怜，更像是富人家屏风上的百美图，没有活泛跳脱之气。单论场景布局与描摹手法，海棠诗社与炀帝主持的这场后宫诗会颇有神似之处。

　　炀帝的这场诗会，也是"题目不拘，就众妃子各人写怀赋志，何必别去搜求"。在下一回中，炀帝逐一观看嫔妃写的诗作，大加点评，这些诗都是俗套的淫词艳曲、陈词滥调，其文学水准不能与宝黛诸人的作品相比，经常垫底的宝玉若参加炀帝的诗会，大概也能拿个头名。总之，炀帝的嫔妃个个爱作诗、爱雅集，比于十二钗，并非捕风捉影。这类女子诗会，是对古代风流名士金谷诗会、兰亭诗会的一种闺阁版本的模仿。特别的是，炀帝庞大的后宫中有一位侯夫人，出现于第二十八回，"生得天姿国色，百媚千娇"，又能诗善赋，恃着才貌双全，自视不凡。可惜炀帝身处蝶群花丛，根本不知道她的存在。侯夫人独孤寂寞，终日以泪洗面。最终，她选择了悬梁自尽。自尽前，她将平日寄兴感怀的诗作写在乌丝笺上，装在一只锦囊中，系在右臂上，又把剩下的所有诗稿尽投火中烧毁了。[1]——读者可想起林黛玉焚稿断痴情了？

　　侯夫人之死，让炀帝伤心至极，自责说："是朕之过也！朕何等爱才，不料宫帏中，到失了一个才女，真可痛惜。"炀帝真情流露，抚尸痛哭："朕这般爱才好色，宫帏中却失了妃子。妃子这般有才有

---

[1]侯夫人焚诗自缢的情节在《隋炀帝艳史》第十五回。

色，咫尺间却不能遇朕。非朕负妃子，是妃子生来的命薄；非妃子不遇朕，是朕生来缘悭。妃子九原之下，慎勿怨朕。"在前一段情节中，炀帝还得意自己对嫔妃雨露均沾："朕虽有两京十六院无数奇姿异色，朕都一样加厚，并未曾冷落一人，使他不得其所，故朕到处欢然，盖有恩而无怨也。"本书中的炀帝，对嫔妃确实是极尽温柔缱绻，毫无帝王架子，所以深得嫔妃之心。在第三十四回，炀帝暴病，妃子朱贵儿竟决定割肉疗君，她说：

> "大凡人做了个女身，已是不幸的了；而又弃父母，抛亲戚，点入宫来，只道红颜薄命，如同腐草，即填沟壑。谁想遇着这个仁德之君，使我们时傍天颜，朝夕宴乐。莫谓我等真有无双国色，逞着容貌，该如此宠眷，设或遇着强暴之主，不是轻贱凌辱，即是冷宫守死，晓得什么怜香惜玉？怎能如当今万岁情深，个个体贴得心安意乐。所以侯夫人恨薄命而自缢身亡，王义念洪恩而思捐下体，这都是万岁感入人心处。"

嫔妃私下的评价都如此，可见炀帝在脂粉堆中的为人。第三十五回中，作者直写炀帝对待女子的态度："他是极肯在妇人面上细心体帖的。"第三十六回，因夜饮劳累，嫔妃之一的沙夫人小产卧床，炀帝诚心自责："妃子自己觉得身子持重，昨夜就该乘一个香车宝辇，便不至如此。此皆朕之过，失于检点，调度你们。"炀帝为人，极肯在妇人身上细心体贴、怜香惜玉、不顾身份肯俯就人，加之爱热闹、爱聚欢、爱繁华奢侈，自评"爱才好色"，这些性格特点与贾宝玉何其相似！炀帝营造西苑、五湖十六院，给众嫔妃分院居住，与宝黛等姊妹住于大观园，又有一种结构立意上的合卯。金学研究者说西门庆家的花园是《红楼》大观园的前身，可相比炀帝的十六院，似乎还不够"根正苗红"①。

此外，褚人获在文中常常流露出对女才子的崇拜赞叹之情，第二十八回开篇就说："世间男子才情敏捷，颖悟天成，不知妇人女子，心灵性巧，比男子更胜十倍者甚多。男子或诗或文，或艺或术，有所传授，原来有本。惟有女子的智慧，可以平空造作，巧夺天工。"这段话若放在《红楼梦》中，自然无痕。论文学水准，《隋唐演义》自然不能和《红楼梦》相提并论，但此书也有不少亮点，不乏妙笔生花处，足堪滋养曹雪芹。《隋唐演义》问世于康熙年间②，红学界一般认为曹雪芹生于康熙末年，完全有机会看到这本非常受欢迎的演义小说。

而明末另一本广为流传的小说《三遂平妖传》（冯梦龙增补版），似乎也启迪了曹公写作《红楼梦》的某些情节。《三遂平妖传》第十三回，道士贾清风因为痴迷胡媚儿，爱而不能得，神魂颠倒，走火入魔，生了大病，"夜夜梦见这小妖精来缠他。泄了几遍，成了滑精的病。日里三不知忽然火动，下边就流出来了。以后合着眼便看见媚儿。"最后油尽灯枯，年纪轻轻便死了。贾清风的遭遇，令人不由想起贾瑞。而且在第六回中，胡媚儿曾设计戏弄色心蠢动的贾清风，要

①这种对比主要是从美人各居一院的设计模式与园围规模的角度来说的，十六院与大观园在本质上是截然不同的。余英时先生认为《红楼梦》中存在理性世界与现实世界的鲜明对照，理想世界的大花园是情的、是纯洁的，现实世界是淫的、肮脏的。炀帝的十六院显然是后者，曹雪芹或许对之进行了深层净化。余先生的观点具体见《红楼梦的两个世界》，选自《历史与思想》，台湾联经出版事业公司1976年初版。
②《隋唐演义》现存最早刻本为四雪草堂刊本，卷首有康熙己亥年自序。

他和其他道士来了场龙阳会，《红楼》中王熙凤也设计贾瑞吃了贾蓉和贾蔷的亏。[1]

　　我们可以设想，少年时代的雪芹，瞒着家长，从书铺里偷偷买来《三遂平妖传》和《隋唐演义》，津津有味地读完，有欢喜处，也有不服处，随手扔在了才子佳人、神魔小说的书堆中，心发愿，手发瘾，何不亲下文场，写一本小说，超过所有这些作品？经历家事剧变后，他心智成熟，才学满溢，开始作《石头记》。在许多个漫漫长夜，曹公奋笔疾书，而无意识间，将炀帝、侯夫人与十六院的记忆，将贾清风与胡媚儿的记忆，融入了自己的笔端。创作，就是如此奥妙。

　　而褚人获作《隋唐演义》，是将前代文人、说书人乃至相关的野史笔记辑纂成书，有大量情节直接摘取自《隋史遗文》[2]《隋炀帝艳史》《隋唐两朝志传》等书。历史演义类小说的成书过程几乎莫不如此。而我们发现，《隋唐演义》不仅从相关的史料中采抄，还直接借鉴了一些伟大小说的设定。本书第十一回，秦叔宝和单雄信闲谈，单雄信说妻子怀孕十一个月了还未生产，非常忧心。两人正说着，仆人突然报说有个番僧前来化斋。单雄信和秦叔宝出来相见。书中对这位番僧的外貌有一番描写：

　　　　一双怪眼，两道拳眉。鼻尖高耸，恍如鹰爪钩镰，须鬓蓬松，却似狮张海口，嘴里念着番经罗喃，手里摇着铜磬琅珰。只道达

----

[1] 清代嘉庆年间的小说《蜃楼志》第十四回中，施小霞惩治心地不正的乌岱云的情节，也全然借鉴了王熙凤治贾瑞一段。
[2] 褚人获与《隋史遗文》的作者袁于令有交情。《隋唐演义》成书的考证还可参见汉学家何谷理的《〈隋唐演义〉与17世纪苏州精英文人圈的审美观》一文。

摩乘苇渡，还疑铁拐降山庄。[①]

　　单雄信招待这位番僧，供给牛肉。番僧自言要去西京，给太子（后来的炀帝）献一些"耍药"。单雄信问他求了些催产调经的药丸，番僧去后，单雄信将药丸给妻子服下，果然当晚便生下一个女儿来。番僧突然出现，略作停留，留下药丸后又飘然而去。同样，在《水浒后传》第三十一回，也出现一位叫萨头陀的妖僧，相貌奇特，荤腥不忌，擅长房中术。这都让我们想起《金瓶梅》中赠药给西门庆的那位胡僧。

　　《金瓶梅》第四十九回，西门庆在永福寺遇到了那位奇形怪状的胡僧——作者描写他的外貌全然写成了"人形阳具"，原文不再赘引。西门庆将他请回家中，此僧也是酒肉不禁，临去留下"百十丸"春药。胡僧的春药让西门庆的性能力达到了巅峰，也埋下了他纵欲而死的伏笔。《隋唐演义》《水浒后传》中豁然出现的番僧，可看作是西门庆所遇胡僧的延续，都是形貌古怪，耽于酒肉，又给人"耍药"。当然，精通房中术的胡僧形象，《金瓶梅》并非是滥觞，这类人物和魏晋、隋唐笔记小说中神通广大的胡僧形象都有渊源，金瓶只不过给胡僧形象增加了浓重的色情意味。

　　不仅这类历史演义作品，就是《儒林外史》这等文人独自创作的小说，在情节上也从历代笔记、野史中撷取借鉴了许多，有几处情节如郭孝子山中遇虎、陈木楠与邹泰来下棋等，化用自唐人笔记。钱锺书先生在《小说识小续》中有云："吾国旧小说巨构中，《儒林外史》

————————

① 这一回内容对应的是《隋史遗文》第十回，前后情节基本一致，但中间并没有这段番僧赠药的插笔，应是褚人获增补。

蹈袭依傍处最多"[1]，并将其中情节的典故源头列举了多处，以佐证吴敬梓的承袭。

古典小说是一个极为丰富、多义的话语世界，自有一套迥异于西方小说的叙事逻辑与宇宙观传统，如同一座花木繁茂的大观园，可以说它是封闭的，也可以说它是自足的[2]，作品之间常有因袭的关系。所谓文脉，具体到文笔，便是种种挪用与化用。历代小说家置身于这座大观园中，乱花渐欲迷人眼，既轻松又沉重，轻松于有着丰沛的传统资源可以借用、化用、袭用，在修辞表达上可谓左右逢源，而同时，又沉重于难以摆脱如疤癞般的窠臼，推陈出新变得极为不易。

①钱锺书《写在人生边上·人生边上的边上·石语》，生活·读书·新知三联书店 2002 年版，第 148 页。
②田晓菲在《留白：秋水堂论中西文学》中说："传统的小说形式总是寻求创造一个自足的世界，这个自足的小说世界对于现实生活是一种摹仿。"见《留白：秋水堂文化随笔》，广西师范大学出版社 2019 年版，第 138 页。

穿越时空的暗号

顺着《金瓶梅》说，西门庆遇到胡僧后，问其来历，胡僧回答："贫僧行不更名，坐不改姓，乃西域天竺国密松林，齐腰峰，寒庭寺下来的梵僧，云游至此，施药济人。"密松林，齐腰峰，是用很浅显的笔法暗喻女子性器官，而寒庭寺之"寒"，又点出本书一大主旨：大热大燥归于大冷大寒而已。胡僧的这种充满暗喻的介绍方式，是不是有似曾相识之感？

《红楼梦》开篇说，女娲炼石补天，在大荒山无稽崖，炼成三万六千五百零一块顽石，用了三万六千五百块，单单余下一块未用，弃在青埂峰下。大荒，荒唐也，无稽，毫无根据也，青埂，情根也。堕落于荒唐无稽之情根中，石头凡心炽热，想下凡"在那富贵场中、温柔乡里享受几年"。将主旨寓意化入地点名称中的写法，与《金瓶梅》

相仿佛。①在具体情节上，《红楼梦》第五十二回，平儿丢失了虾须镯之后发现是坠儿偷的，与《金瓶梅》第四十三回李瓶儿丢失金镯子一节，也有异曲同工之妙。此外，玳安私下里跟人评价西门庆的几位妻妾，与《红楼》中兴儿对尤家姐妹介绍府中姑娘们的情况，可看作是一副笔墨。其他相似与同构之处还有许多，不再赘言。

可以说，《红楼梦》与《金瓶梅》在最根本的主旨上是同源共体，都是一个庞杂的"度脱"的故事，教人觉悟破执。只不过相较《金瓶梅》的黑暗、恐怖、污秽、鲜血淋漓，《红楼梦》经过了深度净化，幻构出一个偏理想化的纯洁无邪的梦幻世界。自然，《红楼梦》中也有腌臜污秽之处，但相比《金瓶梅》，真是小巫见大巫。以譬喻论，《金瓶梅》是鲜血，《红楼梦》是鲜花，同一种红，却不同相。鲜血是经血、脓血、凶杀之血，鲜花是头上簪花、花冢落花、沁芳闸腐烂之花。

曹雪芹与兰陵笑笑生都是人间活菩萨，雪芹定然是深深折服于《金瓶梅》的，不然也不会偷师到如此地步。想来，他大概知道多数人无法看出《金瓶》深意，所以书中绝口不提（无法想象宝玉和姑娘们讨论潘金莲、李瓶儿，傻大姐捡到的那个春意香囊，大概是书中唯一的"金瓶梅式道具"②），甚至以"污秽笔墨"故作贬低，这是曹雪芹用意颇深的一段婆心。至今日，《金瓶梅》不再是少数文人学者的案头禁脔，普通读者只要花心思，并不难看到。但我们要"迂腐"地

---

①受《红楼梦》深刻影响的《镜花缘》，虚构出"蓬莱山薄命岩红岩洞""小蓬莱镜花岭水月村泣红亭"这样的地点，与更早的《西游记》之灵台方寸山、斜月三星洞都是一种寓意手法。

②夏志清先生在《中国古典小说史论》中认为，这个绣春囊出现于大观园，相当于蛇（魔鬼撒旦）出现于伊甸园。江西人民出版社2001年版，第291页。

说一句：请适当按一按自己的好奇心，不到一定年龄，未经一些世故，慎读《金瓶梅》，否则生了效法心[1]，眼光魔怔，会让自己堕入欲望的泥潭。这并非危言耸听。

言归正传，曹雪芹果真在书中没有提及《金瓶梅》吗？字面上看，确实没有，但正是字面上看，又似乎有。《金瓶梅》第四十一回中，春梅不肯去乔亲家府上赴宴，西门庆问为何，她说："俺们一个一个只像烧糊了卷子一般，平白出去惹人家笑话。"无独有偶，凤姐在《红楼梦》第四十六回中说："琏儿不配，我和平儿这一对烧胡了的卷子和他混罢！"在第五十一回中，凤姐再次用了这个比喻："说不得我自己吃些亏，把众人打扮体统了，宁可我得个好名儿也罢了。一个一个像烧糊了的卷子似的，人先笑话我，当家到把人弄出个花子来了。"

"烧糊了的卷子"这个比喻，大概是明清时候比较流行的北方俗语[2]，在曹雪芹时代也常用的，但让凤姐连续两次用这句俗语，颇有些不寻常。自然，我们也不能过分地执着于文本细节，一字一句地"以意逆志"，那容易走火入魔。不过既然我们这本书是"笔墨游戏"，不妨放开去想，"烧糊了的卷子"会不会是曹雪芹故意留下的一个暗号？一把钥匙？一贴膏药？这句毛糙而形象的俗语，让春梅与凤姐跨越上百年的时空而共鸣，也让这两本伟大作品在簇簇花荫下，悄悄地、害羞地拉了一下手。凤姐连用两次这个比喻，是曹雪芹在暗中致敬他汲

---

①弄珠客在《金瓶梅序》中云："读《金瓶梅》而生怜悯心者，菩萨也；生畏惧心者，君子也；生欢喜心者，小人也；生效法心者，乃禽兽耳。"
②暂时未在其他小说中发现这句俗语，参考张季皋主编《明清小说词典》之"烧糊了卷子"一条，也只引用《金瓶》与《红楼》两处。当然，这本词典选取的小说样本有限，尚不能断定他书没有。

取营养但又不能直言肯定的《金瓶梅》吗？这是古典小说大花园中某处旮旯的秘密，我们大概永远无法得知了。

汉学家韩南在《金瓶梅探源》中，对本书引录、化用的文学作品做了非常详尽的考察。据统计，《金瓶梅》（这里指词话本系统）中即使不算清曲，也有二十余种以上的不同作品，被作者以各种方式用在小说中。"有时，这些借用的片段以非常复杂的形式连接在一起。例如第一回，至少四或五段，各自从不同的作品中节录，编入一个故事中。"①许多白话短篇小说，比如《刎颈鸳鸯会》《志诚张主管》《新桥市韩五卖春情》等，都对《金瓶梅》的情节产生过影响，更勿论当时的一些色情小说如《如意君传》等，此外，唐传奇、宋朝史料、戏曲、清曲等，也直接影响了本书的写作。韩南教授的这些考证有着严谨的文本比对，可信度极高，他提醒我们："作者仰仗过去文学经验的程度远胜于他自己的个人观察。"②

《金瓶梅》是中国文人自主创作世情小说的开山之作，但它并不是毫无凭依地劈天而降，恰恰相反，兰陵笑笑生从既有的文学宝藏中采撷宝物为我所用，大量地引用、改用、化用，莫不超俗出新。正如韩南所言，"从正统的文言文学，他采取了正史和色情文学的片段。从书面的话本文学，他从长篇小说和短篇中有所采录。如同戏曲，这两种形式特别和作者的想象力投合，只要情景相似的最小一点暗示就能吸引他。从当时流行的口头文学，他采取了时曲，如果没有采取成篇说唱文学，那至少也引进了说唱技法。随意取材表明作者乐于运用

---

① 韩南《韩南中国小说论集》，王秋桂等译，北京大学出版社 2008 年版，第 224 页。
② 见上书，第 262 页。

所有文学形式。"①

明末清初，还有一本重要的长篇世情小说，西周生所著的《醒世姻缘传》。胡适、孙楷第、吴组缃等学者认为西周生是蒲松龄，此说尚有争议。不过研究者达成共识的是，此书受到《金瓶梅》的深刻影响（书中人物直接引用过潘金莲的话②），聚焦于家庭单位，来叙说有着浓厚轮回报应意味的故事。语言躁辣活泼，说教意味浓厚。有学者认为，"本书标志着世情小说中真正独立的个人创作的开始"③。之所以"僭越"《金瓶梅》，无非是说《金瓶梅》自《水浒传》的情节衍生而来，不如《醒世姻缘传》是纯粹的原创生发，此论有待商榷。我们说过，古典历史演义类作品多是集体创作④，将既有的史料、小说、戏曲等材料裁剪编纂，加入写书者的某些虚构，以此成书。但兰陵笑笑生、西周生、曹雪芹这等独立创作的小说家，究其根底，也并非那么"独立"，承认这个事实并不影响他们的原创性与开拓性，只是为了表明一个文学史上的真相：伟大的作品永远都是站在巨作的肩膀上，又往前迈去。

较真来说，哪有什么纯粹的戛戛独造、毫无依傍的文学作品呢？对一国之文学来讲，文字是一样的文字，天下也是一样的天下，所谓新者，也是从旧翻出。前人栽树，后人乘凉是也。《金瓶》《红楼》是

①韩南《韩南中国小说论集》，王秋桂等译，北京大学出版社 2008 年版，第 262 页。
②见《醒世姻缘传》第三回：珍哥把自己右手在鼻子间从下往上一推，咄的一声，又随即呕了一口，说道："这可是西门庆家潘金莲说的，'三条腿的蟾希罕，两条腿的骚尸老婆要千取万。'倒仰赖他过日子哩！"人民文学出版社 2015 年版，第 43 页。
③见《醒世姻缘传》前言，第 5 页。
④石昌渝先生便认为，《三国》《水浒》《西游》等素材积累成书不等于集体创作，本质上是"灌注了作家情志的个人创作"。这种观点与浦安迪论证"奇书小说乃文人小说"的思路是一致的。

吸收前人滋养才诞生，而二书之后，几乎所有世情、言情小说[①] 多多少少都有两书的影子，文脉支离蔓延，绵绵不断。更何况中国古典小说在故事结构、叙事逻辑与价值观方面，有着极为强大的因袭之力，前后脉络紧密，就这个论题来谈古典小说，真是无穷无尽，这篇文章将永远没有尽头。[②]

　　文学大概是一条河，各方作者只是其中的水滴，前后绵延不断，你中有我，我中有你，那些高手大家大概算是澎湃的浪头了，但不管如何澎湃，依然在这条大河中翻腾。我们假想与揣测的种种关于不同时代作者之间的共鸣与致敬，虽无法确证有意还是巧合，但都是真相无疑。

---

① 这里特指清代的旧小说。
② 马幼垣先生认为："中国长篇古典小说的发展有一特殊现象，看似毫不相干，甚至性质迥异的作品，竟会存着连锁式的密切关系。"见《水浒论衡》，生活·读书·新知三联书店 2007 年版，第 176 页。

说教：

传统与时俗的双重
压力

文学与道德的关系向来是文学批评的重要论题。在底蕴深厚的古典小说语境中，历代创作者起笔要面对的首要考量，便是于世道人心有无补益。大多数古典小说的旨意都指向淳风化俗的宏愿，于是常有浓重的说教色彩，让许多当代读者望而却步。如何理解说教，成为欣赏古典小说绕不开的话题。

文以载道的偏差

当代读者受现代主义文学影响颇深，看到古典小说中连篇累牍的说教文字，常会紧皱眉头，束之高阁。那么在当下，应该如何理解古典小说的说教姿态与教化功能呢？

有些批评家将古典小说热衷说教归因于"文以载道"的传统，认为文以载道是要求文章必须承担"道德义务"。"道"由此被简化等同于说教，其实这是对"文以载道"的误解。从先秦荀子提出"文以明道"开始，到宋代周敦颐明确提出"文以载道"后，这个讨论一直在继续，诸先贤对"道"的阐释也各不相同，让这四个字变得越发复杂深奥。追根溯源，这四个字不太适合用来讨论小说。文以载道的"文"，更接近于曹丕所谓"文章，经国之大事"的"文章"，并非小说。而不管是文章载的道，还是小说载的道，似乎都不应简单地理解为"道德"。文以载道，未尝不可以理解为写文章必须要有所寄托，对宇宙和现实人间有着深切的关照，不能是浅斟低唱的自我欣赏。用这四个字来解释为何古典小说爱说教，并不恰当。

中国古代并不重视"小说"[①]，《汉书·艺文志》云："小说家者流，盖出于稗官。街谈巷语，道听途说者之所造也。"引车卖浆流感兴趣的东西，上不了大雅之堂。但小说的地位并非是一成不变的，孔子虽不语怪力乱神，但也说过"虽小道，必有可观"，魏晋年间的志怪、唐代的传奇，许多都是位高权重的文臣所作，比如干宝、牛增孺、段成式等人。宋代官方编纂《太平广记》，足见对小说之重视。到明清两代，小说写作与出版都极蓬勃，上不了大雅之堂的局面已成过去，加之阳明心学对世俗欲望的肯定[②]，小说作为文体的地位一直在上升，清末民初乃至五四运动，小说俨然已是"文学之最上乘""今日诚欲救国，不可不自小说始，不可不自改良小说始"[③]。激进者甚至呼吁科举考试改为考写小说，大发厥词曰："与其得百司马迁，不若得一施耐庵；生百朱熹，不若生一金圣叹"[④]——这种论调在三百年前、五百年前是完全不可想象的，以前的小说家若看到这话，估计会惊得冷汗淋漓，连称"不敢不敢"，狂如圣叹，大概也不敢说一圣叹胜百朱熹。

古典小说的创作者粗略来说包括两类群体：一代代的民间艺人

①当然，在中国古代，"小说"这一概念也不断在变化。
②阳明心学尤其是后期左派对当时小说创作产生了直接而重要的影响，"王阳明主张为'愚夫愚妇'立教，并且要用'愚夫愚妇'喜闻乐见的形式宣传儒教，对于文人参与小说戏曲开了绿灯。"见石昌渝《中国小说源流论》，生活·读书·新知三联书店2015年版，第21页。
③王无生《论小说与改良社会之关系》，见《丛钞》，中华书局1960年版，第38页。
④伯耀《小说之支配于世界上纯以情理之真趣为观感》，转引自陈平原《中国小说叙事模式的转变》，北京大学出版社2010年版，第138页。

（说书人、书会先生），即口头文学的集体创作；案头文人。不管是说书人还是文人（两者还有交叉），小说的合法性都需要借助"经史"来巩固。经，圣贤之言，是调和阴阳、淳化万物的，是指向世俗并承担重大责任的。说书人在街头巷尾、田间地头说书，多是讲轮回报应、惩恶扬善的故事，在整顿风俗的意义上，是上承了"经"的血脉；而官方编订的史书，到底是帝王将相兴衰成败的大事，中间经过成王败寇的粉饰修改，留下了许多暧昧的间隙——这些间隙，成为小说茁壮生长的土壤。

古代历史演义小说汗牛充栋，几乎都是"史"的补充，虽然其中掺杂了大量子虚乌有的杜撰，然稗官野史也好，齐东野语也罢，都是民间记录的历史，或者更准确地说，是民间对历史的想象与虚构。《隋唐演义》开篇诗末两句说："怪是史书收不尽，故将彩笔谱奇文。"史书收不尽处，便是奇文衍生处。冯梦龙编著的《古今小说》（即《喻世明言》的最初版本①）序言中明确说："史统散而小说兴。始乎周季，盛于唐，而浸淫于宋。韩非、列御寇诸人，小说之祖也。"②——也说明了小说的诞生与史统的渊源关系。

作为古代记叙文学的至高经典，《左传》③与《史记》对后世小说家影响深远。金圣叹评《水浒》、张竹坡评《金瓶》、毛宗岗评《三国》，

---

① 有学者认为"古今小说"是"三言"系列的总称，但多数意见是"古今小说"专指《喻世明言》。

② 见曾祖荫《中国历代小说序跋选注》，长江文艺出版社 1982 年版，第 91 页。这篇序的作者"绿天馆主人"，学者多认为就是冯梦龙。

③《左传》对后世小说的影响，钱锺书有高论："《左传》记言而实乃拟言、代言，谓是后世小说、院本中对话、宾白之椎轮草创，未遽过也。"见《管锥编·左传正义一·杜预序》，《钱锺书集》，生活·读书·新知三联书店 2001 年版，第 273 页。

都从叙事技巧的角度，将作品比于《史记》。① 明代文学家钟惺在《水浒传序》中，从记叙文学的角度，认为《史记》中最奇绝者，当是货殖、滑稽、游侠、刺客四作。对高高在上的"经史"的依附，让古典小说天然拥有一种自我升华的冲动，自觉承担相当的道德义务。比如在《十二楼》的序言中，李渔就曾说："吾于诗文非不究心，而得志愉快，终不敢以小说为末技……吾谓与其以诗文造业，何如以小说造福；与其以诗文贻笑，何如以小说名家。"② ——不敢把小说当作不入流的末技，他是在用心认真作小说，希冀以小说造福人间。

可一居士在《醒世恒言序》中解释明言、通言、恒言之三言的寓意："明者，取其可一导愚也；通者，取其可以适俗也；恒则习之而不厌，传之而可久。三刻殊名，其义一耳。"③ 三言之意，都指向文学的道德功能。再如明末天然痴叟所著的拟话本小说集《石点头》，冯梦龙为本书作了序，开头便说：

> 石点头者，生公在虎丘说法故事也。小说家推因及果，劝人作善，开清净方便法门，能使顽夫伥子，积迷顿悟，此与高僧悟石何异。

冯梦龙对这本小说集的道德功能给予了充分肯定，赞为"清净方便法门"，是要人读后破执觉悟的——小说已经不单单是要读者去恶

---

① 见金圣叹《读第五才子书法》、张竹坡《批评第一奇书金瓶梅读法》、毛宗岗《读三国志法》。与《史记》比对，也是明末清初小说评点文章化的表现。
② 《十二楼》序言是李渔密友杜濬所作，他引用了李渔的原话。
③ 曾祖荫《中国历代小说序跋选注》，长江文艺出版社1982年版，第101页。

扬善，还要追求更为终极的教化目的：要人觉悟。古代小说家绝不敢公然说：某写这些故事，是追求独立审美的，色情就色情，暴力就暴力，某不承担道德责任。这种文学态度纯然是现代主义的产物，对古人而言，不管真实想法如何，多少都要顾忌律法与道德舆论的压力。

康乾时期，朝廷多次下令焚毁"淫词秽说"，并在《大清律例》卷二十三《刑律·盗贼上》中做出明确规定：

> 凡坊肆市卖一应淫词小说，在内交与八旗都统、都察院、顺天府，在外交督抚等，转行所属官弁严禁，务搜板书，尽行销毁。有仍行造作刻印者，系官革职，军民杖一百，流三千里；市卖者杖一百，徒三年；买看者杖一百。该管官弁不行查出者，交与该部按次数分别议处。仍不准借端出首讹诈。①

有些作家真心诚意地以淳风化俗为写作使命，杜子美"致君尧舜上，再使风俗淳"的崇高追求，对古代小说家来说可能过于理想化，但他们下笔为文，大多是想对风俗人心有所裨益。古代文人追求人生之三不朽：立德、立言、立功。到明清时，小说这种之前上不得席面的狗腿菜肴，对风俗的影响力与日俱增②，被一些宦途失意的文

---

①转引自刘勇强《中国古代小说史叙论》，北京大学出版社 2007 年版，第 255 页。
②我们不能高估古代百姓的识字率与文化程度，对底层百姓来说，戏曲（包括说唱艺术）才是最流行的娱乐方式，对风俗的影响力也远超小说。小说的主要受众依然是文人和少数受过教育的平民。冯梦龙增补的《三遂平妖传》第十五回、第三十九回，分别提及胡媚儿、王则喜欢听"说平话"，他们并不读小说，更喜欢听人讲故事，这很能代表当时非文人群体的消遣方式。

人^①当作"立言"的手段，即使写鬼神，也要"发明神道之不诬""以神道设教"，赋予小说厚重而深刻的生活感悟与哲理内涵，把小说拔为堪比经史的文体——至少作为"经史"必要的补充。

明初瞿佑所著《剪灯新话》卷之四《修文舍人传》中，主人公夏颜怀才不遇，郁郁而死，在阴间实现功名，做了修文舍人，他遇到生时的友人，委托他将自己生平所作刊印流传，印证了古代文人"追求立言扬名"的心理：

> （夏颜）搔首而言曰："太上立德，其次立功，其次立言。仆生世之日，无德可称，无功可述。然而著成集录，不下数百卷；作成文章，将及千余篇。皆极深研几，尽意而为之者。奄忽以来，家事零替，内无应门之童，外无好事之客，盗贼邻右之所攘窃，风雨鸟鼠之所毁伤，十不存一，甚可惜也。伏望故人以怜才为意，以恤交为心，捐季子之宝剑，付尧夫之麦舟，用财于当行，施德于不报，刻之金石，绣于桐梓，庶几千秋万岁，不与草木同腐，此则故人之赐也，然未敢必焉。"友人许诺。

小说中，瞿佑借夏颜之口，发孤愤之情，说阴间"必当其材，必称其职"，不像人间"可以贿赂而通"——这种讽刺手法直接启迪了蒲松龄在《聊斋》中的创作。读书人空怀经世济民的壮志，却没有能

---

①这类失意文人中有一特殊群体，便是元代的读书人。蒙元实行严厉的民族等级制度，从太宗九年（1237）一直到仁宗皇庆三年即延祐元年（1314），长期停废科举，汉族士人若想跻身仕途，只能通过做卑微的"吏员"，备受蒙古、色目人的鄙夷与欺凌，尊严扫地。于是许多读书人选择投身于戏曲、小说的创作中，或为生存，或为立言留名。

够施展抱负的地位与权力，只能退而求其次，希冀于文章传世。明末短篇小说集《西湖二集》第一卷《吴越王再世索江山》中，对文人以写作"立言"的动机有一段更生动、更贴合世俗心理的论述：

> 看官，你道一个文人才子，胸中有三千丈豪气，笔下有数百卷奇书，开口为今，阖口为古，提起这支笔来，写得飕飕的响，真个烟云缭绕，五彩缤纷，有子建七步之才，王粲《登楼》之赋。这样的人，就该官居极品，位列三台，把他住在玉楼金屋之中，受些百味珍馐，七宝床、青玉案、琉璃钟、琥珀浓，也不为过。叵耐造化小儿，苍天眼瞎，偏锻炼得他一贫如洗，衣不成衣，食不成食，有一顿，没一顿，终日拿了这几本破书，"诗云子曰""之乎者也"个不了，真个哭不得，笑不得，叫不得，跳不得，你道可怜也不可怜？所以只得逢场作戏，没紧没要做部小说，胡乱将来传流于世。

文人希望借小说立言，自然在小说中尽逞才华，文备众体，并赋予小说可以恒久的精神特质。所以一些困于场屋的读书人，空有五车之学，却无用武之地，只好将这些学问连同一肚皮牢骚揉入小说中，发展到后来，清代乾嘉学派的风气愈发注重小学与考据，文人写起小说来更是毫无节制地在小说中逞才炫学，诗词歌赋、四书五经之外，天文地理、医药占卜、兵法水利、五行阴阳、文字声韵、算学方术等等，无所不包，出现《野叟曝言》《镜花缘》这类的"才学小说"，炫耀学问的深层动机，依然是为了经世，不过是"玉在椟中求善价，钗于奁内待时飞"的意思。才学变成了特殊形式的说教：食肉者请看，用我，用我之学，可以济世。[①] 对他们来说，小说作为文体或许依然是低贱的，但如果在自证才学的同时，让作品承担起经世济民、针砭弊政、感化人心的功能，那小说也可以并肩经史了，也只有如此，才能指望长久传世。

---

① 夏志清说《镜花缘》："小说中载有大量治病的药方。所有开列的药物，坊间都很容易买到。中国式的大夫误人者居多，国手级的名医，又只把衣钵传给门人。所以，李汝珍的处方，大抵是有济世济民之意的。"见《文本与阐释》，译林出版社 2019 年版，第 150 页。此外，据清人记载，夏敬渠写《野叟曝言》的本意，是想趁乾隆南巡江南时进呈，以期得到皇帝赏识。

警世醒人的幌子

中国小说出身可谓卑微，为了使之跻身正道以传世，确立道德姿态成了一种必然。晚唐作家孙棨作有笔记小说《北里志》，记录了长安平康坊多位名妓的生平，成为了解唐朝青楼文化重要的文献资料。这本小说生动有趣，几无猥秽语句，但因是记录青楼之事，作者还是心有顾虑，在本书末尾写道：

> 是不独为风流之谈，亦可垂诫劝之旨也。

孙棨写了一系列风流人物后，又自辩"亦可垂诫劝之旨"，这可能是他的初衷，确实想垂范后来子弟，也可能是一种必要的托词，以正视听。在《二刻拍案惊奇》卷十二的入话部分，凌濛初有一段很有代表性的话：

从来说的书，不过谈些风月，述些异闻，图个好听。最有益的，论些世情，说些因果，等听了的触着心里，把平日邪路念头化将转来。这个就是说书的一片道学心肠；却从不曾讲着道学。

小说家也知道，风月异闻是平头百姓最喜欢听的故事，除了老头巾、真道学，没人耐烦听大道理。但这些受到儒学正统教育的文人，依然试图在故事中教化，不肯把小说作为一种娱人媚世的玩意。不过总有些唯利是图的书商与作者，并不顾忌这些信条，以猥琐下流为快事，这些小说"著意所写，专在性交，又越常情，如有狂疾"①，但都爱用"警世醒人"这种冠冕堂皇的幌子，来掩护其污秽可耻的创作。

比如明代色情小说《绣榻野史》，开篇词说大道理：防男戒女被淫顽，空色人空皆幻。立意可谓颇有婆心，只是正文内容才见真章，所有人物近乎禽兽，满纸流毒，审美价值低劣，被时人斥为"如老淫土娟，见之欲呕"②。明末出现大量肉欲横流的淫秽小说，逐一翻检，几乎都能在开篇或末尾找到"劝诫人心"或"报应不爽"之类的话，但这些话只是说说而已，正文极尽猥琐之能事，丝毫看不出劝诫之意。凌濛初在《拍案惊奇序》中说："近世承平日久，民佚志淫，一二轻薄恶少，初学拈笔，便思污蔑世界，得罪名教，莫此为甚。有识者为世道忧，列诸厉禁，宜其然也。"他说的轻薄恶少，便是这些不负文责、一味下流的小说作者。小说的道德说教，是作者的深心本意，还是一

①鲁迅《中国小说史略》第十九篇《明之人情小说》。
②见张无咎《得月楼刻本〈（绣像）平妖全传〉·叙》："至于《续三国志》《封神演义》等，如病人呓语，一味胡谈；《浪史》《野史》如老淫土娟，见之欲呕，又出诸杂刻之下矣！"转引自《三遂平妖传·附录一》，北京大学出版社1983年版，第144页。

种挂羊头卖狗肉的幌子，要根据作品内容具体而论。这其中的暧昧处是许多作者着意经营的把戏，我们当用心辨析。

明清之际首屈一指的短篇小说家李渔，在小说的"道德功能"上最会作文章，他经历坎坷，顽黠多智，对作小说与道德的关系，常发冠冕堂皇的大论。比如学界多认为是他写的《觉后禅》[①]第一回，题目为《止淫风借淫事说法　谈色事就色欲开端》，细品这题目，便知他的心思。本回中说：

> 做这部小说的人原具一片婆心，要为世人说法，劝人窒欲不是劝人纵欲，为人秘淫不是为人宣淫。看官们不可认错他的主意。既是要使人遏淫窒欲，为什么不著一部道学之书维持风化，却做起风流小说来？看官有所不知。凡移风易俗之法，要因势而利导之则其言易入。近日的人情，怕读圣经贤传，喜看稗官野史。就是稗官野史里面，又厌闻忠孝节义之事，喜看淫邪诞妄之书。风俗至今日，可谓靡荡极矣。若还著一部道学之书劝人为善，莫说要使世上人将银买了去看，就如好善之家施舍经藏的刊刻成书、装订成套、赔了帖子送他，他还不是拆了塞瓮，就是扯了吃烟，哪里肯把眼睛去看一看。不如就把色欲之事去歆动他，等他看到津津有味之时，忽然下几句针砭之语，使他瞿然叹息道："女色之可好如此，岂可不留行乐之身，常还受用，而为牡丹花下之鬼，务虚名而去实际乎？"又等他看到明彰报应之处，轻轻下一二点

①即《肉蒲团》。

化之言，使他幡然大悟道："奸淫之必报如此，岂可不留妻妾之身自家受用，而为隋珠弹雀之事，借虚钱而还实债乎？"思念及此，自然不走邪路。不走邪路，自然夫爱其妻、妻敬其夫，周南召南之化不外是矣。此之谓就事论事、以人治人之法。①

这段话非常精到——李渔极擅长在小说中发表开新破旧的议论——也较有代表性，解释了小说家作风流文字的道德自觉，非诲淫诲盗，只是用符合大众口味的故事去点化他们，"近日的人情，怕读圣经贤传，喜看稗官野史。就是稗官野史里面，又厌闻忠孝节义之事，喜看淫邪诞妄之书"，很有不得已而为之的意思。李渔在本回末尾还说：

> 做这部小说的人得力就在于此。但愿普天下的看官买去当经史读，不可做小说观。凡遇叫"看官"处不是针砭之语，就是点化之言，须要留心体会。其中形容交媾之情，摹写房帏之乐，不无近于淫亵，总是要引人看到收场处，才知结果识警戒。不然就是一部橄榄书，后来总有回味？其如入口酸涩，人不肯咀嚼何？我这番形容摹写之词，只当把枣肉裹着橄榄，引他吃到回味处也莫厌。

李渔苦口婆心地提醒读者不要错看了这本小说，"买去当经史读，不可做小说观"，便是将小说推崇至经史的严肃地位。但李渔的写

---

①《灯草和尚·觉后禅·绣榻野史·碧玉楼》，香港香江出版社2017年第2版，第52—53页。

作——小说与戏曲，后者为主——有很强的娱乐属性，有不少恶俗之处，他应该是中国古代最早卖文求生的小说家之一，所以他的这些议论到底是他真心的初衷，还只是一种讨好读者的自我辩白、为了刊印流世的幌子，很难轻易下论断。①

平心而论，只要细细读过《觉后禅》，便知这本书不论从文采、结构还是立意，都远超同类作品，堪称《金瓶梅》之后最杰出的色情小说，而且这个故事确实有劝诫作用，读后如冷水浇身，默然自省。纵观《无声戏》与《十二楼》，笠翁的道德姿态是相当暧昧、狡猾、充满弹性的，我们很难得出什么断论。这种道德姿态的真伪并非都是暧昧不清的，还是看具体作品才能分析。比如丁耀亢的《续金瓶梅》，依然有不少性描写，但绝非诲淫诲盗，甚至比《金瓶梅》还要清白无辜，作者在《凡例》中解释了自己为何写风月笔墨："此刻原欲戒淫，中有游戏等品，不免复犯淫语，恐法语之言与前集不合，故借金莲、春梅后身说法，每回中略为敷演，旋以正论收结，使人动心而生悔惧。"在第三十一回开篇，更详细地说明写淫的初衷：

> 如今又要说起二人（指金莲与春梅）托生来世因缘，有多少美处，有多少不美处，如不妆点的活现，人不肯看，如妆点的活现，使人动起火来，又说我续《金瓶梅》的依旧导欲宣淫，不是借世说法了。只得热一回，冷一回，着看官们痒一阵，酸一阵，才见

---

① 孙楷第在《中国通俗小说书目（外二种）》中有言："清以来有专主劝诫之作，与传奇用意似相近而又不尽同。且借小说以醒世诱俗，明善恶有报，天网恢恢，疏而不漏，则凡中国旧日小说，亦莫不自托于此，然皆以此自饰，从无自始至终本此意为书者，则清之劝诫小说乃自成一体，为古昔所无。"见中华书局 2018 年版，第 10 页。

的笔端的造化丹青，变幻无定。

结合全书的主旨来看，这种解释的确是作者真心，并非空空说辞。李贽先生在《出像评点忠义水浒全传·发凡》中，有一段值得注意的话：

> 传始于左氏，论者犹谓其失之诬，况稗说乎！顾意主劝惩，虽诬而不为罪。今世小说家杂出，多离经叛道，不可为训。间有借题说法，以杀盗淫妄行警醒之意者，或钉拾而非全书，或捏饰而非习见，虽动喜新之目，实伤雅道之亡。[1]

李贽说，就连《左传》这样拥有崇高地位的经传作品都有人批评"失之诬"，更何况小说呢？他进而一针见血地指出，当时的小说家常常借题说法，故意用些感官刺激强烈的故事来吸引读者耳目，实在有伤于雅道。——不知道笠翁看到卓吾先生的这段话会如何作想，大概会微微一笑罢。

---

[1] 引自曾祖荫《中国历代小说序跋选注》，长江文艺出版社 1982 年版，第 42 页。

时代的血泪

掉书袋式的说教，当然会损害作品的审美价值，没人愿意听作者发表长篇大论的道德檄文 [1]，但有些说教则是一种真诚的情绪流露，或者像李渔那样，是一种或明或暗的、自我辩白的方式，又或者，这些滔滔说教只是作者的障眼法，并不代表他的本意，正如李贽所说，是掩护自己离经叛道的手段。品咂其中十分微妙的创作心理，与数百年前的作者"斗智斗勇"，是阅读中非常有趣的一件事。

提到说教意味浓烈的小说，莫甚于明末清初的作品，比如《醉醒石》《型世言》《清夜钟》《石点头》等等——从书名就能看出浓浓的劝诫色彩。这个时期诞生的一些淫秽猥亵的小说，也常强调做这些文章的初衷，策

---

[1]古代小说家也担心说教太多会令读者厌倦，李渔在《十二楼》之《奉先楼》入话部分就说："看官里面尽有喜说风情厌闻果报的，不可被'阴骘'二字阻了兴头，置新奇小说而不看也。"

略大体和李渔相同：之所以写这些故事，是因为更容易吸引人，只有吸引了读者，才能好好下药，针砭他们的欲望。但对这个时期问世的聚焦现实、无关风月的小说来说，"说教"已经成为了一种情感发泄的必要渠道。若不知以意逆志，全然以现代文论作为标准，这些作品似乎都是"审美不够独立、被说教牢牢束缚"的残次品了，但若对明清鼎革之际的社会文化背景有些了解，便知这些作者为何如此激愤，为何在作品中不断抛撒道德的药石。

学者朱海燕先生在《明清易代与话本小说的变迁》中曾言：

> 明末已多专事说教，意在道德的话本小说集，这些作品的产生与时事的治乱大体一致，即：一到政局糜烂、内外交困的时候，此类小说便如雨后春笋般应运而生了。所以，把它们看作有济世之心的文人们不得已开出的救世之方亦无不可。国运的盛衰系之于道德风化的变迁，乃古已有之、代代相传的祖训，通过改良人们的道德水平而挽救江河日下的国势、政局，是手无实权的小说作者们所能采取的唯一的救国方式。①

彼时的小说道德姿态之严厉、口吻之猛烈、情绪之激愤、反思之痛切，是其他任何时代的小说都无法比拟的。而之所以会诞生这样的作品，与明末内忧外患的大乱局息息相关。若读者对鼎革之际的血泪史有些了解，看看内外战局之一败涂地，看看闯王大军与清军铁骑之不可一世，看看大明文臣武将如何卑躬屈膝、望风而降，看看彼时

---

①朱海燕《明清易代与话本小说的变迁》，华中科技大学出版社 2007 年版，第 22 页。

世风如何浇漓淫靡、纵欲沉沦，看看儒林党社如何钩心斗角、斯文扫地，再看看多少忠贞烈士为国捐躯，看看华夏百姓经受了何等苦难，便能理解这些小说家为何苦苦说教。国事艰难，这些小说家或在庙堂，或在林野，别无所长，以笔为枪，在文章与小说中更加注重经世致用[①]，努力将晚明小说中泛滥的情欲归复到"理"与"礼"上来，所以大力说教，吹扬道德典范，重新整顿伦理秩序——对他们来说，这就是整顿国事。

《金瓶梅》第三十八回，王六儿向丈夫韩道国坦白交结西门庆之事，韩道国并不介意，甚至说："休要怠慢了他，凡事奉承他些儿。如今好容易赚钱，怎么赶的这个道路！"《二刻拍案惊奇》卷二十八，李方哥劝妻子陈氏侍奉程财主："我们拼忍着一时羞耻，一生受用不尽了。而今总是混账的世界，我们又不是甚么阀阅人家，就守着清白，也没人来替你造牌坊。落得和同了些。"《欢喜冤家》第九回，王小山撺掇妻子勾引张二官，以骗诈他的钱财；《型世言》第二十七回，也有夫妻合计扎火囤。《喻世明言》第二十六卷，二子为财杀父："看他左右只在早晚要死，不若趁这机会杀了，去山下掘个坑埋了，又无踪迹，那里查考？"《石点头》第四回，母亲劝说女儿委身于自己的情

[①]王阳明心学促成了明末的人性欲望大解放，彼时许多文人比如顾炎武、朱舜水等，对心学末流提出痛切批判，认为其脱离实际、空谈性命，"陷于禅学而不自知"（《日知录》卷十八"心学"）。顾炎武在《日知录》卷十八"李贽"一条中，对李贽深恶痛绝，"自古以来，小人之无忌惮而敢于叛圣人者，莫甚于李贽。"痛斥李辈都是王阳明、王畿"禅悟之学"的流毒，顾氏甚至将明亡的原因追溯到魏晋玄学空谈的风气，"后之君子悲神州之陆沉，愤五胡之窃据，而不能不追求于王、何也。"王、何，即王衍与何晏，都是魏晋玄学大师。在卷十九"文须有益于天下"一条中，顾氏更是认为怪力乱神的文章"有损于己，无益于人，多一篇，多一篇之损矣"。这种批判与反思的思潮进入小说领域，小说也主动承担经世致用的义务，致力于道德说教。

人："不若你与他成了夫妇，我只当做个老丫头，情愿以大作小，服事你终身。"更勿论在长篇巨著《醒世姻缘传》中，君臣、父子、兄弟、夫妇、朋友、师生等几乎所有重要的伦理秩序都处于失范无序的状态，在欲望与利益面前，所有关系都堕落至令人瞠目结舌的境地。这种从上到下糜烂纵欲的社会风气，令明末的小说家深深担忧。

《醉醒石》第二回《恃孤忠乘危血战　仗侠孝结友除凶》，故事背景安排在明初，显然是春秋之笔，实则在暗示明末的局面。作者东鲁古狂生在这篇小说开头大发道德议论：

> 国事之败，只缘推委者多，担当者少；贪婪者多，忠义者少。居尊位者，以地方之事委之下寮；为下寮者，又道官卑职小，事不由己。于是多方规避，苟且应命。古人有云：不敢以贼遗君父，其谁知之？为文官者，则云：我职在簿书，期会而已。戎马之事，我何与焉。为武将者，则云：武夫力战而拘诸原，儒生操笔而议其后，功罪低昂，不核其实，徒令英雄气短耳，朝廷误人，何苦以身为殉。古人有云：文官不爱钱，武官不惜死，则天下太平。又谁知之？

在小说末尾，作者直接点明了"明季"字眼，再发激愤的感慨：

> 就此节看来，为臣的舍得死，虽不能保全身命，终久有光史册。为子的舍得死，终能报仇雪耻。那怕海宇不宁，总为人爱惜躯命，反不得躯命；惜身家，反不保身家。若使当时为官的，平

日才望服人，临难不惜一己，自然破得贼、守得城。百姓轻财好施，彼此相结，同心合力，也毕竟杀得贼，保全得家资。只是明季做官的，朝廷增一分，他便乘势增加一分；朝廷征五分，他便加征十分。带征加征，预征火耗，夹打得人心怨愤。又有大户加三加五，盘利准人，只图利己，所以穷民安往不得穷，还要贼来，得以乘机图利。贼未到先乱了。若能个个谋勇效忠如刘巡检，武将又能协力相助；人人如刘孝子，破家报仇，结客灭贼，贼人又何难殄灭哉。只是有榜样，人不肯学耳。

不仅针对文臣武将这些庙堂之上的群体进行道德批判，在此书第八回《假虎威古玩流殃　奋鹰击书生仗义》开篇，作者对社会风气也进行了辛辣的讽刺：

若是不才小人，也不晓甚么是名义，甚么是法度。奴颜婢膝，蝇附狗偷，笑骂由人，只图一时快意。骗得顶纱帽，不知是什么纱帽，便认作诈人桩儿。骗得几个铜钱，不知是甚么铜钱，便做出骄人模样。平日于他有恩的，便认了形他短处，置之不闻。平日于他有怨的，一遇着下石设阱，睚眦必报。

同时期，周清原①所著的《西湖二集》第二十九卷，作者借祖真夫之口，痛斥贪官污吏：

_____

①《西湖二集》刊刻于崇祯年间，作者周清原的生平资料不详，但极可能经历了甲申之变，是遗民文人。

　　我见做官的人，不过做了几篇帖括策论，骗了一个黄榜进士，一味只是做害民贼。掘地皮，将这些民脂民膏回来，造高堂大厦，买妖姬美妾，广置庄园，以为姬妾逸游之地，收蓄龙阳、戏子、女乐，何曾有一毫为国为民之心！还要诈害地方邻里，夺人田产，倚势欺人，这样的人，猪狗也不值！

在第三十四卷，作者又借嘉靖间大海盗王直，大发感叹：

　　如今都是纱帽财主的世界，没有我们的世界！我们受了冤枉，那里去叫屈？况且糊涂贪赃的官府多，清廉爱百姓的官府少。他中了一个进士，受了朝廷多少恩惠，大俸大禄享用了，还只是一味贪赃，不肯做好人，一味害民，不肯行公道。

　　这种对时局、民风痛心疾首的反思，是当时的小说家历经天地剧变，由衷发出的感慨，也是"说教"勃兴最直接的因素。他们有太多话想说，有太多牢骚想发，有太多怨恨想纾解，甚至因为没有以身殉国而有太多罪过感想忏悔，于是乎，催生出一种强烈的使命感：将小说当成激醒世人的标枪，将故事当成整顿人心的良药——试想清末的谴责小说，试想新文化运动，都有类似的论调。国势凌夷、社会秩序崩溃的时代，小说的道德功能（世道良药的角色）一定会被大力吹扬，所以催生出一系列社会地位卑贱但足可作为道德榜样的小说人物①，

_____

① 比如李渔《无声戏》第十一回《儿孙弃骸骨童仆奔丧》、第十二回《妻妾抱琵琶梅香守节》，《连城璧》寅集《乞儿行好事　皇帝做媒人》，还有《醒世恒言》中（转下页）

这正是"礼失求诸野"的激愤心理的映照。

这些作者亲历了血腥混乱的时代大变局，感愤于时事，自揣一份有心报国无力回天的心肠，每个人都在痛定思痛，自省反思（张岱对过往纵欲享乐生活的深刻忏悔，成为他晚年著述的第一动力），为何国事一至于此？为何民风一至于此？为什么文臣不死谏、武将不死战？为何作小说的我没有死于国难，而竟苟活至今？他们的反思，最后常把症结归为四个字：道德人心。

陆云龙创作的小说集《清夜钟》第一回《贞臣慷慨杀身　烈妇从容就义》，直写明朝灭亡、崇祯自缢的经过，歌颂殉国榜样，对那些叛主求荣者大加挞伐：

> 这辈误君、背君、丧心、丧节的，全不晓一毫羞耻，有穿了吉服去迎贼的，入朝朝贼求用的。自己贪富贵要做官，却云"贼人逼迫""某人相邀"；自己恋妻子不肯死，却云"某人苦留""妻子求活"。煤山下从死的止一内官。梓宫停在草厂下，有谁号哭一声？有谁将麦饭、浊酒一番浇奠？

在末尾，陆云龙说这篇小说是"聊发榜样，以发愧心"，这里的"发愧心"，大概不仅是发读者的愧心，也是发自己的愧心，他是不曾殉国的遗民，对他来说，不死，便觉惭愧。虽经历了亡国剧变，但在作

（接上页）《徐老仆义愤成家》，《型世言》之《灵台山老仆守义　合溪县败子回头》，《豆棚闲话》之《小乞儿真心孝义》等，都是通过拔高"卑贱者"作为道德榜样来讥刺世风。这类榜样人物的出现与明末家庭伦理秩序的崩溃有直接关系。

品中一向很小心远离政治的李渔,在《乞儿行好事　皇帝做媒人》中,也缅怀了一位殉国的无名乞丐:

> 自从闯贼破了京城,大行皇帝遇变之后,凡是有些血性的男子,除死难之外,都不肯从贼。家亡国破之时,兵荒马乱之际,料想不能丰衣足食,大半都做了乞儿……直到清朝定鼎,大兵南下的时节,文武百官尽皆逃窜,独有叫化子里面死难的最多,可惜不知姓名,难于记载。只有江宁府百川桥下投水自尽的乞儿,做一首靖难的诗,写在桥塊之上,至今脍炙人口。其诗云:三百余年养士朝,一闻国难尽皆逃。纲常留在卑田院,乞丐羞存命一条。

在笠翁另一篇小说《儿孙弃骸骨童仆奔丧》末尾,杜濬评曰:"作小说者,非有意重奴仆轻子孙,盖亦犹春秋之法。夷狄进于中国则中国之,中国入于夷狄则夷狄之,知《春秋》褒夷狄之心,则知稗官重奴仆之意矣。"评语点出了小说深层的寓意:李渔对前朝服肱大臣(即小说中的儿孙)的抨击,对夷狄(即小说中的奴仆)的复杂心绪。有学者更明确地指出,这个故事就是暗指崇祯自尽后无人顾及反而是清朝隆重安葬的史实。[1]

明清之际的小说家艾衲居士所著的小说集《豆棚闲话》,也写了见风使舵的宵小之徒,只是讽刺的力道更加狠辣,第七则《首阳山叔齐变节》中,以忠孝节义的榜样伯夷、叔齐作为小说人物,讥讽那些

---

①见石昌渝《中国小说源流论》,生活·读书·新知三联书店 2015 年版,第 94 页。

面对新朝首鼠两端的无耻之徒：

> 那城中市上的人也听见夷、齐扣马而谏，数语说得词严义正，也便激动许多的人，或是商朝在籍的缙绅、告老的朋友，或是半尴不尬的假斯文、伪道学，言清行浊。这一班始初躲在静僻所在，苟延性命，只怕人知；后来闻得某人投诚、某人出山，不说心中有些惧怕，又不说心中有些艳羡，却表出自己许多清高意见，许多溪刻论头。日子久了，又恐怕新朝的功令追福将来，身家不当稳便。

丁耀亢的《续金瓶梅》是这种反思心态的最具代表性的作品之一，丁氏借北宋靖康之大变局，抒发强烈而露骨的黍离之叹，对金兵（清军）暴行进行愤怒地控诉。他采用的写作方式相当极端，将《续金瓶梅》当作《太上感应篇》的"无字解"[1]，在行文中加入大量冗长而枯燥的佛理劝诫[2]，在满目疮痍、令人绝望得喘不过气的情节中，力证因果报应的铁律。笑笑生写《金瓶》，展现出明末社会骇人的荒淫奢靡与道德败坏，但他毕竟没有经历亡国之变，丁耀亢以遗民身份续此书，续出的不仅是人物后事，还有对社会风气与人心的深切反思。若摘选文字作例证，简直不胜枚举。可以这么说，谈论明末说部，决不能离开当时的历史背景，必须知人论世，以意逆志，体谅小说家的深

---

[1]《续金瓶梅序》："我将借小说作《感应篇》注，执赘于菩提王焉。知我者，其惟《春秋》乎！"

[2] 刘廷玑在《在园杂志》中批评本书"道学不成道学，稗官不成稗官"。

心。如果明白这一点，再读《续金瓶梅》这样的作品，看着满纸训诫的文字，便不仅仅只会觉得枯燥无聊，而会看出这些文字缝隙中的血与泪，以此将心比心，方不负前辈一腔孤愤。

这些小说家大概不是天生的道德家——天生的道德家大概也不会想要去作小说。一切只是时势使然。说教，或者说道德功能，不一定是小说美学的对头。若论说教意味，没有作品能强过《金瓶梅》，这本被人误解深深的"淫书"，其实据学者统计，所有性描写文字加起来不过两万字左右，占全书篇幅微乎其微，而且作者"刻意把性与痛苦糅合在一起""始终用反讽削弱性描写的愉悦感"[①]，只是为了警戒，"令人读之汗下，盖为世戒非为世劝也"[②]。说教，是古典小说美学的一部分。

---

① [美] 浦安迪《中国叙事学》，北京大学出版社 2018 年第 2 版，第 174 页。
② 明弄珠客《金瓶梅序》，引自《中国历代小说序跋选注》，长江文艺出版社 1982 年版，第 81 页。

衍变中的说教

作小说毕竟是私人行为，每个人秉性不同、修养不同、兴趣也不同，对小说的理解也不同，很难一概而论。魏晋志怪小说中已有不少轮回报应、劝善惩恶的色彩，但在唐传奇中，这种色彩又淡化了。唐传奇作家沈既济在小说《任氏传》末尾有言：“揉变化之理，察神人之际，著文章之美，传要妙之情”——四个短句，字字珠玑，道出小说艺术的真髓，并没有提及教化之功。唐传奇作为古典小说中璀璨的宝藏，说神说鬼说人间奇事，说教味道寡淡。明人胡应麟在《少室山房笔丛》中说，“至唐人，乃作意好奇，假小说以寄笔端。”鲁迅继承了这一观点，说唐代“始有意为小说”，肯定唐代小说家自发的创作意识和独立的审美追求，至“宋市人小说虽亦间参训喻，然主意则在述市井间事，用以娱心；及明人拟作末流，乃诰诫连篇，喧而夺主”。[1]

---

[1]《中国小说史略》第二十一篇《明之拟宋市人小说及后来选本》。

即便在明代，也并非所有作者都宣扬小说的教化功能。明代大戏曲家汤显祖在《点校虞初志序》中，也对小说的"娱乐与审美价值"进行了肯定："然则稗官小说，奚害于经传子史；游戏墨花，又奚害于涵养性情耶？"①——说到底，是鼓吹小说在教化之外的审美价值。朱海燕先生在《明清易代与话本小说的变迁》引论中曾言：

> 话本小说的娱乐性，乃其与生俱来的禀性。在《清平山堂话本》《熊龙峰刊行小说四种》等早期话本小说中，娱乐性不仅先于教育性而存在，而且实际上已成为当时小说最重要的功能。与"三言"等后来的文人作品相比，早期话本小说具有更加浓郁的民间趣味……到"三言"之后，由于文人作家的参与，话本小说的整体风貌发生了实质性的变化。首先，小说的教育功能受到了前所未有的重视……自此以后，话本小说作者们大都奉此为圭臬，努力强化其作品的认识、教化功能。②

有读者可能会误会：听起来，好像是冯梦龙等文人开启的"说教"风——但若读一读《清平山堂话本》等早期话本小说便知，这些作品大多人物呆滞、情节干瘪、语言枯涩，与冯梦龙等改编文本的文学水准相差不可以道里计。文人代替说书人、书会才人"接管"了小说，给小说涂抹了更多的教化色彩确实不假，但同时也让小说焕然拥有了艺术之美感。教育性在一定程度上压制娱乐性，是小说文人化进程中

---

①《中国历代小说序跋选注》，长江文艺出版社1982年版，第58页。
②朱海燕《明清易代与话本小说的变迁》，华中科技大学出版社2007年版，第6页。

的必然现象。

延续"说教"这个主题，我们稍微拐个弯，谈谈古典小说的"轮回套路"——说教，除了作者的激烈议论外，还体现在小说的内容与结构上，最典型的结构特征就是"因果报应轮回转世"。讲述一个故事，好人得到好报，坏人得到恶报，这是最基础的说教逻辑。轮回报应说，是古代国人理解与阐释朝代更迭、贤奸对立、恩怨情仇的重要理论依据。最典型的当属明末西周生著的《醒世姻缘传》，以晁源和珍哥儿、狄希陈与薛素姐两段转世姻缘为主线，叙述了一个道德意味强烈的姻缘故事，目的很明确：醒世。在《姻缘传·引起》中，西周生解释写作的初衷：

> 看官你试想来，这段因果却是怎地生成？这都尽是前生前世的事，冥冥中暗暗造就，定盘星半点不差。只见某人的妻子善会持家，孝顺翁姑，敬待夫子，和睦妯娌，诸凡处事，井井有条。这等夫妻，乃是前世中或是同心合意的朋友，或是恩爱相合的知己，或是义侠来报我之恩，或是负逋来偿我之债，或前生原是夫妻，或异世本来兄弟。这等匹偶将来，这叫做好姻缘，自然恩情美满，妻淑夫贤，如鱼得水，似漆投胶。又有那前世中以强欺弱，弱者饮恨吞声；以众暴寡，寡者莫敢谁何；或设计以图财，或使奸而陷命。大怨大雠，势不能报，今世皆配为夫妻。

西周生写珍哥儿、薛素姐之顽劣之狠暴，常有神妙之笔，形象塑造生动，语言躁辣，充满鲜活的世俗气息，这是本书的"娱乐功能"，而他之所以写这个庞杂的故事，是为了"醒世"，让人各安其分，不要胡作非为，不要恃强凌弱，这是本书的"道德功能"。对西周生来说，两者并不矛盾。轮回，只是为了"醒世"而采用的叙事手段——或者说，是一种告诫手段：你造的孽，一定有报应；而你正在遭受的报应，一定因为你之前造的孽。将公平正义寄希望于鬼神，不仅是非常朴素的道德观，也是劳苦百姓深深依赖的精神慰藉。①古人也知道，杀人放火金腰带，修桥补路无尸骸，不是每种善恶都能有现世报，故而延伸时空，将这份报应以轮回转世来加以完成。古典小说经常在这种朴素而坚定的道德信仰中构架整体的叙事结构。"勿以恶小而为之，勿以善小而不为"是这些故事的终极说教，也是形成叙事套路的内在逻辑。

刊刻于元代的《三国志平话》提出：汉末三分乱局乃是汉高祖刘邦屠戮开国功勋的报应。更早的宋金之际的《新编五代史平话》中的《梁史平话》，认为曹操、孙权、刘备是汉初被刘邦杀死的韩信、彭越、陈狶转世，而汉献帝则是刘邦转世。②后世小说谈及这段历史，多沿袭了这一说法。③像《说岳全传》，作者将岳飞说成是金翅大鹏鸟犯了滥杀之罪转世下凡，金兀术是赤须龙转世，专门下来搅乱大宋江山的，此外，其他一些人物也都是前世投胎，因缘际会，身负使命。还有的

---

① 《二刻拍案惊奇》卷十三末尾有首诗："何缘世上多神鬼，只为人心有不平。若使光明如白日，纵然有鬼也无灵。"这首诗意思浅白，准确地写出了古代百姓崇拜鬼神的心理根源。

② 王学泰先生在《游民文化与中国社会》（第八章）《通俗文艺与游民意识的传播》中考察了这种转世说法的源头。

③ 有的小说会把陈狶换成另一位功臣英布，比如《喻世明言》第三十一卷《闹阴司司马貌断狱》。这一故事本出自《三国志平话》，后《三国演义》删去了这段入话。

小说家认为宋高宗赵构是五代时期吴越王钱镠转世——钱镠转世为高宗，拿回了当初被宋朝吞并的江山，所以宋高宗（钱镠）不思收复北地，偏安江南。①

　　类似的还有《女仙外史》《牛郎织女》等等，形成一批学界定义为"谪仙小说"的作品。再比如《说唐全传》《水浒传》《封神演义》，其中豪杰好汉、文臣武将都上应天星，乃是星宿下凡，他们的命运也早已注定，非人力所能更改。甚至连不落窠臼、打破各种叙事套路的《红楼梦》，也秉承了这一转世模型。这种思想对古人来说是真真切切的，是日常生活中处处可依循的道德准则，小说家采用这样的结构，是从自身的生命体验、对自然宇宙的理解出发的，提醒普罗大众要时刻记得因果之报。元末明初罗贯中作《三遂平妖传》二十回，晚明冯梦龙增补为四十回，也成为当今最盛行的版本。冯氏增补的重点，就是给书中主要人物如胡永儿、圣姑姑、蛋子和尚、王则、慈哥儿添加"前世因果"，说明他们是如何轮回到本世的，再用神话故事加以笼括，使罗贯中原本的故事变得更加完整，也更富有说教意味。②

　　历史学者孙英刚在著作《神文时代：谶纬、术数与中古政治研究》的绪论中曾说：

　　　　现代学术容易把现代的理性主义和古人的知识对立起来，将后者斥为非理性、"封建迷信""零碎""不科学"。但实际上，不

---

① 周清原《西湖二集》第一卷《吴越王再世索江山》便讲述了这个故事。
② 冯梦龙在增补本引首说："还有不达时务的，遇国家全盛的时节，也去弄一场把戏，不能个称孤道寡，只落得身首异处，把与后人看样，则今《三遂平妖传》这本话头便是。"

论在中国还是欧洲，超自然（supernatural）在中世纪生活中是非常普遍的一种文化因素……在中国，建立在天人感应基础上的祥瑞灾异思想，也广泛被知识精英和普通大众所接受。在他们的知识世界和信仰世界里，这就是理性的选择，是依据其内在逻辑推导出来的合理的结论。如果要真切体会古人的思想与行动，必须去除现代知识的傲慢，"与立说之古人，处于同一境界，而对于其持论所以不得不如是之苦心孤诣，表一种之同情。"[1]

孙英刚先生虽然讨论的是中古时代的祥瑞灾异论，但此观点也适合讨论古典文学中的思维观念。古典小说里随处可见的轮回报应之说，不仅是佛道浸淫平民日常生活极为深刻的证据，也是中国自古以来的善恶观的延续，彼时之人确确实实是深信此说的。

过分的说教当然会影响文章的审美价值，僵化的叙事套路也自然会让读者厌倦，但有些说教有着内在强烈而充分的道德动机，有些叙事套路也有着本身非常圆满自洽的信仰作为支撑，我们不能一概而论，不能粗暴判断。正如孙英刚先生引用陈寅恪先生的话，"与立说之古人，处于同一境界，而对于其持论所以不得不如是之苦心孤诣，表一种之同情。"——我们在欣赏古典作品时，也有必要"表一种之同情"。

---

[1] 孙英刚《神文时代：谶纬、术数与中古政治研究》，上海古籍出版社 2014 年版，第 21 页。引文末尾文言转引自陈寅恪《冯友兰中国哲学史上册审查报告》，收于《金明馆丛稿二编》，上海古籍出版社 1982 年版，第 247 页。

死亡：

轻逸与黏滞

《搜神记》卷十四有一则《马皮蚕女》，传说太古时，一女子思念征戍在外的父亲，对家中的马玩笑说："尔能为我迎得父还，吾将嫁汝。"马儿听后，绝缰而去，果然将她父亲接回，女子却不守诺言，向父亲剖白。父大怒，将马儿杀死并剥皮。女子踢着马皮嘲讽："汝是畜生，而欲取人为妇耶？招此屠剥，如何自苦？"话音未落，马皮突然跃起，卷女以行。之后，女及马皮，尽化为蚕，绩于树上。

女子失信，最终死于马革之缠裹，试想那个画面，可谓恐怖。"绩"者，是沾化，是凝滞，是对她轻浮的惩罚。这是一种隐隐的报应，也是一种自然原始的黑暗之力对人的控制，挣不开，也逃不脱。

英雄的退场

　　年轻人读《水浒》，热衷给众好汉的武功排位次——天罡地煞座次已定，那么豹子头林冲与大刀关胜谁更胜一筹？双鞭呼延灼与霹雳火秦明谁又占上风？双枪将董平与金枪手徐宁呢？想找，总能找出一些原文例证，我们也不掺和这笔糊涂账了。但在原著中，一百单八将里真正所向披靡、无人可挡的，只有一位——没羽箭张清。

　　张清并不是公认最强的马军五虎将中人物，位居马军八骠骑兼先锋使八员，与花荣、徐宁、杨志、索超、朱仝、史进、穆弘并列。他的武技绝学，是打石子。端的是百发百中，弹无虚发。张清出场是在百回本第七十回，时任东昌府大将，成功阻击了卢俊义大军。白日鼠白胜来向宋江这支军马求援，与卢俊义合为一处，合攻东昌。两军对垒，张清先后用石子击败十五员大将，不乏呼延灼、杨志、朱仝、关胜、鲁智深这等在书中大放异彩的高手，实可谓一招鲜吃遍天了。纵观全书好汉们出场，单论声势，无人比得过张清，打梁山好汉如打小儿般容易。要知道，此时已是第七十回，在下一回中，水浒英雄就要排座次了，也就是说，张清算是最后一批上梁山的好汉。在这个关头，作者托出这样一个角色，令众将黯然失色，表面上是写张清英豪，实则是对好汉群体的贬抑——不管这些大名鼎鼎的英雄之前如何昂扬，如何睥睨天下，至此忽然吃瘪，犹如滔滔洪水，突然遭遇了一堵大坝，这一顿挫，让读者之前银瓶泄水的顺畅阅读瞬间遭遇坎坷，让光芒万丈的武将们遭遇失败的耻辱。

同时，也结蕴了作者深意：一百单八将梁山排座次是全书最高潮，群山万壑赴荆门，终于聚齐了。而这一最高潮的前幕，安排出张清，走马观花一般，将众多好汉轮流打遍，这是泼到梁山好汉们头上的一桶冰水，是对大聚义的一种绝妙的讽刺。作者不欲将这些英雄过于拔高，让他们来一次彻底的、大规模的灰头土脸，在熠熠闪耀的整体形象上抹一笔黑色。[①]毕竟他们口称忠义，行的事并非总是名副其实。

张清独步天下的打石子绝技，凌厉、快猛、精确，书中形容其打石子的动作神似"招宝七郎"，可谓俊秀至极，而石子这种武器，完美结合了速度与质量，石子飞出，石子击中，体量很小，威力却猛——呼延灼和关胜令人闻风丧胆的双鞭、偃月刀何其沉重猛大，却都敌不过这些小小的石子，一个被打中手腕，铜鞭顿时无用，一个刀面挡住石头，迸出一片火星。这是小的胜利，是轻盈的胜利，是飘逸的胜利。张清这门绝学，从武器到招式，都有四两拨千斤之感，落在文字上，

---

① 金圣叹也对张清打众将提出类似疑问："此岂耐庵亦以一部大书，张皇一百余人，实惟太甚，故于临绝笔时，恣意击打，以少杀其势耶？"见金批本第六十九回回前总评。

也如晴空游隼，来去疾利，飘逸轻盈。

　　而我们重点要说的，是张清的退场，即死亡。《水浒》百回本，从第九十回《五台山宋江参禅　双林渡燕青射雁》开始，完征辽，进入征方腊的正文。也是从这一回开始，梁山好汉厄运连连，不再像征辽那样鸿运当头，大小将领一个不损，从晴空万里瞬间转入茫茫黑夜，好汉们开始接连分散、死亡，每回末，作者都像写讣告一般罗列出本回离别的、死亡的英雄名单，读来真有凄风冷雨之感。张清之死，是在第九十五回《张顺魂捉方天定　宋江智取宁海军》，被方腊军中大将厉天闰杀死：

　　　　厉天闰赶下关来，张清便挺枪去搠厉天闰。厉天闰却闪去松树背后，张清手中那条枪却搠在松树上，急要拔时，搠牢了拽不脱，被厉天闰还一枪刺来，腹上正着，戳倒在地。

　　张清被杀死的这段描述很简约，与董平之死合在一处文字里。而我们细看这几句，不乏生动的细节，张清之死，是因为枪扎在了松树上，一时拔不下来，被厉天闰抓住了机会。可以说，张清的死，死于凝滞——兵器搠在树上拽不脱的凝滞。他的整个形象，以及打石子绝学，都是轻逸一路，如长虹贯日，气韵畅然，是直的，是轻的，是飞行的，而他的死亡，是顿宕的，是沉到地面上的，是凝滞的。枪扎在树上，过于沉重，当轻逸不能时，死亡如期而至。张清的生死，是一种美学上的对称，这对称越工整，也就越讽刺。任你之前如何潇洒，任你如何闪耀，每一次打出去的石子、每一次的飘逸、每一次的准确，都给最终的死亡添加了一份重量、一份黏滞、一份荒诞。

就好比《封神演义》中的指地成钢术，不论土行孙如何在地下轻灵游走，也会在此术面前束手无策。就好比一个筋斗十万八千里的孙悟空，可谓宇宙之间轻逸的极致，依然被如来佛祖轻松地用五行山镇压。指地成钢，大山压顶，就是张清的枪搠在松树上，都是轻逸的失效，也便是生命（欲望与冲动）的委顿。

成书于晚清道光年间的小说《荡寇志》，对《水浒传》进行了针尖对麦芒式地改写，着意污蔑乃至羞辱这些"反叛"好汉。耐人寻味的是，作者余万春对张清的死亡进行了另一种设计：在本书第六十四回《沉螺舟水底渡官军　卧瓜锤关前激石子》中，张清抵敌官军，神乎其神的打石子绝技却突然失灵了，屡屡打不中，最后和官军陶震霆死战，依然发发落空，只得败逃——

> 关下张清急得不知所为，邓宗弼、辛从忠、张应雷一齐杀到。张清手中一石子不觉自发。陶震霆在阵云中见石子飞来，急提那卧瓜锤追准了一锤击去，那石子回势愈大，不偏不倚，爆转去正着在张清鼻尖上，血流满面。张清几乎跌倒，勒马逃转。陶震霆急挂双锤，取出洋枪，扳开火机，砰然一响正中张清后颈，翻身落马。

张清在《荡寇志》中的死法反讽意味十足，扔出去的石子被打回来，正中口鼻，然后又被官军用洋枪一击致命——《水浒》乃宋事，彼时何来洋枪？殊不知余万春写这本小说极富时代色彩，不光有洋枪，还有各种西洋现代科学制成的武器，与道光年间"师夷长技以制夷"的社会风气关系密切，所以不必深究。在余万春笔下，张清是可悲的"搬起石头砸自己的脚"（对花荣死亡的处理也是这种思路，让其比箭失败而死），这是用意昭昭的嘲讽，也是对"轻逸"的一种有意的侮辱。但是用洋枪杀死潇洒的张清，让他获得了一种悲壮的意味，这大概是余万春所料未及的。相较起来，施耐庵让张清黏滞而死，显然更加神妙。

疾病的隐喻

《水浒》中另一位著名好汉——豹子头林冲的死亡，更是让人唏嘘。他和张清一样，是轻逸一派的好汉，却死于沉重，被凝滞与重量征服并毁灭。作为梁山最重要的元老大将，林冲甚至不是死在沙场上，平定方腊准备回京时，他中风瘫痪了。

> 林冲风瘫，又不能痊，就留在六和寺中，教武松看视，后半载而亡。

风瘫，是最凝滞、最沉重之病。当初火烧草料场、风雪山神庙的八十万禁军教头，在柴进庄上打洪教师，在大雪中去打酒，"踏着碎玉乱琼"，何等轻逸，何等得意，何等英姿飒爽，虽遭陷害，但他的精神是飞扬的，是不可压制的，是随时要冲天的。而功成名就之后，这个人，中风瘫痪。我们可以设想那个场景，林冲苍老，嘴眼歪斜，下巴上全是涎水，手脚也不能动弹，躺在床上，大小便失禁，盖世英雄的末路，盖世英雄的归途，几乎不可能比这种情形更令人悲哀。瘫痪，肉体太沉了，躺在床上，床都架不住这尊虎躯，大小便失禁，也太沉了，英雄的尊严堕入深渊。

因类似病痛而死的，还有杨雄，发背疮而亡。病关索背上之疮，沉重如山，恶心秽臭，溃开他的皮，烂开他的肉，与他把不贞的妻子潘巧云剖腹开膛，是不是一种讽刺的对应呢？杨雄垂死之际，会不会想到当日翠屏山之爽快狠厉？古人讲，天道报应不爽，张狂、狠辣、意气风发，注定了结局的黏稠，如蜻蜓死在脓水中。梁山副王卢俊义，最后是吃了朝廷的水银毒酒而死。水银者，物性重，"水银坠下腰胯并骨髓里去，册立不牢"，玉树临风的河北玉麒麟，死于水银之下坠。李逵喝了宋江的毒酒，也"觉道身体有些沉重"，黑旋风之煞气遮天盖地，席卷一切，最终风息人灭，也沉重而亡。毒酒之沉重，是朝廷昏昧的沉重，是天命的不可违。①

作为《红楼梦》中最为光彩亮丽的人物之一，晴雯心比天高，身为下贱——她的志气是向上飞扬的，欲与天比高，但她卑下的地位却像泥沼，紧紧陷着她，于是构成了一种命运的张力。书中第七十四回，借王夫人之口对她的模样有过侧面描绘："有一个水蛇腰，削肩膀，眉眼又有些像你林妹妹的。"可见晴雯身段儿样貌属于黛玉式的弱不

---

① 浦安迪认为："小说的主旨既没有盲目赞美梁山精神而忽视其不祥的含义，也没有不冷静地痛恨绿林好汉所代表的一切，而基本上表示一种模棱两可的态度。反讽叙述的反面，无非是对个别英雄人物的本性提出质疑。"见《中国叙事学》，北京大学出版社2018年版，第152—153页。其实浦安迪认为奇书体小说如《金瓶》《三国》《水浒》《西游》《红楼》写人物时常用这种反讽笔法。结合我们的分析，浦氏的见解极为精辟。

禁风型（红学界普遍认为晴雯是黛玉的影子[1]），加上她张扬倔强的性格，晴雯的形象充满了动能，她虽瘦弱，却是有爆发力的，撕扇子也好，打丫头也好，缝补雀金裘也好，掀箱子抵抗抄检也好，无不充满了运动的能量。按说这样一个出挑的人物，死亡也应该是充满动能的——应该像尤三姐那样，举剑自刎，动作凌厉，意味坚决，悲剧感如惊涛骇浪砸在读者面上才好。可是，晴雯的死亡偏偏是林冲式的，窝囊，腌臜，滞涩，黏稠。

第七十七回中，宝玉私下来探望病重的晴雯（对比之前私下去袭人家一节，可咀嚼其中反差的意味），原文撌人心肠：

> 那灯姑娘吃了饭去串门子，只剩下晴雯一人在外间房内爬着。宝玉命那婆子在院门外了哨，他独自掀起草帘进来，一眼就看见晴雯睡在芦席土炕上，幸而衾褥还是他旧日铺的，见了心里不知自己怎么着才好，因上来含泪伸手轻轻拉他，悄唤两声。

"爬"[2]这个字如锥刺眼，力重千钧，真有繁华落尽、枭雄穷途之感。而草帘、芦席土炕的意象，不仅仅是形容悲苦，还有一种"从繁华到凄凉的坠落意味"，紧接着，晴雯喊口渴，要宝玉给她倒茶喝。"只得桌上去拿一个碗，也甚大甚粗，不像个茶碗，未到手内，先就闻得油膻之气。"这只粗糙的茶碗，便是晴雯死亡的隐喻。细瓷茶具，就像曾经撕过的价值不菲的扇子，都已烟消云散，如今剩下的只有油膻气，

---

① 张新之认为"用袭人代钗，用晴雯代黛"，即袭人是宝钗之影，晴雯是黛玉之影。
② 当下的习惯用法应是"趴"字。

甚大甚粗，也甚重。与宝玉诀别前，晴雯终于豁出去，与他交换私物。先剪下了自己的葱管儿般的两只指甲，又将贴身穿的一件旧红绫袄脱下，都交给宝玉。指甲、红绫袄，是晴雯生命中最后的俗物，也是她所有情意的寄托，将这两样给出去，她已经准备好迎接死亡，只有死亡，才能超脱这现实中的所有凝重。而在她剪指甲、脱袄子之前，还有个容易被忽略的细节：宝玉将她手腕上戴着的四个银镯子退了下来，塞在她枕头下。不是一个银镯子，是四个，在晴雯枯瘦如柴的臂膀上不啻于枷锁。如此，俗物都抛去，晴雯仿佛重新获得了一丝精神上的轻盈。她自说，如今"不过挨一刻是一刻，挨一日是一日"——试想瘫痪在床的林冲，大概也是这样的念头。

《三国演义》中，诸葛亮的死亡是迅疾的，第一百四回中，"众将近前视之，已薨矣。"司马懿夜观天象，"见一大星，赤色，光芒有角，自东北方流于西南方，坠于蜀营内，三投再起，隐隐有声。懿惊喜曰：'孔明死矣！'"然而，诸葛亮的死亡又人为地延长了。司马懿追击蜀兵，"忽然山后一声炮响，喊声大震，只见蜀兵俱回旗返鼓，树影中飘出中军大旗，上书一行大字曰'汉丞相武乡侯诸葛亮'。懿大惊失色。定睛看时，只见中军数十员上将，拥出一辆四轮车来，车上端坐孔明：纶巾羽扇，鹤氅皂绦。懿大惊曰：'孔明尚在！吾轻入重地，堕其计矣！'"

诸葛亮的死亡如流星般轻轻逝去，而他的死亡又是拖延的、滞后的，尸体还要承担蛊惑敌人的重任。这也正是诸葛亮一生行藏的浓缩：隆中隐居时，他是飞翔的神仙般的人物，辅佐刘备后，他用计深沉，宵衣旰食，实则是人的沉重。从仙到人，诸葛亮不断在增重。便是死，也不肯再回到潇洒的状态。道家修炼的终极境界是羽化成仙，而成仙只能是飞升，绝不是入地。

鲁迅先生说作为《三国》文学人物的诸葛亮"多智而近妖"，其实在诸葛亮选择辅佐刘备后，一直被"复兴汉室"的使命紧紧箍住，他没有飞仙的欲望，也没有飞仙的可能。这是武侯的伟大纯粹之处，也是其可惜可叹之处。

重力的不可抗

《七侠五义》中最出彩的形象自然首推锦毛鼠白玉堂，白玉堂何等人也？俊逸潇洒的侠盗君子，飞檐走壁的江湖高手，多少个夜黑风高的晚上，他干下多少惊天动地的大案。相比其他四鼠，他无疑是飞翔的代表，宛如夜里的蝙蝠。而他的死亡则又是最黏滞的——在《七侠五义》的续书《小五义》第五回中，白玉堂夜闯襄阳王府，陷入铜网阵，被万箭射死。书中对他死亡过程的描写非常详尽，并非一个流星飞过般的刹那，而是将他的"轻盈"一步步粘死。

五爷深知那个厉害。上身躲过，腰腿难躲；腰腿躲过，上身难躲。若要稍慢，上中下三路，尽被铁链绕住。……说时迟，那时快。声音响，早就撒手抛身，不敢脚沾于地，怕落于卐字势旁，滚板之上，那还了得。故此拧身踹腿，脚沾于石象的后胯。谁知

　　那石象全都是假作，乃用藤木铁丝箍缚，架子上用布纸糊成。淡淡的蓝色，夜间看与汉白玉一般。腹中却是空的，乃三环套索的消息。底下是木板托定，有横铁条、铁轴子，也是翻板，前后一沾就翻。五爷不知是害，登上此物就翻，这才知晓中计，说"不好"，已经坠落下去。仗自己身体灵便，半空中翻身，脚冲下沾实地，还要纵身上来，焉知晓不行，登在了天官网上。

　　这一段的动作描写极为细致，中间有一个关键字——沾。白玉堂轻功独步天下，轻易落不下去，各种攀缘自救，全是为了避免"沾"。沾就是危险，就是失败，就是死亡。可惜他借力的石象也是"假作"，石象，沉重无比之物，却是藤木铁丝假作的，受不得力，导致白玉堂的轻盈瞬间失效，继续下坠。白玉堂苦苦地保持轻逸——仗自己身体灵便，半空中翻身，这套动作非常有画面感，是武侠电影中高手们的临危绝学，可惜，还是"沾"了。一沾，便凝滞了，一沾，轻盈就死了，如蝴蝶沾在泥巴上，再也脱不得身，于是乎，横行江湖的锦毛鼠来到了生命的尽头。

　　学者王德威在论及这段情节时，认为铜网阵"成为一个政治机器的象征形式。传统的英雄好汉倘若以身试法，擅自闯越，这一机器转瞬之间便可将之吞得尸骨无存……白玉堂之死其实质疑了正义的理想逻辑，并且暗示出一个专权或极权的官府，终能把所有对抗力量一网打尽"。[1]按照王氏解读，白玉堂之死充满隐喻色彩，实乃一种飞扬

————————
①[美]王德威《被压抑的现代性——晚清小说新论》，北京大学出版社2005年版，第164页。

的个人主义理想被庞大复杂而沉重的政治机器所碾碎。

　　上文提到，死亡与逝去是《水浒传》后十回最重要的主题，铮铮好汉们风流云散，宛如深秋寒江，无边落木萧萧下。除了第九十九回中鲁智深圆寂，以及最后一回卢俊义、宋江、李逵、吴用、花荣的死亡，其他好汉们不管是天罡还是地煞，不管作者之前如何浓墨重彩，他们的死亡都是迅速的、简约的，甚至一笔带过的，可谓死得安静，死得寒酸。在末回中，看作者如何写大刀关胜之死的：

　　　　一日操练军马回来，因大醉失脚，落马得病身亡。[①]

　　"大醉失脚，落马得病身亡"，寥寥十字，让大名鼎鼎的关羽后人、梁山五虎将之首、身经百战鲜有敌手的关胜落寞退场，甚至显得有些狼狈。回想关胜从第六十三回出场，临危受命，前往梁山剿匪，夜中独坐军帐读书，写来全是关云长风采，随后与林冲、秦明大战，何其雄伟激烈，而他的死亡，只不过是"大醉失脚，落马得病身亡"十字而已。关胜的祖宗，关云长，死于《三国演义》第七十七回，也是极冷淡的收场，"孙权沉吟半晌，曰'斯言是也'。遂命推出。于是关公父子皆遇害。"两部伟大小说中的两个伟大人物，死得都波澜不惊，

---

①在《宋史·刘豫传》《金史·刘豫传》中，都提及"关胜"被叛将刘豫杀害。学者何心认为此关胜便是《水浒》关胜的原型，见《水浒研究》，上海古籍出版社1985年版，第146页。在郑振铎先生主持编校的《水浒全传》中，引容与堂本，关胜死于刘豫之手。马幼垣先生指出其中错误，容与堂本的关胜之死是大醉落马、得病身亡，不过在《水浒二论》一书的后记中，马幼垣先生又指出郑振铎参考的日本内阁文库所藏的容与堂本中，确实说关胜死于刘豫之手，而他参考的则是北京图书馆所藏的容与堂刻本，两本有出入。我们且依照现在最通行的"关胜落马而死"来讨论。

关羽至少还有"玉泉山显圣"的光辉时刻，而关胜则是彻底的沉寂。关胜的生与死，与张清相反，是从重到轻。关胜的生，是偃月刀，是辉煌战绩，是充斥生命机体的豪迈气概，是一种为梁山泊撑腰的稳重。这个人物在读者眼中一直都是浑厚扎实的，他出马必胜，最不济也是平手。他是梁山泊的泰山，是铁锚，是磐石，是梁山道义的肉身图腾。[①] 就是这样一份"重"，死时却轻逸起来。"大醉失脚，落马得病身亡"，这十个字是朝天上飞去的，犹如千斤秤砣掠过水面，只泛起几圈涟漪——管你之前何等英雄，管你立下多少功劳，死，轻如鸿毛。

再看全书中第一位出场的梁山好汉——九纹龙史进，他死于第九十八回，死得可谓潦草，没有台词，没有动作，甚至没有神情，全无壮烈之感，也是从重到轻的过程：

> 说言未了，早已来到关前看时，见关上竖着一面彩绣白旗，旗下立着那小养由基庞万春。看了史进等大笑，骂道："你这伙草贼，只好在梁山泊里住，勒掯宋朝招安诰命，如何敢来我这国土里装好汉！你也曾闻俺小养由基的名字么？我听得你这厮伙里有个甚么小李广花荣，着他出来，和我比箭。先教你看我神箭！"说言未了，飕的一声，正中史进，攧下马去。

史进的生命就此戛然而止。退场的情节，作者甚至都没安排他说

---

① 马幼垣先生认为《水浒》之关胜是写作上的败笔，在书中是"泥神像""没有生命的复制品"，见《嚣狠关胜》一文，收于《水浒二论》，生活·读书·新知三联书店2007年版。

话，任那位神射手庞万春嗷嗷不休，甚至嚷着要打花荣，对史进满是不屑。此处没有我们期待的反转，史进如何大怒，如何上去杀死这位自视甚高的敌将，作者只是冷冷地说："正中史进，撷下马去。"想来实在有些窝囊。金圣叹说史进，"只算上中人物，为他后半写得不好。"金先生腰斩了《水浒》，不知他说的"后半写得不好"，是不是指史进死得不够精彩，是不是嫌堂堂九纹龙死得太窝囊了。

施耐庵为什么要这么写英雄死亡？以他的才华，不费吹灰之力便能虚构出一幕幕感天动地、摄人心魄的英雄成仁的宏阔场面，壮怀激烈，辉煌闪耀。为什么他让一个个英雄如此退场？莫非其中也有讽刺的深意？莫非他对笔下的这些人物暗有微词？我们以为，从生龙活虎瞬间变为街边死狗——如此的退场，才是人生真谛。好汉们一生刚强，神挡杀神，佛挡杀佛，最后的退场却是没有鲜花掌声的，人生之虚无荒诞尽蕴于此。《水浒传》一整部书，写尽打打杀杀，最后教人看破浮云，觉悟真谛，也是在此。

所以作者把最丰富的死亡描写送给了鲁智深，这位"只爱杀人放火"的莽和尚，是书中所有人物里最具慧根的一位，活捉方腊立了大功后，他向宋江告辞："洒家心已成灰，不愿为官，只图寻个净了去处，安身立命足矣。"庸俗碌碌如宋江，还以高官厚爵、名山大刹来挽留智深，智深说："都不要，要多也无用。只得个囫囵尸首，便是强了。"之后，智深在六和寺深夜听见潮信，想起师父智真长老的偈言，豁然觉悟，欣然圆寂。鲁智深的退场，潇洒无比。而与他同为步军首领，可看作对影分身的武松，也通过"断臂成为废人"，完成了精神上的死亡，虽然他"至八十善终"，但要知道，他在书中的死亡其实就是断臂出家。这两位好汉的了局，寄予了作者最深的情意。禅杖之重、打虎之猛，都化为轻烟散去。

第七十九回开头，有一篇入话《西江月》：

> 软弱安身之本，刚强惹祸之胎。无争无竞是贤才，亏我些儿何碍。钝斧锤砖易碎，快刀劈水难开。但看白齿牙衰，惟有舌根不坏。

这一回讲的是刘唐放火烧战船，宋江两败高太尉，热热闹闹，人声鼎沸。读者大概不会注意到这篇词作——古典小说里这种入话诗词太多了，跟情节关系不大，所以迅速略过。但这阙满含道家智慧的词作，却是作者安置在热闹场中的一碗透心凉的寒冰水——梁山好汉们，你等确实泼天厉害，但这泼天厉害也是杀身之源。将这篇关键的词放在看起来没有那么重要的第七十九回，放在激烈的斗杀中，是作者故意为之，只待有缘人此处留步。

在《说唐全传》中，老孺皆知的英雄罗成，也死于黏滞。书中第六十二回：

> 罗成一见大怒，弃了苏定方，即奔刘黑闼，一马抢来，轰通一声，陷入淤泥河内。那河内都是淤泥，只道行走得的，谁知陷住了马，再也走不起来。两边芦苇内埋伏着三千弓箭手，一声梆子响，箭如雨下。罗成虽有十分本事招架，也来不及。只叫一声：

"中了苏贼之计！"不防左肩上中了一箭，说声："啊！"手中枪略松得一松，乱箭齐着。

罗成出场于第七回，真是风光无限少年将：这位英雄，按天朝白虎星官临凡，年方一十四岁，生得眉清目秀，齿白唇红，面如傅粉，智勇双全，七岁曾打猛虎，十二岁破过番兵，用一条家传丈八滚云枪，重二百四十斤，名震燕山，大隋朝排他第七条好汉。紧接着，在第八回，与表兄秦叔宝下教场，看他派头：罗公子头戴银冠二龙抢珠抹额，前发齐眉，后发披肩，身穿白袍，外罩鱼鳞铠甲，弯弓插箭，挂剑悬鞭，坐一骑西方小白龙，用一杆丈八滚云枪，果然英勇。

这些让人眼花缭乱的外貌、行头描写，无不烘托罗成之俊朗英豪，而越是这样干净爽利的少年英雄，死得也越窝囊、越无奈。深陷泥坑，陷住的是所向无敌的本事，陷住的是青春蓬勃的生命力，陷住的是气吞山河的气概，最后被万箭射死，真是令人唏嘘。罗成的死法，与《说岳全传》中杨再兴的死法几乎一模一样，《说岳全传》第五十三回，杨再兴也是身陷淤泥，中箭而死：

　　小商河河水虽不甚深，却皆是淤泥衰草，被雪掩盖，不分河路。杨再兴一马来到此处，一声响跌下小商河，犹如跌落陷坑的一般，连人带马，陷在河内。那些番兵看见，只叫一声"放箭"，一众番兵番将万矢齐发，就象大雨一般射来。可怜杨再兴连人带马，射得如柴篷一般。

《说唐全传》和《说岳全传》前身都是说书艺人口头创作的历史演义类作品，代代相传，又经过书商、文人的润色编辑①，到清代才形成现在读到的文本，属于典型的"箭垛式"作品，所以这两处情节孰先孰后、谁抄的谁不好判断，而单论这个死亡设计，确实很出色。②

《水浒》中张顺之死，与罗成和杨再兴之死的方式有着幽微的联系，在第九十四回，他如此收场：

> 张顺从半城上跳下水池里去，待要趁水汆时，城上踏弩硬弓、苦竹枪、鹅卵石，一齐都射打下来。可怜张顺英雄，就涌金门内水池中身死。

浪里白条在第三十八回出场，让李逵在水中大吃苦头，他水性如何？"把两条腿踏着水浪，如行平地，那水浸不过他肚皮"。张顺在水中简直非人，而是飞龙的姿态，他似乎是永远沉不下去的，而他的死亡，却正是被砸死在水中，那具血肉模糊的尸体，缓缓沉了下去。③

---

①光说唐系统的小说、话本就有数十种。

②据《宋史》记载，杨再兴确实死于群箭，"焚之，得箭镞二升"。小说中的情境明显是文学的虚构了。

③《西湖二集》卷十《徐君宝节义双圆》中，有一位统制官张顺，也是死在水中："身上伤了四枪，中了六箭。"学者王利器认为水浒之张顺便是小说中记载的南宋抗元英雄张顺，是有真实原型的。见王利器《耐雪堂集》，中国社会科学出版社1986年版，第180—181页。

飞扬精神的折堕

　　《说岳全传》中也有一个类似于没羽箭张清的角色，便是尽南关总兵石山的女儿石鸾英，曾从异人学得石元宝、如意的绝技，用石元宝打人，每击必中，在第六十八回中，先后打伤多员大将——鸾英的形象明显借鉴了张清，此处情节也在模仿张清的出场——本书从写作手法上大量借用《水浒传》，甚至人物也有许多是水浒好汉的后裔，这且不提。

　　耐人寻味的是，五大三粗的莽汉牛通，用了招诈降计，混入尽南关，"奔进私衙，正遇鸾英，上前一把抱住，飞身上马，竟往本营而来"——飞石打人的女张清——石鸾英，就这样落败了。令人愤懑的是，牛通"将鸾英抱进营中，不由分说，扯去盔袍，按倒在床。鸾英左推右避，终是力怯，这一场可羞之事，怎能免得？……欢毕起身，石鸾英羞惭满面，低头垂泪"。所向披靡的鸾英最终被牛通用强占有，成了他的妻子。也自这一刻起，她从本书中退场，不啻于死亡。鸾英的"死亡"，是失身于粗蛮的死敌牛通，贞节被玷污，悍气被折堕，真是"死"得令人胸闷。牛通之于鸾英，好比那棵扎住张清长枪的松树，教人恨不能一刀砍断。

我们再看《金瓶梅》中西门庆的死亡。此人秉性刚强，飞扬跋扈，是永远在寻找猎物的浪荡子，是翻墙越院为性欲往来奔走的色中饿鬼，是为升官发财苦心钻营的暴发商人，充满了动物本性的能量。《水浒传》中，武松来到狮子街寻仇，将西门庆扔下了酒楼，摔了个半死，而在《金瓶梅》中，西门庆顺利逃脱，避免了"坠落"的厄运。将武松摆布发送开后，他的生命是昂扬向上的状态，真有鲜花着锦、烈火烹油之感。在第五十七回中，西门庆说出了那段著名的大话，向来为读者津津乐道："咱只消侭这家私广为善事，就使强奸了姮娥，和奸了织女，拐了许飞琼，盗了西王母的女儿，也不减我泼天的富贵。"姮娥、织女、许飞琼、西王母的女儿，都是何等人？答曰：都是天上仙女也。西门庆狂妄到如此地步，好像上天勾搭仙女也轻而易举似的。这正是他此时飞扬状态的象征，此时的西门庆春风得意、事事遂心，身边美艳娇娃环绕，家里钱粮满仓，可不就是天仙一般逍遥么？

第七十九回，在连续的疯狂性爱后，西门庆已虚弱无比，即便如此，他依然努力维持活跃的性幻想：痴痴妄想着王三官儿的妻子黄氏、何千户的妻子蓝氏。回到家，"西门庆下马腿软了，被左右扶进。"此时他已经开始"坠落"了，体虚腿软，无法飞翔。而千不该万不该，他来到金莲房中，被情欲如火的金莲用烧酒灌下三颗胡僧的丸药，不要命地交合，最终精尽昏迷。——西门庆彻底地委顿了，他的生命从高空摔到了地上。若西门庆此时暴死，还算他的造化，只是他并未立即丧命，而是同李瓶儿一样，同林冲、晴雯一样，陷入了疾病的腌臜与黏滞。瓶儿的死，乃血山崩之疾，黏滞至极，起不得身，炕上垫着草纸，接她沥沥而下的血水，满屋秽臭，只好点香冲散。但瓶儿死前的生命谈不上多么轻逸，她一直是沉重的，沉重到怀孕与丧子，肉体沉重后接以精神的沉重，最后结于死亡的沉重。[①] 而西门庆不同，作为书中行动最自由的人，他无时无刻不在动作，加之秉性心气，此人的状态是飞扬的、轻浮的。他病倒在床，那话儿肿胀，生不如死，连续吃好几位医生的汤药都无效，慢慢拖延，精神慢慢崩溃，临死前慢慢向女婿陈敬济交代账目，真与生时的气焰判若两人。西门庆之死，全然是恶之报应，轻逸到黏滞的节奏被狠狠地拉长了，越长，他越难受，报应越深。他甚至不如同样深陷情欲迷阵的陈敬济死得痛快，被恶仆张胜两刀杀死，也好过在病榻上钝锯割肉。

　　而书中另一位恶魔般的人物潘金莲，死于第八十七回，虽然被暴怒的武松残忍地虐杀肢解，死状悲惨，但也还算迅猛，未受黏滞之苦。但武松在施展一系列暴烈残酷的惩罚前，有一个细微的动作：

> 那妇人见势头不好，才待大叫。被武松向炉内挝了一把香灰，塞在他口，就叫不出来了。[②]

---

① 在《续金瓶梅》第四十四回中，潘金莲转世的黎金桂，饱受色欲折磨，重病恹恹："阴中黄水溢流，时带紫血，如那月水相似，把一床褥都湿了，使草纸垫着，只是不净。"第四十七回，再写金桂的病："只有血症不止，终日浸淫淋漓的，浑身不净。"这些描写暗暗对应着瓶儿之死。

② 《金瓶梅》词话本在此处情节也有"挝了一把香灰，塞在他口"的描写。见《梦梅馆校本金瓶梅词话》，台湾里仁书局 2016 年修订 1 版，第 1498 页。

　　之后便是血腥的杀戮描写，令人不忍卒读，在此也不引用原文了。往金莲口中塞香灰的这个小动作，为施耐庵《水浒》所无（原文金莲却待要叫，便被武松揪倒云云），也为许多评点家所忽略。这个动作又快又细，意味深刻。香灰，是武大灵前供奉的香炉中之香灰，金莲喊叫，是为了叫人救命，而谁可救金莲？她诸般罪业，又如何收场？武松往她口中塞的香灰，表面上是香灰，其实是武大、官哥儿、李瓶儿的冤情，是佛教意义上的因果报应（香灰本与佛教息息相关）。不仅如此，吃过粉状食物的都知道，粉末进入口中，最为黏滞。把香灰塞入口中是何等滋味，我们大概也能体会。

　　用香灰塞住金莲之口，正是对她施以黏滞的刑罚，让她说不得话，让她的伶牙俐齿瞬间死亡。金莲的死，是"口"的先死。金莲之口为何物？是喜爱连说俗语的伶俐妙口，是月娘说的"嘴头子就像淮洪一般"，是张竹坡说的"一路开口一串铃"。金莲说话，语语爽绝，如急雨芭蕉，清脆无比。这张口，把武大喷得狗血淋头，把武松说得坐立不安，把西门庆引逗得欲火焚身，把宋惠莲贬得身无完肤，把李瓶儿骂得饮泣吞声，把月娘堵得浑身发冷，把陈敬济撩拨得抓耳挠腮，把母亲潘姥姥墩得肝肠寸断。

　　金莲之口，是她在波云诡谲的西门府上安身争宠的武器，还是会唱曲的乐器，又是娱乐讨好西门庆的性器与溺器，还是哭春梅之离开、哭母亲之死的祭器。金莲之口轻盈至极、狠辣至极，看书中她如何与人调情，如何骂人，如何应对，真是如花荣之弓箭、张清之石子、鲁达之禅杖、林冲之蛇矛，快，准，猛，利，实在是轻盈飘逸之绝世妙口。一把香灰，堵住了这张涂着胭脂的美艳之口，黏滞住了大珠小珠落玉盘的轻灵话语。武松利落地处死了她，又用一把香灰，黏滞住了她一生轻浮浪荡的灵魂。而金莲之死，到底是死于情欲的泥沼。武松能逮住机会杀她，也因金莲为情欲所惑——她一生的悲剧都源于此。

《金瓶梅》第八十七回，武松遇赦返回清河县，依旧盘算杀嫂报仇，来找王婆，撒谎要娶金莲。金莲并未意识到这其中的危险，竟想："我这段姻缘还落在他手里。"——果然，之后落在了他手里。荒唐的是，在本书第一回中，金莲初次遇到武松，就心下思量："一母所生的兄弟，怎生我家那身不满尺的丁树，三分似人，七分似鬼，奴那世里遭瘟，撞着他来？如今看起武松这般人物壮健，何不叫他搬来我家住？想这段姻缘却在这里了。"前后两次"姻缘在武松"，像是一副镣铐，锁住了金莲，香灰黏滞了她的嘴巴，情欲黏滞了她的判断。[①]

这种对人物生命"始扬终抑"的写法，很能凸显古代作家的一种生死观：人生如梦也罢，人死如灯灭也罢，无不在说生命之短暂之脆弱，以及最后的寂灭大空。他们将顶天立地的英雄人物如此"处死"，正是对读者的警醒：任你如何强大、如何飞扬，死亡也会突如其来地毁灭你，至于毁灭的方式，容不得我们选。作者也不会刻意给人物安排如何悲壮、如何勇烈的高潮，甚至会有意地压抑其气概，嘲笑其勇猛，英雄骑马也会翻阴沟，英雄喝凉水也能噎死，凡人又何必汲汲于丰功伟业的幻象呢？

《说岳全传》全书开篇的《西江月》有几句是：忠义炎天霜露，

①孙述宇在《金瓶梅：平凡人的宗教剧》中点出："她之所以落入武松手里，一方面固然是命运的捉弄，另一方面也是由于她的情欲最后还是胜过了她的机智。这样的结局比原来的深刻得太多了。"孙先生说的"原来的"是指《水浒传》中金莲的死亡。上海古籍出版社2011年版，第11页。

奸邪秋月痴蝇。忽荣忽辱总虚名，怎奈黄粱不醒。——请注意，不管是忠义还是奸邪，都不过是炎天霜露、秋月痴蝇，到头来都是黄粱大梦。金圣叹在《水浒传》第三十一回有评说："古之君子，才不可以终恃，力不可以终恃，权势不可终恃，恩宠不可终恃，盖天下之大，曾无一事可以终恃，断断如也。"说的也是同样的道理，只是更加空无。

我们现代人受到影视作品极深的影响，戏剧冲突的高潮处必要有冲击耳目心灵的大场面、大悲情，而古代小说的作者不会刻意拔高忠义之死，甚至还会刻意地"贬抑"，好下人生如梦之针砭，其思想根源，大概就是这种"众生皆苦，虚空如梦"的人生观。石火光中，无数英雄好汉翻了几个筋斗，最终撞得头破血流。冷清干净的白茫茫大地，才是一切的终点与真相。

最后，我们再想想鲁智深的那句话："都不要，要多也无用。"

后　记

　　刚上大学，十八九岁那会儿，凭着憋屈了整个中学时代的一股蛮力，纵情逍遥于广袤的文学海洋中，如猪八戒吃人参果、刘姥姥喝妙玉茶一般，囫囵读了许多书——绝大部分都是西方文学。没办法，也许是风气所致，我们这代人上手读书，总会稀里糊涂地落入西方文学（翻译文学）的迷魂阵。虽然上古典文学课，但真正耐下性子读完的作品少之又少。不过凭着中学时代痴迷《红楼梦》的底子，尚保留了一份对古典文学的敬爱之心。

　　直到大二下学期，有幸遇到一位教授中国古典文学批评的老师，才醍醐灌顶般领略了古典文学尤其是古典小说的深邃魅力。自那之后，我改变了阅读方向，如应伯爵"狠"了七碗面一般，用心"狠"了几部古典小说，才发现少年时代读过之书，竟是全然陌生的，真有柳暗花明、拨云见日之感。尤其是金批《水浒》，与脂批《红楼》一起，成为每年重读的书目，弹指间，已经十年有余。年轻时生活困顿，无数个漫漫长夜在一方陋室中埋首苦读，恍惚间忘却此身所在。金圣叹评点《水浒》之神妙，常常令我狂呼大叫，满屋子乱转，此话一点都不夸张，脂砚斋评《红楼》，也常令我竦然起敬，脊梁骨发颤。原来古典小说要这么看，原来古典小说这么好看，原来我以前都是瞎读、白读、浪读。金圣叹、脂砚斋的读书法，常读常新，像是拿了一把万能钥匙，由此可以打开古典小说大观园的大门。此中阅读的快乐，的是千金不换。业师曾教诲说，《金瓶梅》要四十岁之后再读。我一直记着这句话，忍了多年，在三十岁时，还是破了戒，找来张竹坡的评点本，前后细读了数遍，虽不如《红楼》《水浒》熟悉，但也有了些肤浅的心得，零星分享在了这本书中，希望老师不会怪罪。

我是中文系出身，但并未走学术研究的道路，只是凭借兴趣和热情，对古典小说下了些功夫，淬出些感悟，越发觉得中国古典小说与西方小说属于两种迥异的美学表达（我们在强调"世界文学"、宣扬"普遍人性"之余，不应该忽略其巨大的差异性），而如今读者多瞩目于西方小说与文论，对中国古典小说的理解常常产生严重偏差与误读——赏析中国古典小说离不开对中国文化的深度了解与全面掌握，并不是简单地用西方文论就能削足适履的。研究中国古典小说的西方汉学家如韩南、浦安迪等人，也常强调要警惕"西方视角"，必须时时归复到中国文化的语境中，才不至于偏颇。国内学者每每也把这种"警惕"放在嘴边，但说归说，做归做，作品骗不得人，我看过不少拿西方理论硬套古典小说的研究实验，可谓满纸荒唐。用西方理论研究中国小说当然可以，不仅可以，而且是必要的、必然的，但如何用、用到何等程度，似乎全凭一心，说起来这又是"片儿汤话"了。

　　出于对古典小说的热爱与敬畏、出于对当今全盘西化阅读风气的一种激愤（其实是很可笑的激愤），我写了这本书。要强调的是，我并不想借这本书"贬洋捧中"，那将掉回晚清中西小说优劣论的泥潭中，如果有野心，我也只是想矫枉过正一番。鼓吹古典小说之好，不代表古典小说尽善尽美（不善不美处很多，而且很严重），但我既然想矫枉过正，自然要特别赞美它的好了——就像"五四"时期，为了打开新文学的局面，猛烈抨击旧小说之坏、鼓吹西洋小说之好，都是一种逻辑。和学术专家的皇皇大作相比，这本小书是登不上大雅之堂的，我也未受过什么学术训练，虽读过一些西方文学理论，然戚戚于心的并不多，能够在阅读中熟练应用的更是少得可怜。主题选定、行文写法、措辞使用全是我任性而为，本书十二个章节，也不可能全面概括古典小说的美学特征，只是我一己之见的选择（章节主题的选定、章节顺序的安排自然有我的考量），这是需要向读者朋友说明的。

　　这本书最开始是没有注释的，因为毕竟不是学术专著，加注释显得过于严肃了，但在写作修订的过程中确实参考了许多前辈时贤的研究成果，如果不予标明与补充，不仅于我本人有掠美之罪，于读者来说也不方便按图索骥以进一步了解，而且也方便描补一些观点，所以我决定还是加入注释，不厌其烦地标明观点所本、资料来源，这并非是炫耀学识的獭祭之举，只是希望能对读者更加负责。坦白说，这本书中，属于我独立见解的，实在不多。我的解读方法，几乎全从卓吾、圣叹、毛氏、脂砚斋、张竹坡以及无数先贤处化用而来，谈不上什么新创。我只能保证一点：书中提及的所有小说，都是我亲自读过的，读过了才敢拿来论述与引证，提到的绝大部分参考著作，我也是看过的，个别资料无法看到的，也忠实地标出转引来源，不敢糊弄。

我的本业是写小说，研究小说纯粹是爱好，因为写的多是历史题材的小说，自然而然地会从血缘相近的古典小说中汲取营养，并在写作技法方面进行仿拟与变革，比如如何行文布局，如何运用叙事视角，如何埋伏细节线索，如何形成变奏，如何寄托寓意等等，一边写作一边研究，也算是"读写相长"了。相比专业学者研究古典小说的学术著作，如果说这本书有什么可取之处，大概就是我的这种创作眼光统摄下的解读，更算是经验之谈罢了。我绝不敢说精通古典小说，虽然读了一些，但广度与深度都有限，我的道行最多还停留在"登堂"的阶段，远未"入室"，所玩弄的，都是史进的"花棒"罢了，还有待王进师指教。生有涯，学无涯，希望将来更加精进。

卡尔维诺说："任何一本讨论另一本书的书，所说的都永远比不上被讨论的书。"这本书便是如此，再如何听我哓哓，也不如直接去读那些伟大的作品，这本书，只是一座桥梁。如果拙作能激起一些朋友阅读古典小说的兴趣，如果能改变一些朋友对古典小说的刻板印象，如果能对当下的小说创作者有一些启发，那我就相当满足了。

至于书名"笔墨游戏"，是古代画论、文论中的常见词，文人点评小说，以及给小说写的序跋中，经常出现"游戏笔墨""游戏墨花""以文为戏""行文如戏"这类字眼。千万莫以为"游戏"是随意的、不严肃的甚至是轻佻的，王国维先生在《文学小言》中曾说："文学者，游戏的事业也。人之势力用于生存竞争而有余，于是发而为游戏。"在《人间词话》（未删稿、删稿）中还有更深入的陈述："诗人视一切外物，皆游戏之材料也。然其游戏，则以热心为之。故诙谐与严重二性质，亦不可缺一也。"可以说，只有才高八斗的"热心"文人，才会以文章为游戏，也只有最绝妙的文学作品，才称得上是"游戏"。

到底该如何赏析古典小说，是没有定准的，圣叹、脂砚他们的读书法，只是引人入胜地，大片锦绣风景怎么欣赏，全靠自己，并不存在恒久正确的读书律条。不过读书到底是一门技艺，是需要练习与琢磨的。晚清评点家文龙在《金瓶梅》第一百回回末的评语，可以帮助我们培养一种基础的眼光：

> 故善读书者，当置身于书中，而是非羞恶之心不可泯，斯好恶得其真矣；又当置身于书外，而彰瘅劝惩之心不可紊，斯见解超于众矣。又须于未看之前，先将作者之意，体贴一番；更须于看书之际，总将作者之语，思索几遍。看第一回，眼光已射到百回上；看到百回，心思复忆到第一回先。书自为我运化，我不为书捆缚，此可谓能看书者矣。

俗话说，师父领进门，修行靠个人。读书写作也是这个道理，完成这本书，我最想感激的便是各位老师。《西游记》第二回，悟空在灵台方寸山、斜月三星洞学艺七年后，师父须菩提驱他离开，悟空舍不得，说师恩未报，不敢离开。须菩提说："那里有什么恩义？你只是不惹祸不牵带我就罢了！"这话说得冷绝，却最是温柔深情。教成了弟子，便彻底隐去，这方是真正恩师。而我们的老师，不仅仅是耳提面命授业解惑的老师，还是那些在文学星空中亘古闪耀的先贤大才，还是在虚构的故事中虚构的人物，他们教导了我们，却不以为恩，悄然退到一侧。我们的肉眼看不到他们，但在某些时刻，却又真实无比地感觉到他们的存在，在我们身后，在我们头顶，在我们每一个心动神摇的瞬间。他们可能比无数血肉备全的人还要真实（毫无疑问，也更加可爱），只要我们念念不忘，他们未曾离开，或笑或哭，或闹或寂，陪伴我们度过漫长的人生岁月。

　　谨将这本书，献给他们。